# DER PATE VON ALTONA I

## Mindanao

THRILLER

Hinweis: Alle Figuren in diesem Roman sind frei erfunden, die zugrundeliegenden Strukturen und Handlungsorte allerdings nicht. Die Organisationsstruktur der Hamburger Polizei ist verändert dargestellt.

**Bibliographische Information der Deutschen Nationalbibliothek:**
Die Deutsche Nationalbibliothek verzeichnet diese Publikation in der Deutschen Nationalbibliographie; detaillierte bibliographische Daten sind im Internet über dnb.dnb.de abrufbar.

Copyright: Dr.-Ing. Reiner Gütter

Titelbild: Dr.-Ing. Reiner Gütter

Satz, Herstellung und Verlag: BoD – Books on Demand, Norderstedt, Germany

ISBN: 978-3-7412-7877-8

# Inhalt

| | |
|---|---|
| OTTENSEN | 9 |
| ELBCHAUSSEE | 12 |
| FRANKFURT / MAIN | 15 |
| ELBCHAUSSEE | 23 |
| ALTONA / MÖRKENSTRASSE | 26 |
| HAMBURG / UHLENHORST | 29 |
| ALTONA-NORD | 33 |
| ELBCHAUSSEE | 35 |
| ALTONA / MÖRKENSTRASSE | 42 |
| HAMBURG / OTTENSEN | 44 |
| ALTONA / RATHAUS | 49 |
| TEUFELSBRÜCK | 53 |
| ALTONA / GROSSE BERGSTRASSE | 57 |
| GROSSE FREIHEIT | 62 |
| DAVAO / MINDANAO | 66 |

ALTONA / GROSSE ELBSTRASSE 73

HAMBURG-HAFEN-CITY / AM KAISERKAI 77

ALTONA / HEINEPARK 81

ALTONA / MÖRKENSTRASSE 86

ALTONA / NIENSTEDTEN 92

ALTONA / NIENSTEDTEN 95

HAMBURG / JOHANNISWALL 100

HAMBURG / JOHANNISWALL 103

ALTONA / MÖRKENSTRASSE 109

DAVAO / MINDANAO 111

HAMBURG / JOHANNISWALL 116

HAMBURG / JOHANNISWALL 122

DAVAO / MINDANAO 124

MANILA / PHILIPPINEN 128

DAVAO / POLIZEIHAUPTQUARTIER 135

BALISAN 138

| | |
|---|---|
| HAMBURG / JOHANNISWALL | 141 |
| DAVAO / QUEZON BOULEVARD | 144 |
| BASILAN | 147 |
| HAMBURG / JOHANNISWALL | 151 |
| DAVAO / HILL RESTAURANT | 154 |
| BASILAN | 157 |
| ZAMBOANGA / MINDANAO | 160 |
| BASILAN | 167 |
| BONGAO | 171 |
| HAMBURG / JOHANNISWALL | 178 |
| SULU-SEE | 181 |
| HAMBURG / JOHANNISWALL | 187 |
| BASILAN | 189 |
| LAMINTAN / BASILAN | 195 |
| ALTONA / PALMAILLE | 197 |
| LAMINTAN / BASILAN | 204 |

| | |
|---|---|
| HAMBURG / JOHANNISWALL | 206 |
| LAMINTAN / BASILAN | 209 |
| LUNGSOD NG ISABELA / BASILAN | 213 |
| LUNGSOD NG ISABELA / TABUK BARRACKS | 216 |
| BASILAN / ANSON'S HOTEL | 221 |
| ENDE EINER ENTFÜHRUNG | 234 |
| ZAMBOANGA / MINDANAO | 236 |
| ZAMBOANGA / MINDANAO | 242 |
| MANILA / PHILIPPINEN | 249 |
| EPILOG | 254 |

# OTTENSEN

Die Blätter peitschten ihm ins Gesicht. Er sah sie auf sich zukommen, fühlte ihre klatschende Nässe jedoch nicht. Atemlos stolperte er, fiel.

Als er seinen Kopf hob, sah er in ein leuchtend gelbgrünes Augenpaar beidseits einer mächtigen schwarzen Schnauze. Über den Augen ging braunes Fell in weiße Felder über, die von schwarzen Streifen unterbrochen waren. Die Augen verengten sich zu Schlitzen. Unter der Nase öffnete sich ein zahnbewertes Maul. Er konnte sich nicht bewegen, lag wie zum Reißen bereit.

Ein fürchterlicher Stoß riß das Gesicht weg. Zentimeter vor seinen Augen bohrte sich ein mächtiger Stamm in den Tiger, schlug ihn einfach weg.

Er schreckte auf. Sein Telefon dudelte Dvoraks Neunte. Der Wecker zeigte 4 Uhr 6. Benommen griff er zum Hörer.

»Tut mir leid, ich weiß, wie früh es ist. Elbchaussee 825, wir müssen sofort hin.«

»Warum denn mitten in der Nacht? Das hat doch auch in 4 Stunden Zeit.«

»Von Ribbenstrop.«

»Was, von Ribbenstrop? Muß man den kennen?«

»Immobilienmakler, bis in Senatskreise bekannt. Erhängt.«

»Hat er sich oder wurde er?«

»Weiß ich nicht. Ein privater Wachdienst hat es vor einer halben Stunde gemeldet, die Haustür stand offen. Jedenfalls sollen wir sofort hin, bevor jemand anderes Witterung aufnimmt.«

Vor ihm blitzten kurz das leuchtende Augenpaar und die Reißzähne unter der großen, schwarzen Nase auf. Was immer der Grund für diesen Alptraum gewesen sein mag, schlimmer könnte die angekündigte Wachszene jedenfalls nicht sein.

»Na gut, holst Du mich ab?«

»An der Ecke Holländische Reihe, liegt auf dem Weg. In den Einbahnstraßendschungel Ottensens fahre ich nicht rein. In zwanzig Minuten.«

Fahrig griff er nach Hemd, Hose und Sweater, suchte fluchend nach den Socken. Im Bad wischte er sich übers verwitterte Gesicht und drückte den Deo-Stift unter die Achseln.

Feucht und kühl war es. Auf der Straße bewegte sich nichts, nur der Hafen sandte seine Geräuschkulisse und orangefarbenes Licht herüber. Hier, wenige hundert Meter von der Elbe entfernt, wurde es niemals richtig dunkel.

Nach wenigen Minuten blitzte am Ostende der Holländischen Reihe ein Blaulicht auf. Katharina hatte die zwanzig Minuten genau geschätzt. Er riß die Beifahrertür auf und ließ sich auf den Sitz fallen.

»Ich habe schlecht geträumt.«

»Besser als schlecht oder gar nicht geschlafen. Was hat dich denn gepackt?«

»Fast gepackt«, grinste er müde. »Ein Tiger. Den hat aber kurz vorm Reißen ein Baumstamm weggeschleudert.«

»Manche haben eben immer Schwein, ob verdient oder unverdient.«

Hauptkommissar Udo Kronenberg grübelte die Fahrt über nach, warum sie »unverdient« gesagt hatte. Vielleicht war es nur der frühe Morgen, der das Gehirn lähmte und das Mundwerk unkontrolliert plappern ließ.

Grübeln gehörte zu den Eigenschaften, die Udo Kronenberg bei der Polizei Hamburg auszeichneten. Der Mann mit dem wirren, ergrauten Haarschopf und der hageren Figur war dafür bekannt, keine schnellen Entscheidungen treffen zu können. Deshalb kam er zu keiner Zeit als Einsatzleiter in brenzligen Situationen in Frage. Seine Vorgesetzten schätzten jedoch seine Fähigkeit, gedanklich gegen den Strich zu bürsten. Zuerst im Wirtschafts-, dann im Morddezernat. Diejenigen, die sein Privatleben auch nur etwas kannten, führten seine grüblerische

Art auf eine gescheiterte Ehe zurück. Mit gescheiterten Ehen kannten sich viele bei der Polizei aus. Die üblichen Wechselschichten überstanden nur sehr stabile Ehen und Partnerschaften.

Auf der Elbchaussee kamen ihnen nur wenige Autos entgegen. Ihre Scheinwerfer mußten auf Außerirdische wie seelenlose Augen wirken. Er erinnerte sich an die Science-Fiction-Geschichte, in der Beobachter der Erde die Autos für die Hauptbewohner hielten, die Menschen darin für Parasiten. Die Beobachter wollten die Hauptbewohner von ihrer Krankheit befreien.

Kronenberg hielt das für unwahrscheinlich. Erstens waren Außerirdische über der Erde sicher intelligenter als die Menschen, sonst wären sie nicht so weit gekommen. Zweitens unterstellte die Geschichte, daß Außerirdische gutmütig seien. Das hielt Kronenberg für noch unwahrscheinlicher. Vermutlich würden Außerirdische die Erde ausplündern oder selbst bewohnen wollen. Die Unterstellung, daß eine fremde Spezies mit den mutmaßlichen Hauptbewohnern der Erde freundlicher umgehen sollte als die Menschen das untereinander taten, hielt er für kindisch.

# ELBCHAUSSEE

Die Elbchaussee 825 lag hinter einer Tujahecke und einem tiefen, mit Rhododendren und Zierlorbeer bestandenen Vorgarten. Das zweigeschossige Backsteinhaus mit riesigem Walmdach, fein unterteilten Fenstern und einem überdimensionierten Portikus war hell erleuchtet. Mehrere Peterwagen und ein kastenförmiges Krankenauto standen auf der geschwungenen Vorfahrt.

»Sieht aus wie beim Nachtdreh«, sagte Katharina Esbjerg.

»Außer, daß die Leiche echt ist.«

Der Raum hinter dem Portikus war eine Empfangshalle. Auf den bis Mannshöhe gekachelten Wänden schwammen Fische und Segelboote, der Boden spiegelte im Licht eines Kronleuchters. Auf beiden Seiten der Halle schwangen sich Treppen ins Obergeschoß. Ein Uniformierter zeigte nach oben.

Die Zimmer im Obergeschoß waren über einen langen, zur Eingangshalle quer liegenden Gang erschlossen. Am linken Ende des Gangs standen mehrere Personen, einige davon in weißen Overalls.

Das mit hellem, gemustertem Marmor ausgekleidete Badezimmer war riesig. Außer der Tür zum Gang gab es eine zweite Tür, die zu einem großen Schlafzimmer führte.

An der Stahlstange, die einen Vorhang zwischen der Badewanne und dem Rest des Bads führte, hing die Leiche eines etwa Vierzigjährigen. Schlanke Figur, etwa 1 Meter 80 groß, schwarzes, gegeeltes Haar, in der Mitte streng gescheitelt. Die Augen waren aus den Höhlen herausgetreten, die Zunge hing schlaff seitlich aus dem geöffneten Mund. Dunkelblaue Anzugshose, weißes Hemd, helle Schuhe. Schräg neben der Leiche lag ein umgestürzter Hocker.

»Zunächst keine Anzeichen von Fremdeinwirkung. Wahrscheinlich Selbstmord, aber nicht sicher«, haspelte einer der weißen Overalls.

»Morddezernat. Warum reißen Sie uns dann mitten in der Nacht aus dem Schlaf?«

»Weiß ich auch, daß Sie vom Morddezernat sind. Dann wissen Sie auch, daß die ersten 48 Stunden die entscheidenden sind. Außerdem ist das der von Ribbenstrop«.

»Na und?«, blaffte Kronenberg zurück. »Scheint ja was ganz Besonderes zu sein. Siphylitischer Landadel ist noch lange kein Grund, mich aus dem Bett zu werfen.«

Der weiße Overall zuckte mit den Schultern. »Man weiß ja nie. Er dürfte – noch dazu bei seinem Beruf – nicht nur Freunde gehabt haben. Der Fall könnte sich schnell zum Mord auswachsen.«

»Haben Sie irgendein Zeichen dafür, irgend etwas Verwertbares?«

»Dafür sind ja nun höhere Gehaltsklassen da«, meinte der Overall herausfordernd.

Im Schlafzimmer war nichts Ungewöhnliches zu entdecken. Schwere Decken lagen über den Leintüchern, auf dem Mahagoni-Mobiliar herrschte makellose Ordnung.

Katharina Esbjerg und Udo Kronenberg gingen über den langen Gang, öffneten eine Tür nach der anderen, bewegten die Lichtschalter, die man drehen mußte, nicht knipsen. In einem Zimmer, das wohl der »Blaue Salon« war, hielten sie inne. Auch hier herrschte peinliche Ordnung. In der Mitte des Raums, zwischen dunkelblau bezogenen Sesseln, stand ein unregelmäßig geformter Tisch, der einer geschnittenen, riesenhaften Wurzel glich.

»Redwood, sehr exklusiv«, bemerkte Kronenberg.

Auf dem Tisch standen zwei Gläser und eine Flasche *Glenmorangie*. Nach Inspektion der Zimmer im Obergeschoß die einzigen Zeichen dafür, daß vor dem Tod des von Ribbenstrop hier Leben stattgefunden hatte. Zeichen darauf, daß die Elbchaussee 825 keine Einsiedelei war, sondern ein Haus, in dem man wenigstens gemeinsam Whisky trank.

»Mitnehmen, auf Spuren überprüfen«, wies Kronenberg einen der Uniformierten an. Er hatte das Gefühl, daß dieser von Ribbenstrop ein einsames Leben in großem Stil geführt haben mußte. Die Ordnung in diesem großen Haus erinnerte eher an ein Museum, als an ein Heim. Von Ribbenstrop dürfte allein gelebt haben. Die Ordnung wies jedoch darauf hin, daß er entweder ein Pedant war, oder ihm jemand dabei geholfen haben mußte. Kronenberg fragte, ob Ergebnisse aus dem Einwohnerzentralregister vorlägen.

»Vierzig Jahre alt, geboren in Hamburg, geschieden, keine weiteren Einträge«, antwortete ein Uniformierter. »Unbefriedigend und unvollständig«, dachte sich Kronenberg.

Nachdem er und Katharina noch den Boden des Hauses begangen hatten, schlug er die Rückfahrt vor. Auf der Elbchaussee kamen ihnen ein paar mehr zweiäugige Hauptbewohner der Erde entgegen. Nach knapp 30 Minuten ließ ihn Katharina aussteigen.

»Nicht vor 12 Uhr«, knurrte Kronenberg. »Falls Du früher rauskommen solltest, überprüf bitte den Wachdienst, und wer in der Elbchaussee 825 Ordnung gemacht hat. Nachbarn befragen und so. An der Unordnung arbeiten wir danach weiter.«

# FRANKFURT / MAIN

Aha«, dachte er, als das Flugzeug auf der Landebahn West aufsetzte, »auch hier haben sie den Airport mitten in die Prärie gebaut.« So wie in Suvarnabhumi, wo der Airbus 12 Stunden zuvor gestartet war.

Suvarnabhumi liegt 40 Kilometer östlich der thailändischen Hauptstadt Bangkok. Eigentlich war der Bau des neuen Flughafens nicht erforderlich gewesen. Das alte Flugfeld Don Muang hätte es noch lange getan. Einige Generale, die zur Politik konvertiert waren, hatten jedoch vor 30 Jahren beschlossen, das sumpfige Grasland aufzukaufen und zu behaupten, daß dort die Zukunft des interkontinentalen Luftverkehrs Südostasiens läge. Über die Jahre gelang es ihnen, Freunde im wichtigen Komitee für Soziale und Wirtschaftliche Entwicklung davon zu überzeugen. Tausende von Rai Land wechselten die Eigentümer. Unter den neuen Grundbesitzern befanden sich viele Ehefrauen hoher Beamter und Militärs. Das war so üblich, seitdem die Nationale Anti-Korruptions-Kommission die Konten aktiver Beamter und Politiker überprüfte, die durch »auffallend hohen Wohlstand« auffielen.

Polizeileutnant Vichaj Bangramsan studierte während dieser Zeit noch an der Militärakademie. Sein Studienschwerpunkt war Drogenbekämpfung. Er hatte diesen Schwerpunkt gewählt, weil dort besonders viele Ausländer, vor allem Amerikaner, lehrten. So konnte er sein zuvor mäßiges Englisch verbessern und internationale Bande knüpfen. Die schulterklopfenden, grobschlächtigen Amis waren ihm zwar nicht sonderlich sympathisch. Als Thai war er jedoch solche Elefanten im Porzellanladen gewohnt. Selbst in seiner Heimatstadt Phitsanulok, einer verschlafenen Provinzhauptstadt auf dem zentralen Plateau Thailands, stolperten sie einem fast täglich vor die Füße.

Vichaj wunderte sich über die doppelte Paßkontrolle am Flughafen Frankfurt / Main: Eine kurz hinter der Gangway, eine zweite an einer Reihe von Kabinen, an denen Nicht-EU-Bürger von solchen mit Pässen der Europäischen Union getrennt wurden. Ihm fiel auf, daß bei der ersten Kontrolle nur Menschen mit nicht-kaukasischen Gesichtszügen angehalten wurden. Für Ostasiaten waren alle Weißen und Araber Kaukasier, also solche, die von dort aus gesehen hinter dem Kaukasus oder in Australien geboren waren. Vielleicht, dachte Vichaj, war der Kaukasus für die Chinesen die natürliche Grenze zwischen ihrem Einflußbereich und der Landmasse westlich davon. Nur die Türken, die in China Uiguren heißen, störten dieses Weltbild.

Hinter der Kabinenreihe näherte sich ihm ein großer, stattlicher Mann mit wettergegerbtem Gesicht und ungekämmtem, blondem Haar.

»Mister Bangramsan?«, fragte ihn der Ungekämmte mit tiefer Stimme.

»Vichaj«, antwortete er.

Nach einem kurzen, unsicheren Flackern in seinen Augen antwortete sein Gegenüber: »Hans«. Noch bevor Vichaj seine Hände zum instinktiven *Wai* heben konnte, drückte ihm Hans die rechte Hand, als wollte er sie zerquetschen. »Ob sie jenseits des Kaukasus oder jenseits des Pazifik leben, sie pflegen bis heute wilde Manieren«, dachte sich Vichaj.

»*Did you have a nice journey?*«, fragte ihn Hans auf Englisch mit unverkennbar deutschem Akzent.

»Danke, hatte ich«, antwortete Vichaj auf Deutsch mit Thai-Akzent.

»Ah, Sie sprechen Deutsch!«, zeigte sich Hans erfreut.

»Habe ich zwei Jahre lang bei der Touristenpolizei gelernt«, gab Vichaj zurück.

»Das macht die Sache einfacher.«

Daß der 500-er BMW, mit dem Hans ihn abholte, nicht direkt am Ausgang des Flughafenterminals stand, sondern in einem riesigen Parkhaus dahinter, verwunderte Vichaj. Daß es ein BMW war, schon viel weniger. Manche hohe Polizeioffiziere in seinem Land fuhren auch solche Wagen. Nicht dienstlich, natürlich, denn erstens fuhren ihre Frauen vorsichtiger und zweitens kann sich die Polizei des Königreichs der Thai nur japanische Wagen leisten. Hans mußte also ein Polizeioffizier sein, der seinen Verdienst mit dem einen oder anderen Nebenjob aufbessern und das auch ungeniert zeigen konnte.

Als sie die Autobahnauffahrt Richtung Westen hinter sich hatten, gab Hans kräftig Gas. Anfangs flitzten andere Autos an ihnen vorbei. Es dauerte aber nicht lange, bis Hans auf der Überholspur war.

»Sie fahren sehr schnell«, bemerkte Vichaj.

»Wir in Deutschland haben ja auch schnelle Wagen«, antwortete Hans, um gleich besorgt nachzulegen: »Fühlen Sie sich nicht wohl dabei?«

»Nein, nein, bei uns haben vorgeschriebene Geschwindigkeiten auch nur empfehlenden Charakter«, wehrte Vichaj ab und dachte an die Bilder des letzten Verkehrsunfalls, den er auf dem Bangna-Trad-Highway wenige Stunden zuvor gesehen hatte. Für den Motorradfahrer, der wohl mit hoher Geschwindigkeit einen Bus überholt hatte, konnte er nichts mehr tun. Außerdem gehörte er nicht zu den Uniformierten der Metropolitan Police, die untätig herumstanden oder eifrig ihre Notizbücher traktierten. Thailand hatte die höchste Verkehrsopferrate der Erde.

Nach vierzig rasenden Minuten hielt der BMW vor einem langgestreckten Betonklotz aus den 1970-iger Jahren, an dessen Eingang »Bundeskriminalamt« stand. Hans hatte Vichaj unterwegs erzählt, daß er schon zweimal seinen Urlaub in Thailand verbracht, sich aber das **Sawat Di** zur Begrüßung nur kurz überlegt hatte, bevor er es wieder verwarf. Phuket und Kho Phi-Phi seien wunderschöne Flecken, das Schnorcheln in der Andamanischen See ein einmaliges Erlebnis. Wie klar das Wasser dort doch sei ...

Vichaj bemerkte vorsichtig, daß Phuket und Kho Phi Phi sicher schön seien, das wirkliche Thailand dort jedoch kaum erlebt werden könne. Was Hans nicht davon abhielt, vom wunderbaren Wetter, schönen Stränden und seinen netten Urlaubsbekanntschaften zu schwärmen.

»Für die Deutschen muß Urlaub unerhört wichtig sein, wenn sie sofort und so lange darüber reden«, mutmaßte Vichaj. Aber vielleicht war es auch nur der nette Versuch von Hans, internationale Bande zu knüpfen.

Solche Nettigkeiten war er von den Amis gewöhnt. Die waren allerdings oft auch schnell mit einem Urteil über sein Volk zur Hand. Hans beschränkte sich auf die Anmerkung, daß die Thais doch alle sehr freundlich seien. »Hätte er recht, dann hätte ich meine Arbeit nicht«, dachte sich Vichaj.

»Das Land des Lächelns« hatte viele Bedeutungen: Lächeln, weil man es so meint; lächeln, um eine schwierige Situation aufzulösen; lächeln aus Verlegenheit; lächeln, um die Dummheit anderer zu kommentieren. Undsoweiter. Einer seiner US-Lehrer hatte ihm einmal erbost gesagt: »*You people are grinning even after having stolen my purse.*« Das war kurz, nachdem sie ihm seine Geldbörse auf einer kurzen Parallelstraße zur Sukhumvit Road entwendet hatten. Die Gasse heißt im Volksmund »Soi Cowboy« und sie gab es schon seit den Tagen des Vietnamkriegs. Damals erholten sich dort Tausende von GI's von den Strapazen des Dschungelkampfs in den Betten der Huren und wurden so manchen zusätzlichen Dollar für die Familien in *Isaan* los. Die meisten Nutten Bangkoks stammen aus *Isaan*, der großen, trockenen, ländlichen Nordostregion Thailands. Überhaupt mag wohl die Hälfte der zehn Millionen Einwohner der Hauptstadt von dort her kommen. Deshalb ist die Stadt während des Wasserfestes **Sonkran**, mit dem im April Neujahr gefeiert wird, halb leer, während in den sonst so trägen Provinzen der Tiger tanzt.

Hans bedeutete Vichaj, sein Gepäck im Wagen zu lassen. Ein Herr namens Schneider begrüßte sie im obersten Stockwerk des Betonklotzes. Ja, er kenne General Sereepisut Taemeeyaves, sagte Schneider erfreut. Er habe mit ihm ein Seminar des UN Office on Drugs and Crime über die Bekämpfung internationaler Drogenkartelle besucht. »Ein sehr tüchtiger Polizist, hoch intelligent«, betonte Schneider. Nun solle Vichaj die Erfahrungen Deutschlands bei der Drogenbekämpfung kennen lernen.

Das sei ehrenvoll, antwortete Vichaj, aber eigentlich strebe er eine Position in der National Anti Corruption Agency (NACC) an, die sich insbesondere mit Fällen politischer Korruption befasse. Herr Schneider reagierte verlegen, murmelte etwas von der bisherigen Kommunikation mit dem thailändischen Innenministerium und bat Vichaj, doch zunächst an dem für ihn vorbereiteten Programm teilzunehmen. »In Ordnung«, antwortete Vichaj preußisch und bemerkte, daß General Sereepisut von der neuen Regierung in den vorläufigen Ruhestand versetzt worden sei. »Schade, das passiert also auch bei euch«, bedauerte Schneider.

Die folgenden Tage erinnerten Vichaj an das alte Sprichwort **Chao cham yeu cham**. Dessen eine Interpretation heißt »Bloß nicht überanstrengen« und bezeichnet ein Vorurteil seines Volks gegen Staatsbeamte. Alles, was ihm die Kollegen des Bundeskriminalamts zeigten und erklärten, hatte er an der Polizeischule bereits gelernt. Selbst, daß der »Krieg gegen das Böse« Afghanistan zum Hauptlieferanten von Opiaten gemacht hatte, war ihm schon längst geläufig. Die Bedeutung Osteuropas als Transitraum war für Thailand bedeutungslos. Die Russen traten in Bangkok eher als Lieferanten und Nachfrager preiswerter Huren, denn als Drogenbosse auf. Gegen die Billighuren aus Rußland hatten die einheimischen bereits gestreikt. Für das asiatische Drogengeschäft waren die Russen schlichtweg zu grobschlächtig.

Die andere Interpretation heißt »Faul bis in die Knochen« und bezeichnet einen heimlichen Wunsch seines Volks für Staatsbeamte: Die mögen an Knochenfäule sterben. Das fand Vichaj sehr unhöflich, seit er Staatsbeamter geworden war.

Vichaj lernte in dieser Woche Wiesbaden kennen und schätzen. Seine schöne gründerzeitliche Innenstadt, den Neroberg, auf den sogar eine Bergbahn fährt, die öffentlichen heißen Quellen offenbarten ihm eine Noblesse, die sein Land nur an wenigen Orten kannte, die meistens mit königlichen Residenzen und frühen chinesischen Handelshäusern verbunden waren.

Wiesbaden war aber entschieden nicht »Down to Earth«, wie die Thais es üblicherweise lieben. Das »Laisser faire« seines Volks, das die Fremden in ihrem Urlaub so schätzen, kam in dieser Stadt nicht vor. In Wiesbaden konnte man sein Gesicht auf ganz andere Weise verlieren als in Thailand. Zum Beispiel, indem man ganz offensichtlich kein Geld hatte.

Herr Schneider verlor sein Gesicht nicht. Nach exakt einer Woche des ***Chao cham yeu cham*** bat er Vichaj in sein Büro. Er habe eine Reihe von Kollegen in den Ländern kontaktiert und könne ihm zwei Alternativen anbieten: Im Kampf gegen die Korruption seien die Behörden in Frankfurt und in Hamburg besonders aktiv. Frankfurt sei die Stadt der Banken, Hamburg der größte Seehafen des Landes. Allerdings, schränkte Herr Schneider ein, sei das raue Wetter in Hamburg für einen Thai vielleicht eine Zumutung.

Für Vichaj hatte der internationale Seehafen dennoch den besseren Klang, zumal er von Hamburg als Drogenumschlagplatz schon einiges gehört hatte. Die Chinesen schienen diese Stadt allein wegen ihres Namens zu mögen, den sie mit **Han Bao** übersetzen, was so viel bedeutet wie »Burg der Chinesen«.

»Das müssen Sie selber wissen«, antwortete Herr Schneider mit feinem Lächeln.«In spätestens drei Tagen habe ich es für Sie vorbereitet.« Vichaj war nach der ersten Woche instinktiv an den Handschlag gewöhnt. Herrn Schneiders Händedruck war bemerkenswert weich. Wahrscheinlich hatte das viel mit Beamten zu tun, die wie Herr Schneider den gesamten Tag am Schreibtisch verbringen und mit dem Formulieren von Kompromissen beschäftigt waren. Das Privileg der ***Khon awnsoo***, der höheren älteren Staatsdiener.

Das Bundeskriminalamt buchte Vichaj einen direkten ICE nach Hamburg. Die Flugzeugen ähnelnde, aber geräumigere Ausstattung der Waggons erstaunte Vichaj, der zuletzt als Jugendlicher die rumpelige Königlich Thailändische Eisenbahn benutzt hatte, danach nur noch die schnelleren Überlandbusse oder den eigenen Pick-Up. Als der Zug nördlich von Fulda die ersten Tunnel durchraste, mußte Vichaj gähnen, um den Druck in seinen Ohren zu lösen. »250 km/h« stand auf dem Monitor zwischen den Waggons. »Wenn das mal an den Straßenübergängen gut geht«, dachte Vichaj. Dort passierten in Thailand die verlustreichen Unfälle zwischen Tanklastern und Eisenbahnzügen. Straßenübergänge sah er aber nicht.

Am Hamburger Hauptbahnhof wartete niemand auf ihn. Ein Uniformierter antwortete knapp: »Die Taxistände befinden sich auf der Hauptbahnhof-Nordseite«, nachdem ihm Vichaj die Adresse »Gästehaus des Senats« entgegengehalten und gefragt hatte, wo denn dieses Gästehaus zu finden sei. »Raue Menschen«, dachte sich Vichaj und suchte die Bahnhofs-Nordseite. Es dauerte eine Weile, bis er die Wagen mit dem Taxi-Schild gefunden hatte.

Der Fahrer war kein Deutscher, das sah Vichaj auf den ersten Blick. Seine Augenbrauen waren buschig, seine Hautfarbe braun. Ja, er sei aus dem Iran, antwortete er, als sich Vichaj als Thai vorgestellt hatte

»Vielleicht wissen Sie, daß bei uns die Mullahs regieren«, antwortete der Fahrer. Sein Vater habe zu Zeiten des Shahs Reza Pahlewi eine Brauerei betrieben.

»Deutschland ist kein Wirtschaftswunderland mehr«, sagte der Perser bitter. Es sei schwer, überhaupt eine Arbeit zu finden. Als Selbständiger sei man ohnehin verloren, da einem die Behörden mit bürokratischem Kram und hohen Steuern den Start vermiesen würden. »Vielleicht gehe ich nach Abu Dhabi oder Doha«, sagte der Perser resigniert. Nur seine drei Kinder hinderten ihn daran, weil sie in eine deutsche Schule gingen. »Wenn die Zukunft am Persischen Golf liegen sollte, dann sollten Ihre Kinder Arabisch lernen – besser noch Chinesisch«, antwortete Vichaj. Der Fahrer schwieg.

Zehn Euro für eine kurze Fahrt nach Uhlenhorst erschienen Vichaj sehr hoch. »Das Taxameter lügt nicht, wird regelmäßig überprüft«, antwortete der Perser beleidigt. Taxameter gab es auch in Bangkok. Eine vergleichbare Fahrt hätte dort jedoch weniger als zwei Euro gekostet. »Vielleicht ist es der Mercedes«, dachte sich Vichaj und ärgerte sich, nicht nach einem Toyota Ausschau gehalten zu haben.

Er betrat das pompöse, klassizistische Gästehaus des Senats am Feensee und war überrascht, daß der Empfang über seine Ankunft und Mission vollständig informiert war. Vichaj machte sich Gedanken darüber, ob das miese Wetter und die Akuratesse der darunter leidenden Menschen in einem systematischen Zusammenhang stehen könnten. Schließlich waren auch die Schweden, Finnen und Norweger für ihre Akuratesse bekannt. Das Winterwetter dort sollte angeblich die Zumutungen Hamburgs um ein Mehrfaches übertreffen. Die tief über die Außenalster ziehenden, dunklen Wolkenberge bedrückten ihn allerdings schon ohne jeden Gedanken an das noch nördlicher gelegene Skandinavien ebenso wie die menschenleeren Straßen des Nobelviertels. Er wollte so schnell wie möglich weg von hier. Wenn schon Regen, dann nicht auch noch diese Kälte.

# ELBCHAUSSEE

Udo Kronenberg stürzte in sein Büro. Er war sich sicher, daß sich die Kollegenschaft das Maul darüber verriß, ihn erst gegen Mittag zu sehen. Außer Katharina wusste niemand, daß er kurz nach 4 Uhr morgens aus dem Bett geklingelt wurde, um einen Selbstmord zu begutachten, der angesichts von zwei Whiskygläsern im Blauen Salon der Elbchaussee 825 vielleicht keiner war. Andererseits war es nicht ungewöhnlich, daß sich Kronenberg nach nächtlichen Einsätzen tagesstündliche Freiheiten nahm. Das war jedenfalls aus seiner Sicht nur recht und billig, war er doch nicht mehr der Jüngste.

Polizeikommissarin Katharina Esbjerg meldete sich nach nur dreimaligem Klingeln. Sie war schon seit zwei Stunden wieder im Dienst. Katharina war sein heimlicher Goldschatz: Lange blonde Mähne, nordisches Gesicht mit Stupsnase, locker im Umgang, geschieden nach Ehestreß wegen ihrer Wechselschichten, aber mit einem Kind, um dessen Zukunft sie sich mit ihrem Ex häufig auseinander setzen mußte. Eine lebenskluge Frau, auf die man sich absolut verlassen konnte. Sie war zwanzig Jahre jünger als er.

»Das Einwohnerzentralamt gibt nicht mehr her, als wir bereits wissen. Der von Ribbenstrop ist seit fünf Jahren geschieden, es war eine kurze Ehe. Seitdem lebt er angeblich allein. Sein Büro liegt am Neuen Wall, feine Adresse. Der Wachmann, der ihn gestern Nacht entdeckt hat, ist völlig unbedarft. Rentner, der sich etwas hinzuverdienen muß. Beim Finanzamt liegt nichts Negatives über Ribbenstrop vor. Im letzten Jahr hat er rund 30 Millionen Euro ordentlich versteuert. Insolvent war der jedenfalls nicht.«

Allerdings konnte sich Katharina die penible Ordnung im Haus Elbchaussee 825 immer noch nicht erklären: »Der Mann müsste schon ein Pedant gewesen sein. Das sind wenige in seinem Alter.«

Kronenberg und Katharina beschlossen, die Elbchaussee 825 erneut aufzusuchen. Es dauerte fast eine Stunde, bis sie an den Tagesbaustellen vorbei das Anwesen erreichten. An den nächtlichen Fund erinnerte nur ein Flatterband, das in den weißen Feldern den Aufdruck »Polizei« enthielt. Kronenberg hob das Flatterband hoch, um Katharina einen allzu tiefen Bückling zu ersparen. Er empfand sich als galant.

Das Siegel an der Tür war kein wirkliches Hindernis. Es war bereits aufgebrochen. Kronenberg drückte die schwere Klinke. »Fahrlässig«, ging es durch seinen Kopf. In der Nachbarschaft wohnte jedoch niemand, der es nötig gehabt hätte, sich der Preziosen im Haus Nummer 825 bemächtigen zu müssen.

In der Küche des Erdgeschosses werkelte eine kleine, rundliche Frau mit malayischen Gesichtszügen, das schwarze Haar streng nach hinten gekämmt und zu einem Knoten gebunden. Sie stellte sich überrascht als Dolores vor, Haushälterin des Herrn von Ribbenstrop. Der Herr sei bisher nicht aufgewacht, mutmaßte Dolores in einem Mix aus Englisch und Deutsch. Wie sie denn in das Haus gekommen sei, fragte Katharina in fürsorglichem Ton. Sie habe einen Schlüssel und das Band vor dem Schloß habe sie weder gestört, noch habe sie es verstanden, antwortete Dolores. Jedenfalls sei das Frühstück für den Herrn von Ribbenstrop bereits fertig und im Esszimmer aufgetischt.

»Er wird nie mehr ein Frühstück zu sich nehmen können«, sagte Katharina. Dolores war verwirrt. Eigentlich habe sie gehofft, ihn heiraten zu dürfen. Daß er es nicht gewollt habe, weil sein Status weit über ihrem lag, habe sie verstanden. Immerhin sei es besser, Hausmädchen in Deutschland zu sein als Hausmädchen auf den Philippinen oder auf der saudi-arabischen Halbinsel.

Ob sie der junge Herr denn missbraucht habe, fragte Katharina. Dolores reagierte verständnislos.

»Na ja, fuck, fuck«, legte Katharina nach.

Dolores hob beide Hände wie zum Schwur und rief: »Nein, nein, good master, no fuck, fuck!«.

Ob sie denn eine Arbeitsgenehmigung habe, fragte Kronenberg.

Dolores reagierte erneut verständnislos: »Er immer bezahlen, kein Problem.« Weitere Fragen nach ihrem Aufenthaltsstatus blieben unbeantwortet. Dolores stand die Angst in ihren mandelförmigen Augen: »Ich habe nix getan, bitte …«.

Katharina und Kronenberg ließen von ihr ab, nachdem Dolores beteuert hatte, das Haus am vergangenen Abend gegen 20 Uhr verlassen zu haben. Niemand außer von Ribbenstrop sei zu diesem Zeitpunkt noch anwesend gewesen. Er habe auch keinen Besuch erwartet, soweit sie das beurteilen könne. Dolores brach in Tränen aus. Ob sie nun ihre Arbeit verliere, fragte sie verängstigt.

»Das mag schon sein«, antwortete Kronenberg kühl. Der strafende Blick Katharinas entging ihm.

»Das ist eine arme, einfache Seele«, kommentierte sie beim Hinausgehen.

»Bisher die einzige, die uns Hinweise auf den Umgang des von Ribbenstrop geben könnte«, bemerkte Kronenberg trocken.

# ALTONA / MÖRKENSTRASSE

Im Vergleich zu Bangkok ist Hamburg eine kleine Stadt. Nur der Hauptbahnhof und der Hafen sind größer. Vor allem aber bemerkte Vichaj, daß das Wetter deutlich schlechter war als in Bangkok, selbst als in Washington D.C., wo er gelernt und den nördlichen Winter kennen gelernt hatte. Es war noch nicht einmal Winter in Hamburg.

Das Dezernat für Interne Ermittlungen hatte ihm Kronenberg zugewiesen, obwohl Kronenberg nicht im Dezernat arbeitete. Vichaj wunderte sich, warum er vom Bundeskriminalamt an das Hamburger DIE und von dort wieder an die Mordkommission verwiesen wurde. *Suk ao pao kin*, dachte er und begann, sich über die vermutete Schlampigkeit seiner deutschen Kollegen zu wundern.

Auch Kronenberg ärgerte sich über das Ansinnen seiner Kollegen vom DIE. Was sollte er mit einem thailändischen Trainee anfangen, der zwar Erfahrungen in der Drogenbekämpfung hatte, aber weder bei der Bekämpfung von Korruption, noch gar in einem Morddezernat Erfahrungen aufzuweisen hatte?

Überhaupt: Was wird in dieser Stadt auf die »Frontschweine« abgewälzt, weil die Damen und Herren in den Behörden des Senats zu faul und träge sind, irgend etwas zu bewegen?

»Sie haben momentan den interessantesten Fall für ihn. Von Ribbenstrop war Immobilienmakler mit Verbindungen bis in höchste politische Kreise und wurde möglicherweise wegen krummer Geschäfte umgebracht. Sein Hausmädchen ist Philippina, kommt also aus der Region unseres Trainees. Da kann Ihnen der Ostasiate eine echte Hilfe sein.«

Kronenberg wusste, daß Widerstand gegen den Chef des DIE zwecklos war. »Die schicken uns einen Lehrling aus Thailand«, grummelte er in Richtung Katharina.

Vichaj betrat das schlicht eingerichtete Dienstzimmer Kronenbergs mit einer kurzen Verbeugung. Der wirrhaarige, nachlässig gekleidete Mensch erschien ihm als die letzte Instanz, die Hamburg ihm zuordnen wollte. Kronenberg blickte in das zierliche, jungenhafte Gesicht des schmalen Asiaten und dachte unwillkürlich »Lehrling«.

»Herr Kronenberg?«, fragte Vichaj, obwohl der Name seines Gegenübers auf dem Plastikschild neben der Tür stand. Was hätte er die letzte Instanz für ihn sonst fragen sollen?

»Yes, nice to meet you«, grinste Kronenberg.

»Wir können Deutsch miteinander reden«, gab Vichaj zurück.

»Das macht es einfacher. Wo haben Sie Deutsch gelernt?«

»Ich arbeitete bei der Tourist Police in Bangkok. Weil wir in Thailand so viele Touristen aus Deutschland begrüßen dürfen, habe ich mehrere Kurse Deutsch belegt.«

»So, so, Sie dürfen Deutsche begrüßen. Sie sind mir aber doch nicht als Polizist für Touristen zugewiesen worden. So etwas haben wir hier nicht.«

»Nein, ich wollte gar nicht zur Tourist Police. Eigentlich war ich bei der Drogenbekämpfung.«

»Das ist auch nicht unser Geschäft. Wir bearbeiten hier vermeintliche oder wirkliche Morde und ich weiß nicht, warum Sie das DIE in seiner grenzenlosen Weisheit uns zugeordnet hat.«

»Die Drogenbekämpfung lernte ich in Washington und an der Militärakademie meines eigenen Landes.«

»Sie sind also ein Drug-Enforcement-Spezialist. Wird Ihnen bei uns langweilig werden außer vielleicht am Bertha-von-Suttner-Park.«

»Dort erfuhr ich über Beziehungen hochrangiger Beamter und Politiker zur Drogenszene. Seitdem interessiere ich mich für das Thema Korruption. Die National Anti-Corruption-Commission hat meine Bewerbung um ein Praktikum in Deutschland unterstützt. Deshalb bin ich hier.«

»Wir werden versuchen, diesen Fall von Ribbenstrop gemeinsam zu lösen«, antwortete Kronenberg kopfschüttelnd. Dem milchgesichtigen

Thai gegenüber entwickelte er jedoch instinktiv ein väterliches Gefühl.
»Ich würde Sie gerne beim nächsten Gespräch mit dem Hausmädchen des Herrn von Ribbenstrop dabei haben. Sie ist eine Philippina, stammt also aus derselben Region wie Sie.«

»Die Philippinos sind erstens Malayen oder Chinesen und zweitens katholisch. Mit uns Thais haben sie so viel zu tun wie Sie mit den Arabern. Ich werde Sie aber gerne begleiten.«

»*Milchgesicht und rechthaberisch*«, dachte sich Kronenberg.

# HAMBURG / UHLENHORST

Das Zimmer lag im Dunkeln. Durch die zugezogenen Vorhänge drang nur ein schwacher Lichtschimmer. Vichaj blickte auf das Ziffernblatt des krächzenden Weckers, bevor er auf die Stummtaste schlug und sich schlaftrunken wieder auf die Seite legte. Daß es schon 8 Uhr sein sollte, wollte er nicht glauben.

Es schien nur kurze Zeit vergangen zu sein, als er sich wieder wälzte und auf das Ziffernblatt sah. Die Zeiger standen auf 11 Uhr, aber der Schimmer durch den Vorhang war nicht heller geworden. An diesem Ort konnte etwas nicht stimmen. Das beunruhigte ihn so sehr, daß er aufstand und den Vorhang beiseite schob. Er blickte ins Grau. Tiefhängende Wolken. Draußen war alles naß. Kein heftiger Regen wie zuhause, aber gründlich naß.

Unlustig machte er sich für den Tag frisch, der kein Tag zu sein schien. Jenseits der Tür aus dem Foyer begrüßte ihn klamm-nasse Kälte. »Einfach widerlich«, murmelte er vor sich hin. Noch nicht einmal eine Bushaltestelle war in der Nähe der Schönen Aussicht. Die Fahrt mit einem sogenannten Metro-Bus und einer Bahn im Tunnel nach Altona dauerte fast eine Stunde.

»Daran müssen Sie sich hier gewöhnen«, quittierte Kronenberg seltsam aufgekratzt. »Wir nennen das Schmuddelwetter.«

»Schmuddel – was heißt denn das?«

»Na, so was wie unordentlich, schlampig.«

»Macht mich kalt und naß von außen nach innen«, antwortete Vichaj.

»Dann kaufen Sie sich doch eine ordentliche Jacke. Es gibt kein schlechtes Wetter, nur schlechte Kleidung, sagen wir. Aber hier ist erst mal heißer Kaffee.«

»**Ars Moriendi**«, antwortete Vichaj.

»Wie bitte?«

»Die Kunst des Sterbens.«

»Was hat denn das mit unserem Wetter oder unserem Kaffee zu tun?«

»Man wird dabei richtig melancholisch. Die Melancholie bewirkt passives Verhalten, Flucht in Scheinwelten und Drogen, aber auch in Gewalt.«

»Moment mal, ziehen Sie da nicht überzogene Schlüsse?«

»Denken Sie doch an die Geschichte Europas. In Europa herrschte die Kleine Eiszeit. Hungersnöte, Pest, Hexenverbrennungen, Folter als Verhörmethode. Die Sommer, die keine Sommer waren, führten zu Verzweiflung und Tod. Wenn ich das richtig erinnere: Das Camposanto von Pisa, der Tanz um den Tod. Wirklich beeindruckend, aber morbide, niederdrückend.«

»Wenn Sie schon so weit in die Geschichte zurückgehen, möchte ich meinen, daß Asien Europa in nichts nachsteht. Schließlich kam die Schwarze Pest aus China über die Seidenstraße nach Venedig.«

»Mag wohl sein, aber in Europa hat sie die große Ernte eingefahren. Sie hat die Hälfte der Bevölkerung weggerafft. In Europa führte das zu Gewalt – auch staatlicher Gewalt – anstatt zu neuen Heilmethoden.«

»Sie meinen, daß in Ihrem Kulturkreis im Angesicht der Schwarzen Pest positiver gedacht wurde, zum Beispiel an echte Heilmethoden?«

»In China fiel in den Hunger- und Pestjahren zwischen 1618 und 1643 die Ming-Dynastie. Es begann unter anderem mit Schneestürmen in der subtropischen Provinz Yunnan. Wenn die Leute nichts mehr zu essen haben und Tausende auf den Landstraßen sterben, gibt es eben einen Bauernaufstand, also Gewalt.«

»Bei uns gab es damals den Dreißigjährigen Krieg. Danach hatte Mitteleuropa nur noch fünfzig Prozent seiner Bevölkerung.«

»Dann hoffen wir mal auf den Klimawandel, der hier alles freundlicher machen soll – und die Tropen zur Wüste.«

»Hoffen Sie mal nicht zu viel. Rabaul kann jederzeit wieder kommen.«

»Rabaul? Was meinen Sie denn damit schon wieder?«

»Den Ausbruch eines Vulkans auf Papua-Neuguinea, der im 6. Jahrhundert die ganze Erde verdunkelte und zu Missernten führte. Prokopius von Kaiseria schrieb im Auftrag des römischen Kaisers Justinian darüber.«

»Sie meinen so etwas wie den Ausbruch des Krakatau oder dieses unaussprechlichen Bergs auf Island?«

Vichaj nickte. »Ich hätte noch einen Wunsch«, setzte er etwas schüchtern nach.

»Nämlich?«

»Das schlechte Wetter hier wird besonders unerträglich, wenn ich jeden Tag eine Stunde hin und eine Stunde zurück aus diesem vornehmen Viertel an dem großen See fahren muß. Ich würde jeden Morgen schon vollkommen deprimiert hier ankommen. Dazu noch durchnäßt, erkältet undsoweiter.«

»Sie sind an einer der besten Adressen Hamburgs untergebracht, junger Mann«, wunderte sich Kronenberg.

»Adresse ist mir gleichgültig. Kurze Wege zur Arbeit wären hingegen vorteilhaft.«

Kronenberg nahm den Telefonhörer auf, um mit der internen Steuerung die Unterbringung des exotischen Gastes in der Elb-Clipper-Lounge an der Großen Elbstraße zu verabreden.

»Von dort müssen sie nur den Berg rauf gehen, um bei uns zu landen. Abendessen bekommen Sie dort aber nicht.«

»*Mai pen lai*, das mache ich mir schon selber. In meinem Land sind die Männer ohnehin ihre besten Köche.«

Die Lounge lag an einer viel befahrenen Straße aus Holperpflaster, die beidseitig mit hohen Backsteingebäuden bestanden war. Schräg gegenüber stand ein dunkles Wohnhochhaus, in dem anscheinend wenige Menschen wohnten. Jedenfalls war abends kaum ein Licht zu sehen. Die Geschäfte und Restaurants in der Nähe hatten Preise, an die Vichaj zunächst nicht glauben wollte: »*Irgendwie scheint denen ein Komma nach rechts verrutscht zu sein*«, dachte er. Aber es hatte System.

Unmittelbar neben der Lounge lag ein Club, dessen Betreiber und Besucher überhaupt nicht in das Viertel paßten. Sie parkten ihre Autos noch rücksichtsloser als die anderen Bewohner und Besucher. Nachts dröhnte aus dem Erdgeschoß oft Musik, die Vichaj nicht melodisch fand. Erst allmählich begann er, das Punkige an dieser Insel zu akzeptieren. Die vollkommen fehlende Disziplin dieses Exils blieb ihm allerdings auf Dauer fremd.

# ALTONA-NORD

Der alte, heruntergekommene Wohnblock aus Backstein lag am Kaltenkirchener Platz. Auf der Vorderseite die tosende Stresemannstraße, auf der Rückseite S- und Fernbahngleise.

»Wolltest du hier wohnen?«, fragte Kronenberg Katharina. »Sie hat wohl keine andere Wahl«, schnappte Katharina zurück. Vichaj fand die Gegend nicht ganz so übel: »In Bangkok gibt es viel schlimmeres.«

Im dritten Obergeschoß bewohnte Dolores eine winzige Zweizimmerwohnung: Einfachstes Mobiliar, ein Fernsehapparat, vor dem ein alter Sessel stand, alles sauber und sorgfältig aufgeräumt. Angesichts der drei Polizisten, von denen der Asiate sie besonders irritierte, sprang Dolores die Angst ins Gesicht.

»Sie müssen sich vor uns nicht fürchten. Wir wollen mit Ihnen nur noch einmal über Herrn von Ribbenstrop sprechen.«

Sie nahmen den angebotenen Tee schon deshalb an, weil es Dolores beruhigte.

»Erzählen Sie uns doch einmal, wie Sie Herrn von Ribbenstrop kennen lernten. Geschah das in Manila?«

Dolores verneinte. Mehrere freundliche Versuche Katharinas, mehr als ein Wort aus ihr heraus zu bringen, trugen schließlich Früchte: Dolores erzählte ihre Lebensgeschichte.

Sie sei als eines von sieben Kindern einer Straßenhändlerin in der Provinz Maguindanao aufgewachsen. Ihr Vater sei früh gestorben, so daß die Mutter ihre sieben Kinder nur mit Hilfe von Verwandten unter ärmlichen Verhältnissen durchbringen konnte. Maguindanao werde vom Ampatuan-Clan regiert, der über eine private Armee verfüge. Die Ampatuans beherrschten die Wirtschaft der Provinz und hätten eigene Steuern eingetrieben.

Weil ihre Mutter oft nicht in der Lage gewesen sei, diese Steuern zu bezahlen, hätten zwei ihrer Brüder für Andal, den Sohn des alten

Ampatuan, ohne Bezahlung arbeiten müssen. Andal habe ihrer Mutter gedroht, die Töchter in Davao auf den Strich zu schicken. In ihrer Verzweiflung habe ihre Mutter sie deshalb gebeten, in Manila nach Arbeit zu suchen. Dort sei sie an einen Heiratsvermittler geraten, der ihr eine Ehe in Deutschland versprochen habe, den Paß, das Visum und das Flugticket besorgte.

Allerdings habe auf sie in Deutschland kein Mann gewartet, der sie heiraten wollte. Ein Landsmann habe sie am Flughafen abgeholt und ihr gesagt, daß sie die Auslagen für die Reise abarbeiten müsse. Über ihn habe sie von Ribbenstrop kennengelernt. Er sei ein guter Mensch gewesen, an ihr jedoch nur als Hausmädchen interessiert. Zunächst habe sie ein Zimmer in von Ribbentrops Villa an der Elbchaussee bewohnt. Sie habe vom Frühstück bis zur Bewirtung abendlicher Gäste mehr als 15 Stunden täglich gearbeitet.

Als sie sich nach Wochen bei von Ribbenstrop darüber beschwerte, habe dieser ihr die Wohnung am Kaltenkirchener Platz besorgt und der Begrenzung ihrer Arbeitszeit zugestimmt. Neben der Miete erhielt sie noch 400 Euro im Monat.

»Haben Sie die Gäste des Herrn von Ribbenstrop nach und nach kennen gelernt?«

»Nur vom sehen. Einige kamen immer wieder, andere nur einmal. Wissen Sie, ich habe gekocht und serviert. Am Anfang verstand ich kein Wort Deutsch, weshalb ich nix verstanden habe. Mit Herrn von Ribbenstrop sprach ich englisch. Englisch können auf den Philippinen fast alle sprechen.«

»Wenn wir Ihnen einige Bilder von Gästen zeigen würden, könnten Sie diese wieder erkennen?«

»Von denen, die öfter da waren, glaube ich schon.«

Dolores klagte darüber, daß sie nun kein Geld mehr bekomme, auch, wenn sie jeden Tag zur Elbchaussee fahre und das Haus in Ordnung halte. Kronenberg sah Katharina fragend an. »Zeugenschutzprogramm, vielleicht«, murmelte die.

# ELBCHAUSSEE

Das blendend weiß gestrichene Rathaus Altona kam Vichaj wie eine Variante des Weißen Hauses in Washington vor. Washington kannte er als Trainee recht gut, auch, wenn er seine Zeit dort überwiegend in den Räumen der Drug Enforcement Administration (DEA) verbracht hatte. Er mochte das Weiße Haus, weil es eine Bescheidenheit ausstrahlte, die im Kontrast zur Bedeutung der Weltmacht USA stand. Es war für ihn ein gebautes Symbol für die kluge Haltung, die sich kleiner machen wollte, als sie wirklich war, um letztendlich erfolgreich wirken zu können. Für untergeordnete Behörden der USA galt das nicht in gleichem Maße. Dazu mußte man nur das Pentagon gesehen haben oder die Eingangshalle der CIA.

Für einen Bezirk der Größe Pathumwans in Bangkok schien Vichaj das Rathaus Altona überzogen prächtig zu sein. Noch nicht einmal die Bangkok Metropolitan Administration residierte derart eindrucksvoll. »Vielleicht ist es ein Symbol für vergangene Größe«, dachte er sich.

In der Busbucht östlich des Rathauses hielt ein rotes Daimler SLX-Cabrio älterer Bauart an. Die Beifahrertür flog auf. Eine Hand winkte ihn herein.

»Moin«, sagte der Fahrer mit dem kantigen Gesicht. Der Händedruck schmerzte, Vichaj verzog aber keine Miene. »Guten Abend«, erwiderte er, »nett, daß Sie mich abholen.« »Daför nich«, antwortete der Kantige automatisch. Er habe sich gedacht, daß der geeignete Ort für das Gespräch sein Zuhause sei. Nur ein paar Minuten von hier an der Elbchaussee.

»Aha«, dachte sich Vichaj, »*alter Geldadel*«. »Schön«, sagte er und brachte das Fahrzeug, in dem sie saßen, mit dem Geldadel der Elbchaussee nicht in Vereinbarung: Daimler älteren Baujahrs mit einem riesigen Aschenbecher zwischen den vorderen Sitzen, hinter ihm Cellophantüten und Papier.

Weiße Villen und häßliche Wohnklötze flogen vorbei. Die Abendsonne glitzerte durch ewig regennasses Laub. »Eine der gefährlichsten Straßen Hamburgs«, stellte der Kantige fest.

»Sie meinen Diebstähle?«, fragte Vichaj zurück.

Der Kantige lachte: »Sehen Sie selbst!«

Vichaj rätselte, was der Fahrer meinen mochte. Vielleicht waren die Bewohner dieser Straße in hohem Maße korrupt und werden deshalb erpresst. Aber nein, das hätte er nicht sehen können. Die Selbstverständlichkeit, die im Ton des Kantigen lag, verbot ihm die Nachfrage. Schließlich war e r der Kriminalist. Vielleicht wollte ihn der Kantige auf die Probe stellen. Seine Intelligenz testen. Waren es die alten Bäume, die im Sturm auf die Straße zu stürzen drohten? Wie in vielen Alleen dieser Stadt mochten diese Bäume zwar gefährlich sein, die Elbchaussee aber noch lange nicht zur gefährlichsten Straße machen. Vichaj sah und verstand nicht und begann, sich darüber zu ärgern.

Kurz vor einer kleinen Verkehrsinsel bremste der Fahrer scharf. Ein schwerer, schwarzer BMW-SUV schnitt rasant, drohte sie abzudrängen.

»Die Straße hat regulär zwei Fahrstreifen, aber man fährt zu viert. Vor diesen Querungshilfen drängen sie einen ab.« Der Kantige war erbost.

»Querungshilfen?«, echote Vichaj.

»Entschuldigung, Sie sind ja kein Verkehrspolizist. Querungshilfen sind die Dinger, die mitten auf der Fahrbahn stehen und den Verkehr behindern. Sie sollen Fußgängern helfen. Haben sie bisher irgend einen Fußgänger gesehen?«

Vichaj hatte nicht : »Dann sollten diese Hilfen einfach weg?«

»Nein, nein«, wehrte der Kantige ab. »Es wäre politisch nicht korrekt, Hilfen für den nicht vorhandenen Fußgänger abzubauen. Da mögen Gott und die Grünen davor sein. Die wollen diese Elbchaussee am liebsten zur Radstraße machen. Das wäre eine Straße, auf der sich die Autofahrer der Geschwindigkeit von Radfahrern anpassen sollen. Und zwar Radfahrern, die nebeneinander herfahren, nicht hintereinander. Das nennt sich dann Political Correctness.«

Vichaj pflegte mit seinem teuren Rennrad an ausgewählten Abenden auf den Straßen Bangkoks zu fahren. Es war eines der lebensgefährlichsten Hobbys, das man dort pflegen konnte. Ein Vorrang für Radfahrer auf Hauptstraßen war für ihn ein ungewöhnlich innovativer Vorschlag. Er fühlte jedoch, daß er mit seiner Meinung den Kantigen verärgern würde. Deshalb wählte er den ostasiatischen Weg, lächelnd zu schweigen. Der Kantige fühlte sich dadurch bestätigt und antwortete auf Vichajs listige Frage, wer denn so einen Unsinn vorschlage: »Der hiesige Baudezernent natürlich, ein verkappter Grüner, der sich brüstet, seit 40 Jahren zur eigentlich vernünftigen Sozialdemokratie zu gehören.«

»Und der hat von Verkehr natürlich keine Ahnung«, antwortete Vichaj, um weitere Äußerungen dieser Art aus dem Kantigen zu lokken.

»Viel schlimmer noch! Der war, bevor er zu uns nach Altona kam, unter anderem Generalverkehrsplaner von Köln. Na ja, die Rheinländer haben sowieso einen an der Waffel.«

»An der Waffel?«

»Ja, sagen wir so für solche, die nicht ganz dicht sind.«

»Sie meinen, dieser Baudezernent ist verrückt?«

»Einfacher wär's.«

Vichaj wußte um das emotionelle Potential verkehrspolitischer Themen. Eine engagierte Diskussion darüber konnte oft zu unfruchtbaren Ergebnissen führen. Selbst im seichten Geplätscher der Nachtradios von Bangkok lösten sie oft einen ununterbrochenen Wortschwall ansonsten wortkarger Taxifahrer aus. Wortkarg waren diese Taxifahrer meistens nur, weil sie keine Lizenz hatten und hinter jedem männlichen Fahrgast mittleren Alters einen Polizisten vermuteten. Mit Ausnahme von Ausländern, die sie jedoch schon wegen der Sprachbarriere nicht verstanden.

Vichaj schwieg und wunderte sich über den Zusammenhang zwischen Querungshilfen, nicht vorhandenen Fußgängern, politischer Correctness und der Gefahr, die auf der Elbchaussee lauerte. Den Fahrstil des selbsternannten Piloten im schwarzen BMW konnte er nicht als Schlüssel zur Gefahr erkennen. Schließlich passierte ihm so etwas auf Bangkoks Straße bei noch höherem Tempo alle paar Minuten. Das Verhalten des Kollegen vom Bundeskriminalamt auf der Autobahn zwischen dem Frankfurter Flughafen und Wiesbaden erschien ihm viel gefährlicher: Die Gefahr der Selbstüberschätzung des nackten Affen am Pedal.

Als sich die Chaussee zum Fluß hin neigte, bogen sie auf ein Grundstück ab, auf dem eine niedrige Villa mit Walmdach lag: »Das ist mein Zuhause«, sagte der Kantige. Seine Hand lud zum Aussteigen ein. Sie gingen um die Villa herum in den südlich vorgelagerten Garten. Vichaj blieb beim Anblick des Hafenpanoramas jenseits des Flusses stehen: »Das ist wunderschön«, kommentierte er. Der Kantige lud ihn zufrieden zum Sitzen ein und kam nach wenigen Minuten mit Bier, Wein und Cola wieder. Vichaj bat um die Cola, der Kantige nahm sich Bier.

»Ist Ihre Familie nicht zuhause?«, fragte Vichaj.

»Nein, nein, das war einmal«, antwortete der Kantige.

»Entschuldigen Sie, daß ich so direkt fragte. Es tut mir leid.«

Der Kantige nickte entschuldigend. Vichaj schwieg betreten, sah aber im Gesicht des Mannes keine Spur von Traurigkeit. Ein Verkehrsunfall konnte es nicht gewesen sein. Auch kein Mord. Vichaj kannte die verzweifelten Züge liebender Angehöriger von Mordopfern. Das hier war anders.

»Sie ermitteln im Bezirksamt Altona?«, fragte der Kantige.

»Ich absolviere ein Praktikum.«

»Wo liegt der Unterschied?«

»Ich beobachte und lerne. Aber ich ermittle nicht.«

»Auch Sie werden einen Bericht schreiben.«

»Sicher, aber dieser Bericht dient meiner beruflichen Entwicklung und geht nur an meine Dienststelle in Bangkok.«
»Wer hat Ihnen denn Altona empfohlen?«
»Ich hatte die Auswahl zwischen Frankfurt und Hamburg und habe Hamburg als die interessantere Stadt gewählt. Hamburg ist eine Hafenstadt. Im- und Export schmiert immer.«
Der Kantige lachte. »Und warum Altona?«
»Reiner Zufall. Ein Selbstmord, der auch ein Mordfall sein könnte. Hat mit Immobilien zu tun.«
»Mit Immobilien habe ich auch zu tun.«
»Sie sind Mitglied der Kommission für Bodenordnung?«
»Sicher bin ich das. Was hat das mit Ihrem Fall zu tun?«
»Ich wurde als Trainee dem Fall von Ribbenstrop zugewiesen. Sie haben davon gehört?«
»Stand in allen Tageszeitungen. Niemand weiß von nichts und der hat sich wohl selbst aufgehängt.«
»Kann sein. Er war eine nicht unbedeutende Person im halböffentlichen Leben Ihrer Stadt.«
»Was wollen Sie denn mit halb-öffentlich sagen?«
»Er machte in städtischen Grundstücken und bewegte sich auch sonst wohl eher vorsichtig durch's öffentliche Leben. Es gibt aber Stimmen, die sagen, daß Herr von Ribbenstrop erheblichen Einfluß auf die Stadt ausgeübt hat.«
»Nicht auf die Kommission für Bodenordnung. Wir sehen immer darauf, daß der Stadt kein finanzieller Schaden entsteht.«
»Der Wert des Bodens ist abhängig davon, was und wieviel man darauf bauen kann. Bestimmen Sie das?«
»Nein, das bestimmen die Bezirke.«
»Sie sind doch der Bezirk.«
Der Kantige wehrte grinsend ab. Er sei nur einer von vielen im Bezirk. Entscheiden würde die Mehrheit der Bezirksversammlung.
»Ist das ein Parlament?«, fragte Vichaj.

»Nicht genau das, aber so etwas Ähnliches.«
»Aha, etwas Ähnliches. Und wer entscheidet in diesem Ähnlichen tatsächlich?«
»Wir, die Ökologisch-Konservative Partei. Das ist eine Vereinigung von Wirtschaftsnahen und Umweltschützern, So ähnlich jedenfalls.«
»Bemerkenswert. In meinem Land und in den USA stehen die gegeneinander.«
»Das ist das Besondere an Altona, daß es hier nicht so ist.«
»Könnte das Besondere an Altona darin liegen, daß hier alles so ähnlich ist?«
»Das verstehe ich nicht ganz. Vielleicht sind die Wege der Entscheidungen auf kommunaler Ebene bürgernaher als auf anderen Ebenen. Aber warum ist diese kommunale Ebene so interessant für Sie?«
»Das kann ich Ihnen für Deutschland und Altona nicht beantworten. In meiner Heimat ist die Bürgernähe kommunaler Verwaltung stets auch mit Schmiergeldern verbunden. Wer ist der mächtigste Mann in Altona?«
»Möglicherweise unser Vorsitzender«
»Ihr was, bitte?«
»Na, der Chef der Ökologisch-Konservativen Fraktion in Altona.«
»Ist er Immobilienmakler?«
»Nein, er verdient sein Geld mit einem amerikanischen Patent, das er gekauft hat und international vermarktet.«
»Gibt es in Ihrem Parlament – ich meine, in der Bezirksversammlung – keine Immobilienmakler?«
»Doch, zum Beispiel den Vorsitzenden der Bezirksversammlung.«
»Ist das so etwas wie ein Präsident?«
Der Kantige lachte: »Ja, so nennen ihn einige – aber mehr aus Spaß.«
»Nochmals zurück zu diesem amerikanischen Patent: Wissen sie, worum es sich dabei handelt?«
»Werbung an Transportbändern für Gepäck auf internationalen Flughäfen.«

»Haben Sie so etwas schon irgendwo einmal gesehen?«
»Vielleicht früher einmal. Inzwischen handelt unser Vorsitzender aber auch mit Aktien.«

Vichaj grinste: »Um davon leben zu können, muß man zunächst eine Menge Kapital haben. Hat er denn mit seiner Werbung so viel Geld gemacht?«

Der Kantige zuckte mit den Achseln. Er ging zum Grill und brachte zwei durchgebratene Koteletts zurück. »Mögen Sie?« Vichaj hob dankend den Teller und gestattete seinem Gastgeber kauend eine Gesprächspause. Danach unterhielten sie sich über die grandiose Elbaussicht, über die sich langsam das gelbrote Licht der Abendsonne ergoß. Mit hereinbrechender Dunkelheit begann der Hafen, aus sich selbst heraus zu leuchten. Es war einfach grandios. Der Kantige ließ sich über die Gegenwart und Zukunft dieses einzigen Welthafens aus, der mitten in der Stadt liegt; außer vielleicht dem in HongKong.

# ALTONA / MÖRKENSTRASSE

Vichaj berichtete von seinem Gespräch mit dem Mitglied der Kommission für Bodenordnung.

»Also Aufziehbilder auf den Transportbändern von Flughäfen und sonst alles in Ordnung«, resümierte Kronenberg.

»Man soll die Waffen nur heben, wenn man sich des Sieges gewiss ist. Sun Tsu vor 3000 Jahren.«

Kronenberg blickte ihn verwundert an: »Eine Ihrer fernöstlichen Weisheiten?« Im nächsten Moment verzog er das Gesicht, den Fußtritt Katharinas am Schienbein unter dem Tisch spürend.

»Sun Tsu, chinesischer General vor etwa 3.000 Jahren« , belehrte sie ihn.

»Na, dann wird das schon seine Ordnung haben. In vielfacher Weise haben wir Menschen uns vom Primaten noch nicht gelöst. Nur die Technik ist raffinierter geworden. Udo Kronenberg, heute.«

»Sun Tsu war kein Primat, sondern ein erfolgreicher Feldherr seines Kaisers. Die wenigen im Westen, die ihn gelesen haben, meinen, daß er der erste Pazifist gewesen sei. Weil er schrieb, daß der beste Krieg jener sei, der nicht geführt wird. Das ist jedoch zu kurz gelesen. Sun Tsu führte auf Befehl des Kaisers einige Kriege. Er führte sie jedoch nur, wenn er nach gründlicher Betrachtung den Sieg für gewiß hielt. Im anderen Fall riet er dem Kaiser, abzuwarten.«

»Kaiser oder nicht Kaiser, was ist in unserem Fall Ihr Rat, Vichaj? Abwarten?«

»Verbindungen knüpfen, auch, wenn wir vordergründig gesehen am Fall vorbei arbeiten«, antwortete Vichaj.

»Und welchen Zeitraum schlagen sie für diese Knüpfarbeit vor?«

»Es gibt keinen bestimmten Zeitraum, es gibt nur das Ziel. Sie vermuten, daß der Selbstmord keiner war. Dafür gibt es auch bisher keine Anhaltspunkte. Allein die Tatsache, daß von Ribbenstrop in Immobilien unterwegs war, beweist gar nichts. Wir bewegen uns wie diese niedlichen Tiere, die im Nordmeer totgeschlagen werden – wie heißen die noch?«

»Sie meinen die Robben?«

Vichaj nickte: »Weil wir keine ausreichende Kenntnis der Lage haben, bewegen wir uns wie Robben in der Pufferzone. Wer verteidigt was? Wer sagt uns nicht, was er weiß, weil er etwas zu verteidigen hat? Wer hält seine Lüge für die Wahrheit? Wer kämpft, ohne über die Erfolgsaussichten seines Kampfs nachzudenken? Natürlich auch: Wer zieht Gewinn aus dem Tod des Immobilienmaklers?«

Kronenberg und Katharina sahen sich an. Sie hatten keine Antworten auf diese Kaskade von Fragen.

»Was schlagen Sie vor?«, fragte Kronenberg endlich.

»Wir sollten bei der Politik und der Verwaltung Altonas weiter bohren. Ebenso wichtig können Kontakte zu den Konkurrenten des Verstorbenen sein, wenn es stimmt, daß er bei Geschäften mit städtischen Immobilien bevorzugt wurde. Die sind sicher sauer und werden vielleicht als erste reden. Dort könnten sich auch diejenigen finden, die aus dem Tod Gewinn ziehen. Kennen wir welche von denen?«

»Nein, wir haben noch keinen Überblick«, seufzte Katharina.

»Was ist mit der Spurensicherung?«

»Nichts, keine vergleichbaren Muster.«

Kronenberg fand zu seiner Rolle als zwar lässiger, aber erfahrener Vorgesetzter zurück: »Dann finden wir heraus, wer sich von denen ebenfalls für städtische Grundstücke interessiert hat. Wir brauchen die Protokolle und Unterlagen der Kommission für Bodenordnung. Sie Vichaj, halten bitte Kontakt zur Politik und Verwaltung Altonas.«

# HAMBURG / OTTENSEN

Vichaj mochte dieses Viertel nicht, weil man sich dort ständig verlaufen konnte. Die Straßen waren krumm und verwinkelt, selbst die Taxifahrer fragten immer wieder nach dem richtigen Weg. Er mochte dieses Viertel wiederum doch, weil es so heimelig war und weil man ihm als Ostasiaten keinen Blick hinterherwarf. In Ottensen bewegten sich fast alle Rassen und Hautfarben dieser Erde. Sogar einen in traditionellem Gewand gekleideten Japaner hatte er auf der kurzen Fußgängerzone gesehen, der seltsame Töne von sich gab. Die Passanten warfen begeistert Cent- und Euromünzen in den bereitgestellten Hut. Vielleicht, weil sie ihn für einen Tibeter hielten und Tibet ohnehin der absolute Hit in diesem seltsamen Viertel war. Sozusagen die Verkörperung des Freiheitskampfs eines unterdrückten Volks, dem man mehr anzudichten bereit war, als es hergab. Vielleicht die Regung eines Volks, das niemals in seiner Geschichte eine erfolgreiche Revolution zustande gebracht hatte. Vielleicht einer der Gründe für die Erbfeindschaft zwischen den Deutschen und den Franzosen, dachte sich Vichaj. Es waren schließlich die Franzosen, die Europas wesentliche Kulturleistungen in alle Welt exportierten: Die Säkularisierung, die Revolution und die Republik. Sogar die Amerikaner profitierten davon.

An einer der vielen Straßenecken fand er schließlich die Taverne, die er mit dem Dezernenten als Treffpunkt ausgemacht hatte. »Ich habe Sie in dieses Restaurant gebeten, weil ich mich mit Ihnen nicht in meinen Diensträumen treffen will. Das spricht sich sonst rum.«

Der Dezernent war ein Mann mittlerer Größe mit langen, grauen Haaren und Furchen über den Augenbrauen. Sein grünes Jackett schien aus teurem Cashmere zu sein, trug jedoch nicht dazu bei, den Mann vornehmer erscheinen zu lassen. Er nestelte eine Long Line aus seiner Zigarettenschachtel.

»Sie auch?«

»Danke, ja.«

»Ich versprach Ihnen, etwas über Altona zu erzählen. Also erzähle ich Ihnen vor dem Essen etwas über Altona. Als ich von Köln nach Hamburg kam, glaubte ich, aus einer Stadt entkommen zu sein, welche erst die Franzosen und die Preußen vor noch nicht einmal 200 Jahren aus Dreck und Unordnung befreit hatten. Ich kam aber in eine Stadt – einen heutigen Hamburger Bezirk – die im 19. Jahrhundert von Slum-Lords und Immobilienspekulanten geprägt war. Allerdings griffen auf diesem Hintergrund auch Reformideen um sich, zum Beispiel die »Behn'sche Stadterweiterung«, genannt nach dem damaligen Altonaer Oberbürgermeister. Geplant wurde diese Maßnahme übrigens von einem Kölner Städtebauer namens Stübben.«

»Sind Sie der neue Stübben?«

»Das glaube ich wohl nicht, zumal Stübben Berater und nicht Bausenator von Altona war. Wie im Städtebau üblich, wird darüber aber erst die Zukunft richten.«

»Also war Altona ein Ort der Bodenspekulation. Und Hamburg?«

»Das hätte ich vor meinem Wechsel nach Altona nun wirklich nicht geglaubt - bis ich die Geschichte der Cholera-Epidemie von 1892 gelesen habe. Ist gerade 120 Jahre her. Ich las, daß Robert Koch, nach dem heute ein berühmtes Institut in Berlin benannt ist, beim Besuch des Cholera-infizierten Hamburg dachte, daß er sich wegen der katastrophalen Wohnbedingungen hier nicht in Europa wieder fände. Viele der Cholerakranken wohnten in feuchten Hinterzimmern ohne Fenster. Sie tranken Wasser aus der Elbe, in die alle Exkremente und Industrieabwässer der Stadt geleitet wurden. Die Pfeffersäcke im Hamburger Senat hatten sich offensichtlich um die Gesundheit der von ihnen verwalteten Bevölkerung nicht geschert. Ihre aufgeblasene Senatsverwaltung ebenso wenig. Das kostete damals innerhalb weniger Wochen 9.000 Menschen das Leben. Erst das preußische Militär konnte die Versorgung der an Cholera Erkrankten sichern.«

»Und heute?«

»Was Epidemien anbetrifft, ist Hamburg immer noch nicht gut aufgestellt. Aber wir sind 120 Jahre weiter. Die herrschende Politik ist eine andere, sie besteht nicht mehr nur aus Pfeffersäcken. Sie maßt sich nach meinem Eindruck einen viel zu hohen Einfluß auf reines Verwaltungshandeln an. Das endet oft in fehlender Rationalität.«

»Es gibt vielleicht verschiedene Rationalitäten, nicht nur Ihre.«

»Gewiß. Hier – wie anderswo, aber stärker – spielen Netzwerke eine zentrale Rolle. Solche Netzwerke haben auch zur Einverleibung Altonas nach Hamburg geführt.«

»Wollen Sie mir jetzt die gesamte Geschichte von Altona erzählen?«

»Nein, nur einen kleinen, unbekannten Ausschnitt. Adolf Hitler fuhr auf der »Jan Molsen« das Elbufer entlang. Der von den Nazis eingesetzte Hamburger Bürgermeister Carl Vincent Krogmann und sein Nazi-Gauleiter Karl Kaufmann redeten auf ihren Führer ein und wollten ihn davon überzeugen, dem Anachronismus der Existenz der Großstadt Altona direkt neben St. Pauli ein Ende zu bereiten. Ein weiterer Teil dieses Netzwerks war, daß der bizarre Hermann Göring mit der Hamburger Fabrikantentochter Emmy Sonnemann verheiratet war. Hamburgs Wirtschaft litt damals unter den Autarkiebestrebungen des Nazi-Regimes, die direkt der Vorbereitung des II. Weltkriegs dienten, aber dem Welthafen Hamburg schadeten. Hamburg war damals eine Stadt mit hoher Arbeitslosigkeit. Dieses Opfer glichen die Nazis dadurch aus, daß sie Altona, Wandsbek und Harburg dem Staatsgebiet Hamburgs eingliederten. Das verkündete der Nazi-Innenminister Wilhelm Frick am 31. März 1937 von einem Balkon des Hamburger Rathauses dem jubelnden Volk. Daß da ein kleiner Teil der Jugend dem offiziell als dekadent erklärten Swing zuhörte, wird nachträglich als liberale Komponente hoch stilisiert. Der ordinäre Hamburger war aber genau so ein Nazi wie der ordinäre Münchner.«

»Also jenseits von Nazi oder nicht: Meinen Sie, daß die Immobilienspekulanten in Altona und Hamburg regelmäßig und erfolgreich ein und aus gehen?«

Der Dezernent zögerte: »Mit Ihrem aktuellen Fall haben Sie möglicherweise ein paar kleine Fische am Haken. Obwohl in der Summe aller Fälle der Eine oder Andere auch Millionensummen bewegt haben mag.«

»Kennen Sie den Herrn von Ribbenstrop?«

»Schon gehört. Er ist ja nun tot. Angeblich steckte der hinter einem Vorschlag, eine Wohnsiedlung in eine Landschaftsachse zu bauen.«

»Warum sagen Sie angeblich?«

»Weil dieser Vorschlag über einen mit ihm verbandelten Architekten von den Grünen eingebracht wurde. Der eigentliche Nutznießer sollte der von Ribbenstrop sein.«

»Er hat bei Ihnen nie direkt vorgesprochen?«

»Ach wissen Sie, in Altona wird manches zwischen Politikern, Maklern und Projektentwicklern verhandelt, von dem wir als Behörde erst später Kenntnis erlangen.«

»Sie meinen, daß es so ist wie in Thailand?«

»In Ihrem Land gibt es wenigstens eine, investigative Presse. Hamburg hat das nicht. Deshalb können in Hamburg manche durchstechen, ohne auf Widerstand zu stoßen.«

»Durchstechen?«

»Ja, ihre Interessen in allerlei Hinterzimmern durchsetzen und die Verwaltung im Detail zu bestimmten Amtshandlungen zwingen, die nicht ganz sauber sind.«

»Sie meinen zum Beispiel von Ribbenstrop?«

»Sein Wohngebiet in der Landschaftsachse hat er nicht bekommen. Da gibt es ganz andere, große Imperien, die im Hamburger Parlament, der Bürgerschaft, direkt vertreten sind.«

»Sie meinen, Hamburg ist eine »Company Town« oder so etwas ähnliches?«

»So weit will ich nicht gehen, obwohl es dazu Ansätze gibt. Ich habe so eine »Company Town« als Soldat in Bayern erlebt. Unser Fliegerhorst – Militärflughafen – lag kurz vor Günzburg. Dort regierte in

Wirklichkeit ein Landmaschinenkonzern namens Mengele. Angeblich Verwandschaft des berüchtigten KZ-Arztes. Nur gegen unsere nächtlichen Flugübungen konnten die nichts machen.«

»Sie meinen, daß das Ihre späte Rache am Faschismus war?«

»Iwoh, das war damals mehr bauchgesteuert: Wir Militärs gegen die ewigen Nörgler. Die Nörgler wehrten sich gegen die Nachtflüge, wollten aber dennoch Schutz gegen die sowjetische Bedrohung.«

»Das denken Sie noch heute?«

»Sicher. Da brauche ich nur die westlichen Teile dieses Gemeinwesens hier anzusehen. Des Nachbarn Garten ist mein Garten, vor allem, wenn ich meinen Garten schon völlig überbaut habe. Der staatliche Wald ist für meinen Hund oder für mein Pferd da, und es stört mich, wenn dort nachhaltige Forstwirtschaft betrieben wird. Für jeden Egoisten findet sich ein beflissener Lobbyist.«

»Also, dieser Herr von Ribbenstrop hatte kein so großes Netzwerk – oder hatte er nicht genügend Geld?«

»Immerhin hat sich der Pate persönlich um seine Interessen gekümmert. Die waren aber doch zu starker Tobak, wäre zu auffällig gewesen, so ein Wohngebiet mitten im Grünen.«

»Der Pate?«

»Ja, der Vorsitzende der Ökologisch-Konservativen. Der hat seine Finger in recht vielen Immobiliengeschäften dieses Bezirks.«

# ALTONA / RATHAUS

Vichaj ging den langen, kahlen Gang des Rathauses entlang, das aussah wie die größere Version des Weißen Hauses in Washington. Der Gang war ernüchternd. An seinem Südende betrat er ein dunkel getäfeltes Treppenhaus. Hölzerne Ornamentik auf allen Seiten. In der Mitte des Treppenhauses hing ein Kronleuchter, bestückt mit billigen Energiesparlampen. »Stillos«, dachte sich Vichaj.

Vor einer schweren Tür stand ein billig aussehendes Stellschild: »Willkommen im Rathaus Altona, Herr Bangramsan«, stand darauf geschrieben.

»*Donnerwetter*«, dachte Vichaj, »*schon wieder eine so informierte Begrüßung. Organisiert sind sie anscheinend doch, die Deutschen.*«

Er klopfte an die schwere Tür. Nachdem sich nichts regte, öffnete er sie. Hinter einem Plastiktisch strahlte ihn eine blonde Teenagerin an: »Herr Bangramsan, kommen Sie herein!« Das verstand er nicht ganz, da er bereits eingetreten war. Die strahlende Teenagerin riß ihm instinktiv ein ebensolches Strahlen ins Gesicht: »Ich habe einen Termin beim **Nayok Tesaban**.«

Die Strahlen im Gesicht der Teenagerin erstarrte: »Bei wem, sagen Sie?«

»Na ja, ich denke, bei Ihrem Chef.«

»Ganz richtig, bitte setzen Sie sich noch einen Augenblick. Er führt gerade ein Telefonat, aber gleich ist er für Sie da.«

Vichaj setzte sich auf einen billigen Stuhl an einem billigen Plastiktisch, der voll mit Zeitungen von gestern und vorgestern lag. Er fühlte sich wie vor der Audienz bei einem Polizeigeneral, nur, daß Polizeigenerale zwischen werthaltigerem Mobiliar zu herrschen pflegten.

Kurz darauf kam ein großer Mann mit Stirnglatze von links in den Raum. Er schoß, die rechte Hand ausstreckend, direkt auf Vichaj los. Vichaj war dieses Händedrücken bereits gewohnt. Instinktiv fühlte er, dem großen und hohen Herrn den *Wai* bezeugen zu sollen. Dennoch ließ er seine Hände auseinander und nahm die rechte Hand. Nur die Nordamerikaner waren noch zupackender als dieser *Nayok Tesaban*.

Der große und hohe Herr bat ihn durch einen Gang zwischen dem Sekretariat und seinem Büro. Vichaj blickte sich dort um und fand das Büro seltsam widersprüchlich: Schwerer, edler Besprechungstisch, um den verzierte Stühle aus Holz standen, schwerer, edler Schreibtisch, hinter dem ein unpassender Bürostuhl stand. Edle Deckenleuchte und Stehlampen im Stil der 1950-iger Jahre. Eine dünne Stellwand mit irgendwelchen Plänen darauf. Das alles paßte nicht zueinander.

»Darf ich Ihnen Tee oder Kaffee anbieten?«

»Ist früh am Tag, also Kaffee bitte«, wünschte Vichaj.

»Verstehe. In Asien haben Sie besseren Tee als wir«.

»Das ist nicht so ganz sicher. Die besten Teesorten werden nach Europa und Nordamerika exportiert.«

Der große und hohe Herr faltete die Hände vor seinem Hals zusammen: »Was kann ich für Sie tun?«

Vichaj war überrascht. Hatte er doch angesichts des Stehschilds vor der schweren Eingangstür angenommen, daß der *Nayok Tesaban* über ihn und seine Aufgabe genau informiert war. War er aber offensichtlich nicht. Vielleicht war es aber auch eine floskelhafte Fangfrage.

»Nun sehen Sie , ich arbeite bei der Anti-Korruptionseinheit der königlich thailändischen Polizei. Um meine Erfahrungen zu erweitern, darf ich eine Art Trainee-Programm beim Bundeskriminalamt durchlaufen. Ich habe mich in diesem Rahmen für Hamburg entschieden, weil das Hamburger Dezernat für Interne Ermittlungen einen sehr guten Ruf genießt«.

»Das ist schön. Warum kommen Sie gerade nach Altona?«

»Die Kollegen meinten, daß es hier besonders interessant sei. Eigentlich will ich mit **Ihnen** besprechen, warum die das so entschieden haben.«

»Das verstehe ich, ehrlich gesagt, auch nicht. Wir sind eher unauffällig. Im Gegenteil, ich habe seit meinem Amtsantritt konsequent Anti-Korruptions-Kurse eingeführt. Meine Verwaltung ist clean.«

»Man sagt, im Bau- und Immobilienbereich sei einiges im Argen.«

»Auch dafür gilt, daß Altona im Vergleich der Bezirke unauffällig da steht. Um Verhältnissen in der Vergangenheit ein Ende zu machen, habe ich die Gründung einer unabhängigen Vergabestelle verfügt.«

»Öffentliche Vergaben meine ich gar nicht. Es geht eher um eine mögliche Verflechtung zwischen der Immobilienwirtschaft und dem Baudezernat.«

»Haben Sie Erkenntnisse darüber, daß die Immobilienwirtschaft Mitarbeiter des Baudezernats schmiert?«

»Erkenntnisse habe ich nicht, sonst hätten meine Kollegen schon längst die Handschellen ausgekramt. Altona ist ein Bezirk mit sehr hohen Grundstückspreisen. Da liegt es doch nahe, daß das Baurecht zum eigenen Nutzen manipuliert wird, oder?«

»Das mag wohl sein, aber wir ziehen offensichtlich keinen Nutzen daraus. Sonst wären unsere Kassen besser gefüllt, als sie sind.«

Der große und hohe Herr, der mit Vichaj an dem edlen Besprechungstisch aus massivem Holz saß, schien nicht zu verstehen – oder nicht verstehen zu wollen. Vichaj gewann den Eindruck, dass sein Gesprächspartner bestrebt war, mit allen Mitteln überlegen wirken zu wollen.

»Was ist mit Ihren Verwaltungsausschüssen, die Sie »die Politik« nennen?«

Der große und hohe Herr stutzte: »Haben Sie mit meinem Baudezernenten gesprochen?«

»Ja, schon. Der hat mir allerdings auch nur Andeutungen gemacht, die mich bisher nicht weiter geführt haben.«

»Andeutungen? Welche denn?«

»Darüber, daß es in Altonas politischem Bereich so etwas wie einen Paten gibt. Der und nicht Ihre Verwaltung scheint über Baugenehmigungen zu entscheiden.«

»Jedenfalls über Abweichungen vom geltenden Planungsrecht entscheidet die Politik, nicht das Amt.«

»Und was ist mit dem sogenannten Paten?«

»Vielleicht meinen Sie damit den Wortführer der politischen Mehrheit in Altona. Dagegen ist doch nichts zu sagen.«

»Stimmt es, daß dieser Wortführer eine Immobilien-Beratungsfirma betreibt?«

»Ich habe mir solche Fragen bisher nicht gestellt.«

Der hohe Herr schien der Weisheit **Ao huu bpai naa, ao taa bpai rai** zu folgen, der die Chinesen das Bild der drei Affen gewidmet haben, die weder hören, noch sehen, noch sprechen wollen.

# TEUFELSBRÜCK

Vichaj nahm den Bus 36, der direkt an der Königstraße abfuhr. Obwohl es ein ganz normaler Linienbus war, forderte der Busfahrer von ihm einen »Zuschlag« auf seine Monatskarte. »Warum Zuschlag?«, fragte Vichaj. »Das ist ein Schnellbus«, antwortete der Fahrer und kassierte 1,40 Euro. Für diesen Betrag konnte man in Bangkok leicht mit dem Taxi vom Finanzviertel zum Hauptbahnhof Hualampong fahren, etwa zwanzig Minuten lang.

Im Bus saßen einige Chinesinnen und Chinesen, die alle am Haltepunkt »Parkstraße« ausstiegen. »Nach der Parkstraße mußt du aussteigen«, hatte ihm der Busfahrer gesagt. Vichaj wunderte sich über das »Du«.

Vichaj stieg dort aus, wo er den Fluß sah. Zwischen der Elbchaussee und dem Fluß lag ein offensichtlich neu gebauter, gelb gepflasterter Platz, dahinter ein Ponton, auf dem ein zweigeschossiges Holzhaus stand.

Vichaj wandte sich einem anderen Holzhaus zu, dessen Namen ihn an eine Biermarke erinnerte. Es lag in einem kleinen Hafen, in dem mehr Schlamm als Wasser stand. Wegen des seltsamen Namens »Düvelsbrück« ging er über einen Steg in die Gaststube und bestellte sich ein Glas Astra-Bier.

Am Nebentisch saßen zwei gut gekleidete Damen mittleren Alters. Sie unterhielten sich über ihren letzten Skiurlaub in Davos. Eigentlich unterhielten sie sich nur über Urlaube. Vichaj bekam den Eindruck, daß das Leben dieser Damen aus einer unablässigen Folge von Urlauben bestand. Daß sie für vier Tage nach New York – an die Fifth Avenue, wie eine von ihnen betonte – flogen, um einzukaufen, verwirrte Vichaj völlig. Der Neue Wall in Hamburg ist doch chic und teuer genug, dachte er.

»Seitdem der Dollar niedrig steht, ist es so günstig dort«. Die Gesprächspartnerin stimmte lebhaft zu.

Vichaj überschlug, wieviel man wohl für Kleidung ausgeben müsse, um Flug- und Hotelkosten nach und in New York wieder herein zu bekommen. Es mußten Tausende von Euro sein, die jede der beiden in vier Tagen auszugeben hatte.

Vichaj dachte an seine häufigen Besuche des Chattuchak-Markts im nördlichen Stadtteil Mor Chit von Bangkok, wo man sich für ein Viertel des Preises einkleiden konnte, den man in einem Warenhaus auf der Mönckebergstraße auf den Tisch legen mußte. Oder für weniger.

Sicher, keine der beiden Damen würde das Gedränge und die einfachen Läden im Chattuchak mögen. Man kann dort auch nicht im Taxi vor's Schaufenster fahren. Schaufenster gibt es dort ohnehin nicht, nur Rollläden, die kurz nach Sonnenuntergang heruntergezogen werden.

Die beiden Damen wandten sich einem anderen Thema zu: Den Baustellen im Hamburger Straßennetz. Sie waren sich schnell darin einig, daß die ständige Bauerei eine besondere Schikane sei: »In China habe ich auf einer Baustelle Dutzende von Arbeitern gesehen, hier siehst Du meistens keinen.«

»Die sollten eben auch nachts bauen, wenn es keinen stört.«

Vichaj dachte an die grandiose Autobahnbaustelle bei Mengla, dem einzigen Stück China, das er kennen gelernt hatte. Seit Jahren wurde dort mal hier, mal dort gebaut. Der Fernverkehr quälte sich nach wie vor über enge Bergstraßen. Mengla liegt im Süden der chinesischen Provinz Yunnan, den die Thai **Sibsongpanna** nennen. Aus ihrer Sicht war der Süden Yunnans die zwölfte Provinz Thailands. Demzufolge mußte Laos die elfte Provinz sein. Ein Teil der ursprünglichen Bevölkerung dort spricht ein altertümliches Thai. Wahrscheinlich war es jener Teil des Volks, der auf dem Zug vom Rand des Himalaya durch das heutige Laos nach »Lanna«, dem heutigen Norden Thailands, nicht mehr mitkommen wollte. Seine Landsleute nannten diese Menschen **Thai Dam** – die schwarzen Thais. Dabei waren die auch nicht dunkelhäutiger als er selbst.

**Sibsongpanna** wurde zu einem beliebten Reiseziel mittelständischer

Thais, die es bemerkenswert finden, daß sich ihre Sprache und Kultur auch im riesigen Nachbarreich China wiederfindet. Und daß die offizielle Geschichte Thailands, die mit den Königreichen von Lanna beginnt, eine Vorgeschichte hat, die Thailands Regierung mit Rücksicht auf den riesigen Nachbarn China nicht erwähnen wollte.

Beruflich hatte Vichaj mit **Sibsongpanna** deshalb zu tun, weil es bis vor einigen Jahren ein beliebtes Ziel von Rucksackreisenden aus dem Westen war. Insbesondere jener, die in China ungestört Drogen konsumieren wollten. Das UN Office on Drugs and Crime hatte sein Auge auf die Region gerichtet. Die Chinesen brauchten dessen gut bezahlte Spezialisten jedoch nicht, um mit dem Gröbsten aufzuräumen. Daß sich die Szene zwischenzeitlich in der Oststadt des Touristenparadieses Dali festgesetzt hatte, lag wohl daran, daß die örtlichen Behörden ihre Augen lieber auf den schneebedeckten Cang Shan richteten, als auf die Straßen der alten Hauptstadt der Nanzhao. Vichaj hatte vergeblich darauf hingewiesen.

Das engagierte Gespräch der beiden Damen am Nebentisch fand Vichaj seltsam. Wollte man ihren Worten glauben, dann fielen sie von einem Urlaub in den anderen und kauften zwischendurch sündhaft teure Kleider an der Fifth Avenue. Statt sich um die Ärmeren zu kümmern, erregten sie sich über sie. In seinem Land kümmerten sich die Frauen der Neureichen entweder ums Geschäft oder camouflierten ihren Wohlstand mit karitativen Taten. Und wenn es nur eine regelmäßig hohe Spende für den Tempel war, in dem jeder mittellose Thai für eine von ihm selbst gewählte Zeit Mönch werden konnte.

»Die Gelben«, so genannt wegen der Farbe ihrer Kutten, werden vom Staat nicht alimentiert, genießen jedoch wegen ihres üblicherweise entsagungsvollen Lebens in der Gesellschaft hohes Ansehen. Einem Mönch anders als sehr respektvoll zu begegnen, war in Thailand undenkbar.

Vichaj stand auf, bezahlte einmal wieder ein Mehrfaches dessen, was ein Kaffee in seinem Land kostete und ging auf dem gelb gepflasterten

Platz spazieren. Westlich des Platzes verengte sich die Uferpromenade zu einem einfachen Weg. Am Hang lagen einige Villen. Auf der Elbe schob sich fast lautlos ein massiges Frachtschiff der Hanjin-Line vorbei. Vichaj bereute nicht, in Wiesbaden diese Stadt gewählt zu haben. Die Denk- und Redeweise mancher ihrer Bewohner war von seinen bisher gemachten Erfahrungen weit entfernt. Aus diesem Unterschied konnte man lernen.

# ALTONA / GROSSE BERGSTRASSE

»Wohin wollen wir zum Essen gehen?«, fragte Kronenberg.

»Jedenfalls nicht in diesen Fischladen an der Elbe«, gab Vichaj zur Antwort. »Zu teuer und zum Rauchen wird man nach draußen geschickt.«

»Essen und rauchen geht hier seit langen nicht mehr, wissen Sie doch.«

»Gehen wir ins Mondi, dort ißt man rauchfrei und hat nur ein paar Schritte bis zur Raucherbar.«

Sie schlenderten über die Große Bergstraße bis hinter den Goetheplatz, an dem ein City-Möbelhaus hochgezogen wurde. Im westlichen Abschnitt der früher einmal lebendigen Geschäftsstraße grenzten Vorgärten an den Bürgersteig.

Der schmale sizilianische Wirt begrüßte sie überschwänglich. Für die Anrede »Commissario« erntete er einen finsteren Blick Kronenbergs. Auch, wenn sich niemand sonst im Gastraum aufhielt, mußte nicht die halbe Welt wissen, wer er war. Als der Sizilianer mit leichter Handbewegung Richtung Vichaj fragte, ob er seinen jungen Bekannten aus Bangkok mitgebracht habe, hätte er dem Frechdachs am liebsten eine geklebt. Dem Restaurant sofort den Rücken zu kehren, unterließ er mit Rücksicht auf Vichajs Nikotinsucht und darauf, daß der Thai das wohl als Unhöflichkeit gewertet hätte. Schließlich war das »Mondi« dessen Vorschlag.

»Er ist tatsächlich aus Bangkok und beschäftigt sich mit mafiösen Strukturen«, antwortete Kronenberg statt dessen.

»Da sind Sie bei mir ganz richtig«, gab der Sizilianer beschwingt zurück.

Vichaj bestellte eine große Platte Antipasti, Kronenburg orderte eine Pizza Quattro Stazione, Katharina eine Funghi. »Wasser oder Hauswein?« Für den ordentlichen Hauswein war es noch zu früh, also Wasser.

Kronenberg überlegte, wie er den Wortwechsel vergessen machen könnte, ohne gleich in dienstliche Angelegenheiten springen zu müssen. Schließlich erzählte er Vichaj von seinem Tiger-Traum, den Katharina schon kannte. Vichaj hörte ihm aufmerksam zu. Kronenberg hatte den Eindruck, daß alle Ostasiaten schielen, wenn sie einen direkt und aufmerksam ansehen. Das war sicher eine optische Täuschung, verunsicherte ihn jedoch stets aufs neue.

Als Kronenberg geendet hatte, erwiderte ihm Vichaj, daß er, Kronenberg, soeben zwei Geschichten über die Natur seines Landes und deren Ausbeutung erzählt habe. Vor wahrscheinlich zwei Millionen Jahren sei der Tiger aus Sibirien nach Süden gewandert. Der Himalaya stellte eine fast unüberwindliche Hürde dar, weshalb selbst diese widerstandsfähige Katze erst vor 10.000 Jahren in Südostasien aufgetaucht sein dürfte. Wahrscheinlich, so mutmaßte Vichaj, hätte eine Eiszeit den Tiger in wärmere Gefilde getrieben. Noch vor 150 Jahren sei der Tiger durch die weiten Wälder Thailands gestreift, weitgehend ungestört und von den Menschen gefürchtet.

»Dann kamen die Mediziner und Forstleute, machten der Katze den Garaus. 1.200 Katzen waren es vor 15 Jahren, etwa 350 sind es heute noch in ganz Südostasien.«

»Warum waren Mediziner und Forstleute wesentlich dafür verantwortlich? Ich vermute eher, daß es die Bauern waren, die den Dschungel niedermachten.«

»Sicher auch. Jäger und Mediziner suchten das wertvolle Fell, die Knochen und das Geschlechtsteil des Tigers. Gemahlenen Knochen und der Penis geben angeblich Kraft und sexuelle Leistungsfähigkeit. Die Forstleute wiederum ließen sich von europäischen Möbelfirmen auf der Suche nach Teakholz kaufen. Den biodiversen Dschungel ersetzten sie durch Monokulturen, zuerst Teak, dann Eukalyptus. Dabei haben sie auch tüchtig von den Deutschen gelernt, die noch Mitte des letzten Jahrhunderts für Monokulturen warben. Einfach gestrickt und profitabel. Am Holzexport haben wenige verdient, obwohl die meisten

Wälder eigentlich allen gehörten. Was nicht nur dazu führte, daß landlose Bauern die Wälder besiedelten und weghackten, sondern, daß sich Politiker, hohe Beamte und andere Einflußreiche die schönsten Landschaften aneigneten. Übrigens auch 5.500 Klöster.

Die meisten hatten ein Dokument namens »*Nor Sor 3*« in ihren Händen, wie auch immer sie das gefingert hatten. Das »*Nor Sor 3*« ist zwar nicht exakt ein Eigentumstitel, wird aber von den Banken beliehen und kann veräußert werden. Damit erklären sich die Felder, Landsitze und Golfanlagen mitten im nicht mehr vorhandenen Regenwald. Solche Entwicklungen werden inzwischen sogar mit GPS erfaßt.«

»Und niemand tut etwas dagegen?«

Vichaj lachte: »Doch, immer dann, wenn es einen Gegner treffen soll. Zum Beispiel in Khao Yai Thiang bei Korat – das ist die größte Stadt in *Isaan*. Dort kaufte der königliche Berater und General Surayud Chulanont gewidmeten Wald gleich quadratmeilenweise. Das paßte den Leuten des früheren Premiers Thaksin Shinawatra nicht. Surayud mußte den Deal rückgängig machen. Wichtig ist aber die Erklärung eines Mitglieds der Rechtsanwaltsvereinigung zu diesem Fall: Wollte man jede illegale Waldnahme in Thailand so behandeln wie den Fall Khao Yai Thiang, dann würden die Gefängnisse unseres Königreichs nicht ausreichen, um den Diebstahl von Allgemeineigentum und damit verbundene Korruption zu bestrafen.

Allein im Touristenparadies Phuket und auf den Inseln der Andamanischen See müßte man Hunderte verhaften, und das wären keine armen Bauern. Verstehen Sie, warum keiner etwas dagegen tut?«

»Da steckt natürlich auch internationales Kapital dahinter.«

»Klar, zum Beispiel auf der großen Insel Ko Lanta, die lange Zeit recht unberührt geblieben war. Die Insel besteht fast ausschließlich aus Gemeindeland. Heute beherrschen die Skandinavier weite Teile der Westküste. Sie machen für ihre Seniorenresidenzen Hügelkuppen platt und umgeben sie mit hohen Mauern. Die früher öffentlichen Strände davor werden abgesperrt. Viele Hotels sind teurer als in Bangkok. Und das alles auf Land in kommunalem Eigentum.«

»Niemand wehrt sich dagegen?«

»Das habe ich doch bereits erklärt: Zu viele Einflußreiche verdienen daran, die bisherigen lokalen Pächter werden mit für sie hohen Ablösesummen abgefunden, dann übernehmen europäische und australische Fondsgesellschaften und Hotelketten. Ko Lanta ist in wenigen Jahren zum Ghetto für Skandinavier mit lokalen Dienstboten geworden. Die Preise sind entsprechend hoch.«

»Auf der anderen Seite verdient Thailand am Tourismus prächtig.«

»Fragt sich, wer daran verdient. In den Hotels arbeiten mehr und mehr Burmesen. Die sind billiger als Thais und erpressbar. Sie haben keine Aufenthaltsgenehmigungen. Manche junge Thais arbeiten in Go-Go-Bars, schnelles Geld, keine Zukunft. Verdienen tun die Hotelketten und Restaurants einschließlich ihrer einheimischen Mittelsmänner. Ein Sumpf, den die Touristen nicht wahrnehmen wollen oder können. Selbst Khao Lak, das der Tsunami weggefegt hat, ist nach der Katastrophe mehr noch als vorher von ausländischen Eigentümern in Beschlag genommen worden. Das internationale Kapital profitiert selbst von einer solch epochalen Katastrophe - und an den Jahrestagen inszenieren sie diese alberne Lichtlampenschau, verhöhnen die Überlebenden.«

»Haben Sie eine eigene Vorstellung davon, wie das zu korrigieren wäre?«

»Die Kleinbauern und die Klöster kann man vom »*Nor Sor 3*«-Land kaum vertreiben, ohne einen Volksaufstand zu riskieren. Die sollte man vertraglich zur Pflege und Wiederherstellung des Walds verpflichten. Außerdem: Neue Gefängnisse bauen, um die anderen wegen Diebstahls, Urkundenfälschung und Korruption einsperren zu können. Wäre ein großes Beschäftigungsprogramm. Schafft jedenfalls stabilere Arbeitsplätze als der Tourismus.«

»Aber Sie glauben an solche Lösungen wohl nicht?«

Vichaj lachte: »Ebenso könnten Sie annehmen, daß ein Tiger über eine Hauptstraße Bangkoks spaziert.«

Inzwischen waren die Pizzen fast kalt geworden. Die große Antipastiplatte erwies sich als die bessere Wahl für eine spannende Unterhaltung. Vichaj und Kronenberg gingen in die Raucherbar hinüber.

»Ihr Traum spielt vermutlich nicht in Thailand, was den Tiger angeht.«

»Na doch, die Katze wurde durch einen gefällten Baum weggefegt. Wenigstens das paßt doch.«

»Wäre das so, dann hätte der Stamm eher Sie getroffen. Wie 1989 am Pukao Yod Luang bei Nakhon Si Thammarat, als eine Flut Tausende gefällter Stämme vom Berg riß, die Hunderte von Dorfbewohner tötete.«

»Und das gab keinen Volksaufstand?«

»Nicht wirklich, aber die Presse setzte das Verbot des flächenhaften Abholzens von Wäldern durch.«

»Ausgerechnet die Presse, die auf Holz angewiesen ist?«

»Sie holen es sich jetzt aus Laos.«

Den Begriff »*Nor Sor 3*« wollte sich Kronenberg merken. Zwar gab es in Hamburg kaum Wälder, dafür aber viele Parkanlagen und Landschaftsachsen. Der Landschaftsschutz schien omnipräsent zu sein. Selbst das Häuschen seiner Eltern in Rahlstedt lag in einem Landschaftsschutzgebiet, das in Wirklichkeit nichts weiter als ein großer Einfamilienhausteppich war.

# GROSSE FREIHEIT

»Fragen Sie doch mal den Paten«, hatte der Dezernent geraten, als Vichaj ihn auf den Einfluß der Politik auf Baugenehmigungen angesprochen hatte. Er gab ihm eine Handy-Nummer, die sehr oft belegt war. Schließlich gelang es Vichaj, den Paten zu erreichen. Vichaj erzählte dem Paten, daß er als Student eine Arbeit über erfolgreiche Kommunalpolitik in Thailand und Deutschland vorbereite. Dabei sei ihm die durchsetzungsstarke Politik in Altona aufgefallen. Die Arbeit werde vom Deutschen Akademischen Austauschdienst gefördert.

»Es gibt viele Beispiele erfolgreicher Kommunalpolitik«, antwortete der Pate geschmeichelt. »Warum gerade unser Modell unter den Erfolgreichen?«

»Nun, weil die – ich glaube, es heißt in Ihrer Sprache »Farbenlehre« – Konstellation so ungewöhnlich ist. Konservative und Umweltschützer passen nach üblichen Standards nicht wirklich zusammen.«

Der Pate war beeindruckt und herausgefordert. Sein lokales Modell als Gegenstand einer internationalen Studie! Vichaj lud ihn ins »*Sanam Luang*« an der Großen Freiheit ein.

»Die Große Freiheit ist nicht gerade mein Revier.«

»Sprechen wir eben auf internationalem Niveau«, interpretierte Vichaj des Paten Stolz in der Stimme.

Als der Pate in die kleine Seitengasse der Großen Freiheit eintrat, in der das »*Sanam Luang*« lag, fiel ihm zunächst die Werbung für ein »Thai Paradise« auf. Das fand er interessant. Weil er etwas zu früh angekommen war, ging er die Treppen zu diesem Paradies hoch. Es roch nach Puff. Schon im ersten Obergeschoß begrüßte ihn eine ostasiatische Schönheit in hohen Stöckelschuhen. Ein Blick auf die Uhr sagte ihm jedoch, daß die Zeit für ein Tete-à-Tete zu kurz sei. Vielleicht nachher.

»So, wie ich das sehe, sind das überwiegend Lady-Boys«, sagte Vichaj dem hageren, blauäugigen, schwarzhaarigen Mann, als sie im »***Sanam Luang***« an einem Tisch saßen. Außer ihnen hielten sich nur Thais in dem Restaurant auf. Der Pate bestellte sich ein Reisgericht mit Gemüse und Schweinefleisch – ***Khao Pat Moo*** - , Vichaj eine Gemüse-Schweinefleisch-Suppe – ***Bao Lao Moo***. Dazu Chang-Bier.

Die Tatsache, daß keine Einheimischen im Lokal waren, gab dem Paten Selbstsicherheit. Er lehnte sich auf seinem Stuhl zurück und richtete seinen Blick herausfordernd auf Vichaj, der gelegentlich zurückblickte, dann wieder Richtung Tresen auswich. In Thailand galt es als unschicklich, Gesprächspartner anzustarren.

»Also, Sie sind der Baugewaltige von Altona«, begann Vichaj das Gespräch.

»Wie meinen Sie das?«

»Nun, derjenige Politiker, der über Baugenehmigungen entscheidet.«

»Wer sagt das?«

»Überall, wo ich nachgefragt habe, wurde ich darauf hingewiesen, daß letztendlich die Politik über Baugenehmigungen entscheidet.«

»Wo haben Sie denn nachgefragt?«

»Bei anderen Politikern, in der Verwaltung, beim Bezirkschef.«

»Na, wenn die das sagen, ist es wohl so.«

»Nach welchen Kriterien entscheiden Sie?«

»Danach, ob sich ein Bauvorhaben in die Umgebung einfügt und nach der Gestaltung, die der Architekt vorschlägt.«

»Sprechen Sie vor Ihrer Entscheidung die Bauvorhaben mit den Investoren durch?«

»Wenn die uns vorher fragen, ja.«

»Und wenn sie vorher nicht fragen?«

»Dann zitieren wir sie in unsere Arbeitsgruppe.«

»Welche Arbeitsgruppe?«

»Die Arbeitsgruppe für Stadtentwicklung, die regelmäßig in unserem Fraktionsbüro tagt.«

»Gibt es auch zwischendurch Kontakte?«

»Ja, natürlich, denn die Investoren wissen ja, daß sie unsere Zustimmung haben müssen.«

»Was müssen die Investoren wissen, um Ihre Zustimmung erhalten zu können?«

»Zunächst einmal wissen in der Regel **wir**, was die Nachbarn über das Bauvorhaben denken.«

»Ich meine, was müssen die Investoren **selbst** wissen, um Ihre Zustimmung zu erhalten?«

»Die rechtliche Lage und die politische Möglichkeit zum Konsens, falls die Nachbarn gegen das Bauvorhaben sind.«

»Was bedeutet: Die rechtliche Lage?«

»Es muß geprüft werden, ob das Planungsrecht ein Bauvorhaben zuläßt, oder ob eine Befreiung vom Planungsrecht erforderlich und möglich ist.«

»Und das prüfen **Sie**?«

»Nein, das mit den Befreiungen liefert uns die Verwaltung. Wenn Befreiungen erforderlich sind, dann tanzen die Antragsteller bei uns an.«

»Und dann?«

»Na, wie gesagt, dann entscheiden wir.«

»Welche Spielräume haben Sie?«

»Alle. Wir können eine Befreiung vom Planungsrecht versagen oder erteilen. Wenn das Planungsrecht überhaupt nicht paßt, können wir es ändern.«

»Ist das nicht Willkür?«

»Na hören Sie, junger Mann, das ist keine Willkür, sondern das Primat der Politik.«

»Auf Ihren Schultern lastet also die Verpflichtung des Rechtsstaats?«

Der Pate stutzte. Er überlegte sich, ob er das Spiel mit dem Asiaten weiter treiben sollte und entschied sich dagegen:

»Hören Sie, ich habe mich erkundigt. Ich weiß sehr wohl, wer Sie sind.«

Vichaj setzte sein unschuldigstes Jungengesicht auf: »Jetzt weiß ich nicht, was **Sie** meinen.«

»Sie sind kein Student, sondern ein Trainee beim Dezernat für Interne Ermittlungen. Soweit ich sehe, sind Sie auf den Baudezernenten von Altona angesetzt.«

Vichaj fühlte, daß der Pate darauf emotional reagieren würde: »Also, dieser Dezernent steht Ihnen ständig im Weg.«

»Der müßte schon lang weg. Das haben seine Vorgesetzten nicht geschafft.«

»Und warum nicht?«

»Das öffentliche Dienstrecht in unserem Land ist zu starr.«

»Nun, das gibt es auch bei uns. Vielleicht bin ich selbst nur deshalb noch im öffentlichen Dienst meines Königreichs. Darf ich die Rechnung übernehmen?«

Der Pate lachte: »Wie Sie wollen.« Er bedeutete, daß das Gespräch im »**Sanam Luang**« für ihn beendet sei. Er hatte ohnehin schon mehrfach Anrufe auf seinem Handy weggeklickt.

»*Ziemlich selbstbewußt, stets darauf bedacht, die Führung zu behalten. Paranoiker, vielleicht*«, dachte sich Vichaj, als er durchs »Thai Paradise« schlenderte, aber nichts Anregendes fand.

# DAVAO / MINDANAO

Die Boeing 757 der Philippine Airlines setzte zum Landeanflug an. Sie hatte eine Stunde lang die azurblauen Wasser der Celebes-See, später die hohe Bergkante von Mindanao überflogen. Selbst in der Business-Class, die hier »*Mabuhay*« hieß, hatte sich der Pate unwohl gefühlt. Der Sitz war wenig breiter als jene in der Economy Class.

Rumpelnd setzte das Flugzeug auf der einzigen Landebahn auf. »*Welcome to Fransisco Bangoy International Airport*«, flötete die Purserin, während die Maschine eine der vier Gangways ansteuerte. Auf dem Apron standen nur wenige, kleinere Turboprops, umgeben von hoch beladenen Lastkarren.

In der Gangway schlug ihm die feuchtheiße Luft entgegen, die ihm schon auf dem Ninoy-Aquino-Airport von Manila zu schaffen gemacht hatte. Das polygonale Betongewitter dort war jedoch gut klimatisiert, was man von dem angeblich internationalen Flughafen am Ende aller Fluglinien-Netze nicht behaupten konnte.

Seine stahlblauen Augen streiften über das einzige Gepäcklaufband. Es war nicht beklebt. »Gut«, dachte er, »gut für's Geschäft«.

Am Ausgang sprach ihn ein Uniformierter an. Nach dem ersten Schreck bemerkte er, daß der schmale Kerl versucht hatte, seinen Namen auszusprechen. Wie er denn sofort auf ihn gekommen sei, fragte der Pate verwundert zurück.

»*We have a photo of you*«, grinste ihn der Uniformierte an. Der Pate wunderte sich, war er doch vorsichtig im Umgang mit seinem Porträt und mit Informationen über sich selbst.

Gemeinsam gingen sie zu einem weißen Toyota, der direkt vor dem Ausgang stand. Bereitwillig gab der Pate sein Gepäck ab, weil ihm der Schweiß bereits aus allen Poren quoll.

Überall standen Männer in Kampfanzügen, die Maschinenpistolen lässig über die Schulter gehängt oder vor der Brust tragend, den Lauf nach unten gedrückt. Auch als Ungedienter sah der Pate sofort, daß das keine Polizisten waren. Nur wenige der Träger von Maschinenpistolen beobachteten die herausströmenden Passagiere mit ernstem Blick, die meisten Soldaten unterhielten sich miteinander, scherzten und lachten. »So schlimm kann es hier mit dem Bürgerkrieg nicht sein«, dachte sich der Pate.

»*Sir*«, forderte ihn der Uniformierte mit einladender Handbewegung auf, den Sitz im Fond des weißen Toyota zu besteigen. Der Pate zwängte sich auf den Rücksitz und war erleichtert, daß alsbald ein kräftiger Schub kalter Luft durch die Limousine zog.

Nach Verlassen der Ringstraße fuhren sie mit hoher Geschwindigkeit auf der breiten Diversion Road durch üppiges Grün. Links tauchten Fabrikhallen auf, davor ein Schild »*RDL Cosmetics*«. Erst langsam verdichteten sich vereinzelte Holzhäuser an den Straßenrändern zu Häuserzeilen. »*Asian Highway 26*« las der Pate auf einem vorbeifliegenden Straßenschild und meinte, daß dieser Straßenname nun doch etwas überzogen sei.

Auf einer zweibahnigen Straße mit breitem Mittelstreifen nötigte sich der Fahrer erstmals eine Erklärung ab: »***This is Rochas Avenue. Rochas is our Freedom Hero.***«

An einer belebten Ecke bog der Toyota in die geschwungene Auffahrt vor einem 18-geschossigen Hochhaus ein: »***Marco Polo Hotel, your home in Davao***«, sagte der Uniformierte. Der Pate las die Aufschrift auf dem Nebengebäude: »*Philippine National Red Cross Blood Bank*« und fragte den Fahrer lachend, ob er das meine. Der schüttelte, ohne eine Miene zu verziehen, den Kopf, preßte seine Schirmmütze in die Stirn und hob das Gepäck aus dem Heck des Wagens. Ein Livrierter schob das Gepäck bis zur großzügigen Rezeption.

Die mandeläugige Schönheit am Empfang übergab ihm lächelnd seinen Zimmerschlüssel und bemerkte, daß ihn Oberst Tan am nächsten Morgen in der Lobby erwarten würde. Ob er sonst noch etwas wünsche, flötete sie ihn an. Er verbiß sich den Wunsch nach ihr als nächtlicher Begleiterin.

Die Dämmerung setzte ein. Sein Zimmer lag im zehnten Obergeschoß. Die Panoramafenster gaben den Blick auf das Gewirr der tropischen Großstadt frei. Hinter dem Lichtermeer tat sich stockdunkles Land auf, dessen Ausdehnung man nur erahnen konnte. Der Pate plumpste auf das Königsbett und dachte über einen Whisky nach. Über das ältliche Telefon bestellte er eine ganze Flasche, nachdem ihm deutlich gemacht wurde, daß der Hotelservice einzelne Gläser zu servieren nicht bereit war.

Nach dem dritten unangemeldeten Telefonat antwortete der Pate »Ja.« Kurz darauf klopfte es an seiner Zimmertür. Eine gut Aussehende mittleren Alters stand vor ihm und blitzte ihn mit ihren dunklen Mandelaugen an. Er fühlte sich im Siebten Himmel, bis die Mandeläugige den überwiegenden Teil der Whiskyflasche geleert hatte und neben im einschlief.

»*Hauptsache Begleitung*«, dachte er sich und schlief ermattet neben der Alkoholisierten ein. Nicht, ohne seine Geldbörse und seinen Paß im Gepäck zu verschließen.

Schon gegen 7 Uhr stach die zunächst fahle Morgensonne durch die Panoramafenster. Die schnaufende Frau neben ihm störte. Er knipste zunächst an ihren braunen Armen, zog sie schließlich grob in Sitzposition.

»**One hundred Dollar**«, sagte sie verschlafen. Breitbeinig zog er weiter an ihr, bis sie schwankend vor ihm stand. »Nichts!«, zischte er auf Englisch. Sie begann zu jammern, wurde zunehmend lauter. Es wurde ihm peinlich. Er nestelte an seinem Gepäck, entnahm seiner Geldbörse einen 50-Dollar-Schein, drückte ihn der Mandeläugigen in die Hand und preßte ein »*This is enough*« zwischen den Lippen heraus. Sie sah den Schein, hob ihn nahe an ihre Augen, bedankte sich und war blitzschnell verschwunden.

Der Pate räkelte sich im lauwarmen, zunehmend kühler werdenden

Schauer der Dusche. Bis 9 Uhr würde er topfit für's Geschäft sein. Er bestellte sich ein Frühstück aufs Zimmer. Der House-Boy brachte Kaffee, labbriges Brot mit Konfitüre, ein Ei und viele Früchte. Nach Früchten war es dem Paten nicht, den Rest nahm er dankbar zu sich. Der blütenweiße Bademantel, den ihm das Hotel bereit gelegt hatte, umschmeichelte seine Haut. »Ersatz für die vertane Nacht«, murmelte er vor sich hin.

Er band sich die Krawatte und verließ das Zimmer. Breitbeinig bewegte er sich in der Lobby des Hotels auf den einzigen Uniformierten zu, der sich während dieser Morgenstunde dort aufhielt, nannte seinen Namen und hielt ihm die Hand entgegen.

»Colonel Tan«, erwiderte sein Gegenüber und schien die entgegengestreckte Hand zerquetschen zu wollen.

Oberst Pedro Tan war ein kahlköpfiger Hüne mit schmalen Augen, die wie Striche unter seinem mächtigen Schädel lagen. Seine Leibesfülle schien die Metallknöpfe seiner Uniform sprengen zu wollen.

Eifrig und in holprigem Englisch erläuterte ihm der Pate sein Angebot. Er bemerkte nicht, mit welcher Langeweile der Offizier ihm zuhörte. Als er seinen Vortrag beendet hatte – nicht, ohne auf die Vorzüge für den Obersten selbst hinzuweisen – entstand eine lange, peinliche Stille.

»Wissen Sie, warum ich überhaupt mit Ihnen reden will?«, setzte Pedro Tan dieser Stille ein Ende. Der Pate war verwirrt: »Bitte, warum?«

»Nicht wegen Ihres Papiers an Laufbändern in Flughäfen, das ist lächerlich. Wir werden wie andere Flughäfen bald Bildschirme mit Werbung über unseren Laufbändern installieren. Die ganze Welt digitalisiert sich. Glauben Sie doch nicht, daß wir uns mit so antiquierem Zeug wie Aufklebern auf Laufbändern abgeben wollen!«

»Was also ist Gegenstand unseres Gesprächs?«, fragte der Pate verstört.

»Sehen Sie, ich habe Erkundigungen über Sie eingeholt. Sie sind ein gut vernetzter Kommunalpolitiker im Norden Ihres Landes. Genau so jemanden suchen wir hier.«

Der Pate blinzelte verstört in die Augenschlitze des Obersten, denen er keine Regung entnehmen konnte. Er fühlte sich dem maskenhaften Gesicht ausgeliefert. Pedro Tan bemerkte zufrieden die Hilflosigkeit seines Gegenübers. Der Kerl war ihm trotz seines großspurigen Auftretens nicht gewachsen. Er lehnte sich entspannt zurück.

»Nehmen wir einen Kaffee oder einen Whisky?«, fragte er. »Irish Coffee«, antwortete der Pate und freute sich heimlich über den spontanen Kompromiß. Nach einem kurzen Wink und unüberhörbarem Befehl des Obersten stand die Kombination aus Kaffee und Whisky mit perfekter Sahnedecke auf dem Tisch.

»Sehen Sie, wir haben es in diesem Land seit Jahrzehnten mit einem Bürgerkrieg zu tun, der scheinbar zwischen katholischer Regierung und muslimischen Splittergruppen am südlichen Rand der Philippinen wütet. Tatsächlich wollen die sogenannten Befreiungsbewegungen die Kontrolle über die Bodenschätze Mindanaos. Sie wollen der Republik wesentliche Ressourcen entreißen, die notwendig sind, um die schnell wachsende Bevölkerung des Landes überhaupt ernähren zu können. Damit wollen sie die Philippinen destabilisieren und letztendlich zerstören. Wir sind das bevölkerungsreichste christliche Land Ostasiens und wollen das bleiben. Sie können uns dabei helfen.«

Der Pate stutzte. Warum erzählte ihm der Oberst die Geschichte seiner ostasiatischen Heimat? Er war doch gekommen, um auf Gepäckbändern geklebte Werbung zu verkaufen. Er wollte sich nicht in Händel einbringen, deren Tragweite er nicht verstand. Er wollte sich jedoch auch nicht bloßstellen. Er witterte, daß ihm der Oberst ein ganz anderes Geschäft anzutragen bereit war: »Was also erwarten Sie von mir?«

»Die Philippinen sind eine Seefahrernation. Vor allem hier im Süden. Deshalb habe ich mit einigen Anderen zusammen in einen Schiffsfonds investiert, der einige hochseefähige Trawler und eine Fregatte bauen und verchartern wollte. Wir haben 10 Millionen US-Dollar investiert. Raus kam – nichts. Ich will, daß Sie uns dabei helfen, das Geld zurück zu holen.«

Der Pate starrte Pedro Tan ungläubig an: »Ich bin kein Wirtschaftsanwalt und habe von Schiffsfonds zwar schon gehört, aber keine Ahnung davon.«

»Davon müssen Sie auch keine Ahnung haben. Wir wollen Ihre Netze nutzen. Dafür zahle ich Ihnen eine hohe Provision. Zehn Prozent der investierten Summe. Die Hälfte davon bar auf die Hand. Jetzt.«

»Herr Oberst, ich wüßte nicht, wie ich das anstellen sollte.«

»Sie sind doch auch in Immobilien unterwegs, nicht wahr?«

»Schon, aber die Schiffsfinanzierung ist ein ganz anderer Markt. Global und nicht lokal.«

»Sehen Sie, dann sind wir uns schon ganz nah. Was wir bieten, sind weitere 10 Millionen US-Dollar für eine Investition in Immobilien, die uns jährlich 20 Prozent Rendite erbringt. Garantiert, zehn Jahre lang. Zusammen mit der Rückzahlung aus dem Schiffsfonds sind das also 20 Millionen US-Dollar. Darauf zehn Prozent sind also 2 Millionen US-Dollar. Eine anständige Provision, wie ich meine.«

Der Pate war beeindruckt. 2 Millionen – das wäre das Geschäft seines Lebens. Auch, wenn die Sache mit dem Schiffsfonds schwierig sein könnte. »Ich will sehen, was ich tun kann. 500.000 US-Dollar Anzahlung, morgen, bar auf die Hand?«

Pedro Tan nickte.

Die zweite Nacht in Davao verbrachte der Pate mit einer liebreizenden und sehr jungen Prostituierten. Sie brachte ihm den Himmel auf Erden. Am folgenden Mittag erklärte das Personal an der Rezeption, daß sämtliche Rechnungen bezahlt seien. Über seine nächtliche Gefährtin möge er sich keine Gedanken machen.

Der weiße Toyota wartete vor dem Hoteleingang. Sein Fahrer war ein anderer als vorgestern. Er nahm einen längeren Weg zum Flughafen, vorbei am staatlichen Quarantänebüro, durch die breite Dacudao Road, zwischen deren Fahrbahnen ein stinkender Kanal verlief und über die autobahnähnliche Don Quimones Road: »**Our EDSA of Davao**«, schmunzelte der Fahrer.

»*Your what?*«, gab der Pate zurück.

Den Rest der Fahrt erhielt er eine lebhafte Schilderung des Endes der Diktatur des Ferdinand Marcos und seiner Ehefrau Imelda. Er sei Teil der Millionen Menschen gewesen, die sich damals auf Manilas breiter Stadtautobahn die Demokratie erkämpft hätten. »Und diese Stadtautobahn heißt im Volksmund EDSA«, sagte ihm der gesprächige Soldat zum Abschied am Flughafen. Er überreichte ihm einen Briefumschlag.

Der Pate zählte in der Abflughalle nach: Eine halbe Million US-Dollar lasteten auf ihm.

# ALTONA / GROSSE ELBSTRASSE

Der schwarze Jaguar XJ parkte unmittelbar neben dem zweigeschossigen Juwel der Gründerzeit ein, dessen Fassade gelb in die Van-der-Smissen-Straße leuchtete. Ausnahmsweise war es hier unten am Elbufer windstill. Der Pate fläzte in einem der dunklen Korblehnstühle, die in Reih und Glied vor dem Restaurant standen. Seinen *Hummer* hatte er vor dem alten Fährterminal abgestellt, obwohl der Parkplatz dort als privat gekennzeichnet war. In Altona konnte ihm keiner krumm kommen, dafür war er zu mächtig. Jedenfalls fühlte er sich so.

Von Rheinstein hatte ihn bereits beim Vorfahren erspäht und ging direkt auf ihn zu: »Idealer Platz zum Reden. Außer uns ist keiner da.«

»Idealer Platz nur, wenn nicht gerade gebaut wird«, gab der Pate zurück und drückte die entgegengestreckte Hand kräftig. Sie setzten sich.

Ein dunkelhäutiger Kellner nahm lässig die Bestellung eines zweiten Café au Lait auf und ließ die Speisekarte »für später« auf dem Tisch liegen.

»Sie haben sich einen neuen Wagen gekauft«, deutete der Pate anerkennend auf den XJ.

»Wunderbar leise. Damit erst kommt das Bowers & Williams Surround System zur vollen Entfaltung. Ein Genuß, sage ich Ihnen.«

»Aber nicht gerade die ökologische Art, zu fahren«, witzelte der Pate.

»Absolut nachhaltig! Die Innenausstattung besteht aus Holz und Leder. Naturprodukte, voll recycelbar. Und die Karosserie wird aus verwindungssteifem Aluminium hergestellt, ist viel leichter als die der Vorgängermodelle. Seitdem die Motoren von BMW stammen, gibt's weniger Verschleiß. Englische Klasse und deutsche Technologie, *n'est pas?*«

Der Kellner stellte die Tasse mit beiden Händen auf den Tisch: »Haben die Herren schon gewählt?«

»Später«, bemerkte von Rheinstein knapp und wandte sich dem Paten zu: »Am Falkensteiner Ufer habe ich vor kurzem einen guten Verkauf gemacht. 1000 Quadratmeter Grundstück, unverbaubarer Elbblick für fast vier Millionen. Kam aus der Erbmasse von Ribbenstrops.«

»Der Arme. Ich kann nicht verstehen, wie das passieren konnte. Wie ist das Baurecht?«

»Zweigeschossig, offene Bauweise, die üblichen 30 Prozent der bebaubaren Grundstücksfläche.«

»Die Käufer wollten sich das nicht durch einen Bauvorbescheid bestätigen lassen?«

»Sie kannten doch von Ribbenstrop. Der verließ sich im Zweifelsfall ganz auf Sie. Den Käufern hat der alte Baustufenplan genügt. Für den Fall, daß sie mehr als 200 Quadratmeter überbauen wollen, hat von Ribbenstrop Ihre Telefonnummer hinterlassen. Gegebenenfalls werden die sich vertrauensvoll an Sie wenden. Seine Kundschaft wohnt in Königstein im Taunus und kennt sich hier nicht so genau aus. Die weite Elbe und die vorbeiziehenden dicken Pötte haben sie schwer beeindruckt. Baurechtliche Einzelheiten spielten keine Rolle mehr. Außerdem mochten sie die Aussicht auf eine Straße, die wegen Krötenwanderung jedes Jahr für lange Zeit gesperrt ist. Sie sagten, daß die Straße damit so etwas wie eine private Zufahrt sei, ohne den allgemeinen Verkehr ertragen zu müssen.«

»Stehen große Bäume auf dem Grundstück?«

»Schon, ja. Ich habe denen aber die Falkensteiner Schlucht gezeigt und sie haben sofort verstanden. Dort ist auch alles, was nur nach Baum aussah, in Nacht- und Nebelaktionen abgesägt worden.«

Von Rheinstein öffnete eine mitgebrachte Flurkarte: »Von-Hutten-Straße, Bahrenfelder Forsthaus.«

Die beiden Männer beugten sich über die Karte, in die von Rheinstein noch schnell ein paar Rechtecke eingetragen hatte.

»Etwa 50 Wohneinheiten«, kommentierte von Rheinstein. Der Pate wog seinen Kopf hin und her und führte Rheinstein die Schwierigkeit vor Augen, eine Wohnsiedlung mitten in eine Landschaftsachse zu bauen: »So ganz neu ist der Vorschlag nicht, er wurde schon von Ribbenstrop vorgebracht. Eines der Mitglieder meiner Fraktion ist Architekt und will sich damit ein silbernes Näschen verdienen. Jedenfalls die Stadtentwicklungsbehörde hält diese Achse für wichtig. Der Bezirksverwaltung kann ich dagegen einfach einen »bindenden Beschluß« aufzwingen, dann haben die nach meiner Pfeife zu tanzen.

Der Pate versprach, sich selbst darum zu kümmern. Es könne nur etwas länger dauern. Dann kam er auf den eigentlichen Zweck seiner Einladung zu sprechen: »Ich komme soeben aus den Philippinen zurück, wo ich ein von mir erworbenes Patent verkauft habe. Meine Gesprächspartner haben mir ein großes Projekt vorgeschlagen: Den Einstieg in einen Immobilienfond mit mindestens 10 Millionen US-Dollar. Allerdings soll der 20 Prozent Rendite erbringen. Pro Jahr.«

Von Rheinstein lächelte: »In so etwas würde ich gerne auch persönlich einsteigen. Kennen Sie eine solche Gelegenheit in Ihrem Altona?«

Der Pate mußte nicht lange überlegen: »Stresemannstraße Ecke Kieler Straße. Das ehemalige BMW-Gelände.«

»Die größte Baulücke des Hamburger Westens. Total verlärmt, für Wohnen nicht geeignet. Und Altona ist kein Bürostandort.«

»Seien Sie nicht so negativ. Wohnen für Studenten geht immer und hinten an der Oeverseestraße wohnt es sich dann für langfristige Mieter oder für Eigentümer recht ruhig.«

Von Rheinstein zögerte: »Da mögen Sie recht haben. Wohnen für Flüchtlinge geht momentan noch besser, egal wo. Das Grundstück ist allerdings meines Wissens in festen Händen. In albanischen Händen, wenn ich richtig informiert bin?«

»Deshalb spreche ich Sie an. Gehen Sie auf diese Migranten zu, bahnen Sie das Geschäft an. Vielleicht einen gemeinsamen, geschlossenen Immobilienfond. Ich besorge dann das Baurecht.«

»Warum verhandeln Sie nicht direkt?«

»Wie sollte ich? Ich bin ein stadtbekannter Politiker. Einer von diesen drei migrantischen Brüdern saß bereits im Knast, wenn auch nur in Bayern.«

»In Franken, meinen Sie. Würzburg liegt meines Wissens in Unterfranken. Wie ist das derzeitige Baurecht auf dem Grundstück?«

»Durchführungsplan – so etwas wie ein Baustufenplan. W 4 g, also viergeschossige geschlossene Wohnbebauung.«

»Lassen Sie mich mal nachdenken. 10 Millionen Euro, schätze ich grob. Darunter gehen die Albaner keinesfalls.«

»Und dann kommen wir in's Spiel. 20 Millionen und 2 Millionen obendrauf als Provision für unsere Geschäftsanbahnung. Die 2 Millionen haben mir die Philippinos bereits zugesagt.«

»Zugesagt haben sie es nur? Das wird dort wahrscheinlich gar nichts heißen.«

»Falsch. Sie haben eine erste Anzahlung geleistet. Bar auf die Hand. Die können wir uns teilen, wenn Sie mitmachen.«

»In Ostasien liegt wohl wirklich die Zukunft der Erde. Wissen Sie was, ich werde einmal vorfühlen. Danach reden wir über's Geld.«

»Und kein Wort zu irgendjemandem über die Angelegenheit. Ich würde eine so phantastische Geschichte stets an den Baron von Münchhausen verweisen. Wir beiden hätten dann auch das letzte Geschäft miteinander gemacht.«

»Schon klar«, quittierte von Rheinstein. Er konnte den Politiker zwar nicht leiden, weil ihm ständig dominant auftretende Menschen unangenehm waren, selbst dann, wenn sie nicht laut wurden. Aber er wußte, dass man über ihn leicht an Befreiungen vom Baurecht kam. Als Makler und Projektentwickler mußte man sich den Gegebenheiten anpassen.

Der dunkelhäutige Kellner konnte beim Kassieren seinen Unmut nur schwer verbergen. Da halfen auch 40 magere Cent Trinkgeld nicht weiter. Den beiden Geizhälsen, von denen jedenfalls einer einen Jaguar XJ fuhr, wünschte er die Vogelgrippe an den Hals.

# HAMBURG-HAFEN-CITY / AM KAISERKAI

Von Rheinstein hatte aufregende Neuigkeiten. Nur der Zeitpunkt paßte nicht. Als er am Donnerstag gegen 22 Uhr die Nummer des Paten wählte, fertigte der ihn kurz ab. Er sei momentan in einer entscheidenden Debatte der Bezirksversammlung Altona und werde später zurückrufen.

Was denn so spannend gewesen sei, fragte von Rheinstein beim Rückruf. »Die Durchsetzung einer Wildtierauffangstation«, antwortete der Pate knapp. Von Rheinstein grinste in sich hinein und fragte sich, wozu diese Bezirksversammlungen überhaupt existierten. Ihr Kerngeschäft sind Bebauungspläne und Befreiungen vom geltenden Baurecht. Dabei konnte es um Millionen Euro gehen, das wußten er und der Pate genau. Provisionen und Courtage machten sicher zehn Prozent des Gegenwerts einer mehr oder weniger hingedeichselten Befreiung aus. Angesichts hunderter baurechtlicher Befreiungen im Jahr konnte er sich das Einkommen des Paten ungefähr ausrechnen.

Bei stabilen Geschäftsbeziehungen konnte man gut davon leben. Seine gediegene Villa in Nienstedten, der Jaguar XJ und ein Ferienhaus auf Phuket waren leicht verdienter Besitz. Dafür mußte er sich nicht einmal die Hände übermäßig schmutzig machen. Vor ihm aber lag das wohl einträglichste Einzelgeschäft seines Lebens. Zwanzig Millionen US-Dollar hatte der Pate gesagt. Davon konnte man sich fünf Villen mit Meeresblick auf Phuket kaufen.

Der Pate war auf die aufregenden Nachrichten gespannt.

»Nicht am Telefon. Treffen wir uns in einem möglichst menschenleeren Nobelrestaurant morgen oder am Samstag?«

»Wieder im Marseille?«

»Für die nächsten Tage sind stürmische Winde vorhergesagt. Das Marseille ist also kein so guter Vorschlag. Bei solchem Wetter ist die Hafen-City menschenleer. Ich schlage das »Sala Thai« am Kaiserkai vor.«

»Wo bitte liegt denn der Kaiserkai?«

»Östlich der Elbphilharmonie. Sie haben den Klotz immer fest im Blick. Wenn wir uns in der Abendsonne treffen, liegt der philharmonische Schatten die ganze Straße lang. Etwa da, wo er endet, finden Sie das Restaurant.«

Tatsächlich fegte am Freitagabend ein kräftiger Südweststurm über Hamburg. Wegen der nervenden Parkverbote parkte der Pate seinen *Hummer* hinter dem Provisorium eines Kreuzfahrt-Terminals am Grasbrook und kämpfte sich über den Magellanplatz zum »Sala Thai« vor.«

Hinter Trennwänden aus dunklem Holz entdeckte er von Rheinstein allein an einem großen Tisch. Eine mandeläugige Schönheit in knöchellangem, schwarz-gelbem Gewand begleitete ihn unnötigerweise dorthin.

»Hier müssen wir etwas zu Essen bestellen, ob wir wollen oder nicht«, begrüßte ihn von Rheinstein. Der Pate schaute etwas hilflos auf die ausladende Speisekarte.

»***Pat Pliauwang***«, empfahl sein Gegenüber. »Und Bier nach Art des Landes, *Singha*.«

»Was ist denn dieses Pat-Sowieso?«

»Gemüse in süßsaurer Soße, dazu fein gekochtes Schweine- oder Rindfleisch. Lecker, sage ich Ihnen. Die Thais nennen ihr Land – etwas aufgeblasen – »die Küche der Welt«. Abgesehen davon ist die Thai-Küche eine der gesündesten der Erde, weil insbesondere das Gemüse nur kurz gebraten oder gekocht wird. Die Vitamine bleiben also drin.«

Beide bestellten dasselbe und bemerkten nicht den verwunderten Blick der Schönheit im schwarz-gelben Gewand.

»Ich bin wirklich gespannt, was Sie Neues für mich haben«, begann der Pate ganz unvermittelt den geschäftlichen Teil des Gesprächs. Seine stahlblauen Augen belauerten die Mundpartie des Gesprächspartners.

Die verzogen sich zu einem Lächeln: »Zunächst die Namen Ihrer Kontakte auf den Philippinen, bitte.«

»Geschäftsgeheimnis, bis wir uns handelseinig sind.«

»Und eine wesentliche Barzahlung für reine Geschäftsanbahnung?«
»Das habe ich Ihnen zugesagt. Sobald Sie liefern können.«
Von Rheinstein entschied sich, einen Teil seines Intellekts durchscheinen zu lassen: »Sehen Sie, unser Universum – soweit wir es erkennen können – sieht aus wie ein Schwamm mit vielen Löchern. Wenn man die für uns nicht direkt sichtbare Röntgen- oder die Gammastrahlung nimmt, dann hat es eine einfachere Struktur: Dünne Linie durch die Mitte und in der Linienmitte eine deutliche, superhelle Verdickung.«
»Und was soll diese weltbewegende Erkenntnis uns beiden mitteilen?«
»Ich kenne die Gammastrahlung, Sie nur das sichtbare Licht. Das ist mein Vorteil: Eine klare Struktur an Stelle eines löchrigen Schwamms.«
»Wollen Sie mir damit sagen, daß Sie mehr als die Hälfte der Provision beanspruchen?«
»Eine halbe Million US-Dollar, davon die Hälfte für mich. Bar auf die Hand. Ich mußte die drei Brüder erst mal an einen Tisch bringen. Das war gar nicht so leicht, nach allem, was bereits vorgefallen ist. Es war schwer wie Deuterium.«
Die drei Brüder vermuten, daß sie eine Verdoppelung des gezahlten Grundstückspreises allein erzielen können. Darüber hinaus fordern sie von Ihren Philippinos 20 Millionen Euro Einlage in einen geschlossenen Immobilienfonds, an dem sie sich in gleicher Höhe beteiligen würden. Nicht direkt, natürlich, sondern über mehrere Gesellschaften und mit dem von ihnen taxierten Wert des Grundstücks. Die Gesamtinvestition schätzen sie auf über 100 Millionen Euro, womit mehr als 60 Millionen in Form von Bankkrediten zu finanzieren wären.«
Der Pate schnaubte: »Die zahlen nichts und die Philippinos alles in Cash? Ohne mich gibt es keine Verdoppelung des Grundstückswerts. Das kann ich denen per negativem Bauvorbescheid schriftlich geben lassen. Über die geforderte Einlage kann ich mit den Philippinos reden. Aber nur unter der Bedingung, daß die Albaner ihre Hälfte der Einlage in Cash bringen und die Besicherung der Hypothek allein übernehmen, sofern sie überhaupt eine benötigen.«

»Sie können Ihren Geschäftspartnern auch sagen, daß sie sich mit der Gründung eines geschlossenen Immobilienfonds die Grunderwerbssteuer sparen. Das sind schon mal fast fünf Prozent des Grundstückswerts.«

»Womit sich die Anzahlung schon ausgezahlt hat«, bestätigte der Pate und übergab von Rheinstein ein Couvert.

Der Pate bekam vom süßsauren **Pat Pliauwang** leichtes Herzrasen. Keinesfalls wollte er seinem Gesprächspartner eine Schwäche zeigen. Deshalb entschuldigte er sich auf einen Gang zur Toilette.

Das kalte, klare Wasser am Waschbecken kühlte wenigstens seinen Kopf. Er befingerte das Couvert in der Innentasche seines Saccos. Und er nahm sich vor, das Heft in der Hand zu behalten.

In den Gastraum zurückgekehrt, grinste er von Rheinstein an: »Haben Sie nachgezählt? Wir sitzen jetzt im selben Boot, umgeben von tosender See. Wir werden gemeinsam segeln oder gemeinsam untergehen.«

»Sie sind der Steuermann«, antwortete von Rheinstein. Er beglich die Zeche und verabschiedete sich vom Paten vor den Magellan-Terrassen. Beiden war nicht ganz wohl zumute. Der Pate hatte die schlitzigen Augen unter dem mächtigen Schädel des Obersten Pedro Tan vor Augen, von Rheinstein war sich der Albaner nicht sicher.

# ALTONA / HEINEPARK

Von Rheinstein ärgerte sich, daß er mit seinem Jaguar XJ nicht bis zur Vorfahrt des Business Club Hamburg fahren konnte. Es hatte etwas Anonymes an sich, aus einer Tiefgarage aufzutauchen und nicht für alle anderen erkennbar einem Symbol des eigenen Erfolgs entstiegen zu sein.

Der Business Club Hamburg bot Gelegenheiten für Treffen, die nicht jedermann mit bekommen mußte. Er lag mitten in einer öffentlichen Parkanlage unweit der Stelle, an der César Rainville Ende des 18. Jahrhunderts sein Hotel mit Lustgarten am Elbhang eröffnet hatte. »Rainvilles Garten« war als Treffpunkt der europäischen Aufklärung weit über die Grenzen Altonas berühmt geworden. Der dänische König und sogar Voltaire sollen dort genächtigt haben.

Die zweigeschossige Villa mit hohem Walmdach ließ der Industrielle Plange 1909 als sein Wohnhaus errichten, bevor das Unternehmen in den Wirren der Weltwirtschaftskrise der 1920-iger-Jahre unterging. Von der Stadt Hamburg wurde die große Villa als Teil einer Hochschule herunter gewirtschaftet und 2004 an einen Reeder verkauft, der sie aufwändig restaurieren ließ. Eigentlich wollte der Reeder dort seinen Firmensitz einrichten, zog diese Offerte jedoch zurück, als am darunter liegenden Elbufer Bürohäuser hochgezogen wurden, die ihm den Blick auf den Fluß versperrten. Vielleicht sammelte der Reeder aber auch nur prominente Immobilien, um sie dann zu verkaufen, wenn die Frachtraten einmal wieder im Keller waren.

Von Rheinstein traf seinen Gesprächspartner in einer der Lounges des ersten Obergeschosses: »Haben Sie schon gehört, der HSV hat gegen St. Pauli verloren!«, dröhnte ihn die korpulente Figur an.

»Wundert mich nicht bei diesem Management«, gab von Rheinstein uninteressiert zurück. Seine Begeisterung für die Kickerei hielt sich in Grenzen. Wäre er ein Team-Player gewesen, dann wäre er beim internationalen Gewerbemakler Whoolton geblieben.

Sie setzten sich auf zwei der hochwertig bespannten Hocker, die scheinbar zufällig zwischen den im Raum verteilten Coachtischen standen.

»Die Gaußstraße Ost habe ich mit der Politik klargezogen«, mäßigte der Korpulente seine Lautstärke. »Sie planen uns das Gebiet um. Ist ja auch idiotisch, auf dem letzten Fleckchen Ottensen, das für hochwertige Eigentumswohnungen noch verfügbar ist, an Gewerbe festzuhalten.«

»Wie lange wird das Umplanen dauern?«, fragte von Rheinstein zurück.

»Geht wie der Wind, sagte mir der Pate. In der Wirtschaftsbehörde, die jedes Gewerbegebiet mit Klauen und Zähnen verteidigt, habe er einen hochrangigen Spezi sitzen, der das schon regeln wird«.

»Der Baudezernent von Altona ist auch nicht besser als die Wirtschaftsbehörde.«

»Über den sollen wir uns mal keine Gedanken machen, sagt der Pate. Das bekomme er über dessen Bezirkschef schon gebacken, der alles mache, was ihm seinen Job garantiere. Einziger weiterer Störfaktor seien die Bauwagenbewohner, denen ein Vorgänger des Bezirkschefs Anfang des Jahrhunderts eine Bestandsgarantie gegeben hatte, als er den großen Rest der Truppe ins Industriegebiet am Rondenbarg verfrachtete. Alles wegen des viel zu teuer gewordenen Gewerbehofs »Vivo«, an dem die städtische Gesellschaft für Gewerbebau fast Pleite ging. Nun sitzen die Bauwagenleute auf einer Art Sperrgrundstück, das ihnen die Stadt auch noch für zweieinhalb Millionen gekauft hat.«

»Der linke Flügel von Ökologisch-Konservativ, meinen Sie?«

Der Korpulente nickte grimmig: »Ehrlich gesagt, hat uns diese Kombination in Altona ein paar teure Geschenke für den linken Flügel dieser Partei eingebracht, damit der zu allem anderen brav ja sagt. Das hat zwar Ottensen zu dem gemacht, was es heute ist, zu einem prosperierenden Standort für teures Wohneigentum. An der Arnoldstraße habe ich gutes Geld gemacht. Mit ihrer Symbolpolitik versperrt der linke Flügel uns jetzt aber den Weg.«

»Weshalb die gesamte politische Konstruktion auch weg muss.«

»Klar muss die jetzt weg. Der Sprit ist so gut wie alle. Bevor der Tank leer ist, ziehen wir aber noch die Gaußstraße durch.«

»Wieviel kostet uns die Unterstützung der Politik?«

»«Hunderttausend, davon fünfzigtausend sofort, die andere Hälfte mit Vorweggenehmigungsreife des Bebauungsplans. Der Pate meinte, dass so viel für ein Ingenieurbüro ausgegeben werden müsse, das den Plan nach seinen Vorgaben ausarbeiten soll. Nett verpackt, nicht wahr?«

»Ein echtes Schlitzohr, ja. Keine weiteren Spesen?«

»Wenn wir die Bauwagenleute nicht herauskaufen müssen, keine weiteren Spesen.«

»Die würden ein Hindernis für die Vermarktung sein.«

»Wir werden im Zweifelsfall innovativ sein. Vermarkten wir diese Nachbarschaft als letzten Standort des lebendigen Ottensen. Für richtig Alternative mit Geld. *Double income, no kids and a bit of another world*, oder so ähnlich. Ist doch ohnehin die letzte Gelegenheit für teure Eigentumswohnungen im Stadtteil.«

Von Rheinsteins Handy brummte. Er hob entschuldigend eine Hand und ging ins Treppenhaus.

»Wir saßen bis jetzt über dem neuen Business-Plan für die Stresemannstraße«, meldete sich der Architekt des Albaner-Trios. »Der geschlossene Immobilienfonds geht klar. Von unserer Seite: Einlage des Grundstücks und 10 Millionen Euro Cash. Die andere Seite muß sich mit 20 Millionen Cash beteiligen. Das Ganze auf Grundlage eines doppelten Maßes der baulichen Nutzung.«

Von Rheinstein wünschte einen schönen Abend und wählte umgehend die Nummer des Paten.

»Moment, ich bin gerade in einer Fraktionssitzung. Rufe Sie gleich zurück.«

»Auch ich bin in einem Gespräch. Es geht um die Gaußstraße Ost.«

»Dann hat der Rückruf noch Zeit bis zum Ende der Sitzung.«

»Nein, ich meine, daß mein derzeitiges Gespräch die Gaußstraße betrifft. Ich stehe hier im Treppenhaus und will mit Ihnen über die Stresemannstraße reden.«

Innerhalb weniger Sekunden war der Pate wieder am Telefon: »Und, was gibt es?«

»Das Geschäft ist fast eingetütet, soweit es die Albaner betrifft. Sie sind bereit, jede Grundstückspreissteigerung jenseits ihres Kaufpreises als eigene Cash-Einlage in einen geschlossenen Immobilienfonds zu akzeptieren. Von Ihren Philippinos wollen sie 20 Millionen Euro in Cash sehen. Die Quellen der jeweiligen Geldeinlagen sind beiderseits vertraulich zu behandeln.«

»Soll die zukünftige Nutzung des Geländes einen Waschsalon beinhalten?«, flachste der Pate.

»Es gibt keinen Grund für solche Späßchen. Aber wenn wir schon bei der zukünftigen Grundstücksnutzung sind: Flüchtlingswohnen frei finanziert, alternativ Studentenwohnen. Bars und möglichst ein Bordell. Na ja, ich meine natürlich Model-Apartments, Studios, wie es so schön im Englischen heißt. Das ganze bei verdoppelter Baumasse, wie bereits vorbesprochen. Also W 8 g. Dafür müssen Sie nun eine Mehrheit im Bauausschuß finden.«

»Hamburg, Wachsende Stadt, eben. Die Nummer mit den Model-Wohnungen geht gar nicht. Freifinanzierte Studi-Apartments tun es auch, wie immer das später kontrolliert wird. Studios ist der ideale Namen, da gebe ich Ihnen recht. Für die Sozis brauche ich einige Sozialwohnungen an der Oeverseestraße. Das können auch mietgeminderte freifinanzierte Wohnungen sein. Förderprogramm »Junge Familie« würde prima laufen. Das wären dann freifinanzierte Eigentumswohnungen für mittlere Einkommensgruppen, der Bauherr hat mit der Förderung nichts zu tun. Er muß nur die Wohnungsgrundrisse passend machen. Insgesamt etwa 20 Prozent der Gesamtnutzflächen. Dann läuft das mit W 8 g. Aber da ist noch was.«

»Überfrachten Sie das verheißungsvolle Projekt bloß nicht.«

»Auch ich bin für einfache Lösungen. Aber meine Partner in den Philippinen haben an der Palmaille viel Geld verloren. Deshalb die jährliche Gewinnerwartung von 20 Prozent.«

»Sie meinen, die Deppen haben in Schiffsfonds investiert?«

»Ja genau, wie es aussieht sind 10 Millionen US-Dollar futsch.«

# ALTONA / MÖRKENSTRASSE

Katharina Esbjerg riß die Tür zu Udo Kronenbergs Dienstzimmer auf: »Die Spurensicherung hat Zweifel am Selbstmord.«

Sie bemerkte den Zigarettengeruch, wollte allerdings momentan und überhaupt nichts dazu sagen. Sie wußte, daß Kronenberg seinen Dienst mit Kaffee und einer Zigarette begann, sofern der Dienst im Büro begann.

»Die kommen damit recht frühzeitig«, ätzte Kronenberg. »Was haben sie denn für Anhaltspunkte?«

»Den Hocker im Bad. Ein Kollege meinte schon in der Nacht, daß jemand, der sich auf einen Hocker stellt, um sich zu erhängen, das Ding nicht so weit wegtreten könnte. Daraufhin wurde das Möbel genauer analysiert. Es fand sich jede Menge Möbelreiniger darauf und eine DNA – Spur. Die Spur stammt weder von Ribbenstrop, noch von Dolores.«

»Habe ich nicht gesagt, daß wir die Dolores zunächst einmal in Ruhe lassen?«

»Ich dachte, daß die Kombination Kaffee plus Zigarette am Morgen belebend wirken soll. Also: Dolores' DNA – Spuren waren überall in der Wohnung zu finden, auch auf ihrer Handtasche. Die Kollegen mußten sie gar nicht belästigen.«

»Mithin eine unbekannte DNA – Spur. Das kann doch jeder seiner Gäste gewesen sein.«

»Das Haus hat Gäste-Toiletten. Unwahrscheinlich, daß von Ribbenstrop seine Gäste ausgerechnet neben seinem eigenen Schlafzimmer pissen ließ.«

»Etwa neben dem Blauen Salon?«

»Mag sein, aber erstens wird er auch dort seine Gäste auf die Gäste-Toiletten geschickt haben und zweitens gibt es keinen ersichtlichen Grund, warum ein Gast ausgerechnet diesen Hocker angefaßt haben sollte.«

»Findest Du die Hockergeschichte nicht etwas weit hergeholt?«

»Der Hocker stand üblicherweise in einer passenden Nische und hat deshalb selbst den unwahrscheinlichen Pisser nicht gestört.«

»Also hat doch jemand mit Dolores gesprochen«, knurrte Kronenberg. Katharina zuckte mit den Achseln.

»Kennen Sie sich mit Mord durch Erhängen aus?«, fragte Kronenberg Vichaj Bangramsan zu dessen üblich gewordener später Stunde des Dienstbeginns.

»Nicht direkt«, grinste der. »Bei uns bringen die ordinären und die korporierten Täter ihre Zielpersonen meistens mit der Pistole um. Wer sich einen Mörder dingen will, findet auch meistens einen mit Pistole. Messer hinterlassen viel Blut und sind als Tatwaffe körpernäher. Sie sind eher Tatwaffen im Affekt, nicht für geplante Morde . Außer, man will unbedingt das Geräusch eines Schusses vermeiden. Allerdings gibt es dafür auch Schalldämpfer. Einem gedungenen Mörder kommt es auf Distanz zum Opfer an. Er hat ja keine persönliche Rechnung zu begleichen.«

»Schon klar, das Thema sind Distanzwaffen. Und wo ressortiert in Ihrem Koordinatensystem der Mord durch Erhängen?«

»Das ist in gewisser Weise noch persönlicher als das Messer. Sie müssen das Opfer betäuben, dann zum Tatort schleppen, ein geeignetes Seil verfügbar haben und das Seil richtig knüpfen können. Das Opfer in die Schlinge zu hieven, ist ein schwerer Akt. Übrigens einer, der Frauen meistens als Täter ausschließt. Ich glaube, daß Mord durch Erhängen keine effiziente Art des Tötens ist, soweit andere Arten möglich sind. Es gibt nur zwei Ausnahmen: Erstens, daß es der Auftraggeber ausdrücklich so will, zweitens daß der Staat es in kontrollierter Umgebung zur Abschreckung macht. Leichen, die hoch hängen, wirken abschreckender als Leichen, die liegen. Liegende Leichen sehen oft aus, als ob sie schlafen, das wirkt fast friedlich.«

»Sie meinen also, daß nicht-staatliche Mörder ihre Opfer zu allerletzt erhängen würden?«

»Was wollen Sie denn damit andeuten?«

»Na, in Ihrem Land werden doch sogar Drogenhändler aufgehängt.«

Vichaj überlegte sich kurz, ob er Kronenbergs Büro nicht besser sofort verlassen sollte. Dann fiel ihm die passende Antwort ein: »Sie meinen nicht etwa das im Vergleich zu Thailand reichere Malaysia oder Singapur, das, wenn nicht zivilisierter, dann doch wenigstens reicher ist als Deutschland?«

»Ok, ok, 'tschuldigung und zurück zur eigentlichen Frage: Bezahlte Killer würden nach Ihrer Theorie ihre Opfer zu allerletzt erhängen?«

»Ja, zu aufwendig und mit Unpäßlichkeiten verbunden.«

»Unpäßlichkeiten?«

»Wissen Sie nicht, daß Menschen pissen und scheißen, wenn die Schlinge sich zuzieht? Sie haben keine Kontrolle mehr über die Funktionen ihres Körpers. Zusammen mit den heraustretenden Augen und der erlahmenden Zunge ist das Ergebnis unpäßlich. Es sei denn, ein Sadist würde gerade das mögen.«

»Ein Sadist würde eher foltern.«

»Eben.«

»Fassen wir also zusammen: Falls das Ergebnis der Spurensicherung stimmen sollte, dann wollte der Mörder von Ribbenstrop entweder persönlich oder im Auftrag einen Tod bescheren, der erniedrigt und abschreckt, obwohl das Werk mit Unpäßlichkeiten verbunden war. Stimmt das?«

Katharina und Vichaj nickten: »Es könnte einer gewesen sein, der über von Ribbenstrops Tod eine heftige Warnung an Andere senden wollte oder einer, der das im Auftrag eines so motivierten Menschen tat, ohne die Kalamitäten eines solchen Todes zu fürchten. Vielleicht auch einer, der andere Menschen schon häufiger gehenkt hat.«

»Sie meinen, ein früherer Scharfrichter?«

Vichaj zuckte mit den Schultern. Einen Scharfrichter hatte er noch nicht getroffen.

»Die Version mit dem gedungenen Mörder würde sehr schwer aufklärbar sein, wenn man die Kontakte in Betracht zieht, die von Ribbenstrop zwar haben mußte, aber offensichtlich sehr diskret behandelte. Die Version des persönlich engagierten Mörders wäre mir lieber. Wir müßten nur denjenigen finden, der von Ribbenstrop leiden sehen wollte. Dafür gibt es nur wenige Motive. Eifersucht scheidet aus, weil er schon lange geschieden war und im übrigen eine Frau diese Tat rein physisch kaum hätte begehen können. Also bleiben Konkurrenten in seinem Geschäftsfeld.«

»Oder unzufriedene Auftraggeber. *Chak naa mai tung lang* nennt man bei uns eine solche Lage«, sinnierte Vichaj. Auf Kronenbergs fragenden Gesichtsausdruck hin übersetzte er: »Heißt so etwa vorne ziehen und hinten nicht rankommen. Dagegen gibt es allerdings ein geeignetes Vorgehen, das wir mit *»Kii mai maa koom«* beschreiben; Hunde mögen neue Haufen riechen.«

»Schmeichelhaft,« kommentierte Kronenberg, »hoffentlich stinkt bald ein Haufen auf der Rückseite, das meinen Sie doch?«

Vichaj nickte: »Das ist besser, als die Nadel im Heuhaufen zu suchen, wie bei Ihnen der Volksmund sagt. Wir haben dafür einen ähnlichen Spruch, ersetzen aber den Heuhaufen durch den weiten Ozean: *Ngom kem nai mahaasamut.*«

»Danke für die Lektion in Thai. Die Nadel im Ozean, so weit müssen wir hoffentlich nicht abtauchen.«

»Vor allem wird's dort unten schnell finster. Die Bewohner der Tiefsee sehen und fühlen uns eher als wir sie«, merkte Katharina an.

»Oktopus.«

»Was, Oktopus?«

»Ich hätte Lust einen zu verspeisen, bevor mich einer frißt«, witzelte Kronenberg.

Vichaj übernahm die undankbare Aufgabe, thailändische Restaurants telefonisch danach abzufragen, ob sie Oktopus auf der Speisekarte führen. Im Schanzenviertel wurde er fündig.

Tatsächlich servierte ihnen die pummelige Wirtin, was auf der Speisekarte stand. »Kommen die aus der Andamanischen See?«, spaßte Kronenberg.

»Weiß nicht. Sie werden bei der Fischmarkt Hamburg-Altona abgepackt.«

»Na, dann sind sie wenigstens zertifiziert. Und ein Glas *Chang*-Bier hätte ich gerne.«

»Ich dachte, du stehst auf *Tiger*-Beer«, frotzelte Katharina.

»Ha, ha, hab schon bessere gehört«, gab Kronenberg zurück.

Da sich keine weiteren Gäste im Restaurant aufhielten, setzte sich die Wirtin zu den drei Kriminalbeamten und parlierte mit Vichaj in ihrer Landessprache. An einer Stelle bemerkte Kronenberg, daß Vichaj sehr aufmerksam zuzuhören begann und nur knappe Fragen stellte.

»Können wir an Ihrer angeregten Konversation auch teilhaben?«, fragte er. Ihm fiel auf, daß die Frau mehrmals das Wort »Alek« aussprach.

Vichaj hob abwehrend eine Hand und stellte weitere Fragen. Nach einiger Zeit lächelte er und fiel in eine gelassene Haltung zurück.

»Also, ich habe der Frau ein wenig über unsere Aufgabe erzählt.« Kronenberg runzelte die Stirn, aber Vichaj wehrte ab. »Sie wohnte mit ihrer Familie mehr als zwei Jahre lang in einem Stadtteil namens Osdorf. Im Nachbarhaus war eine Wohnung als Büro – sie sagte so etwas wie entfremdet?«

Kronenberg nickte: »Ja, zweckentfremdet heißt das.«

»Also, dort befand sich der Sitz einer Immobilienberatung, die sich »Alek« nannte, womit sie wahrscheinlich »Alex« meint. Einer der Eigentümer oder Mitarbeiter sei ein führender Politiker gewesen. So, wie sie ihn beschreibt, könnte das der Pate gewesen sein.«

Kronenberg blieb das kleine Ärmchen eines Oktopus fast im Hals stecken: »Sie sagt, daß der in Immobilien machte und selbst über das Baurecht befand?«

»Das sagte sie nun wiederum nicht, weil sie so etwas wie Baurecht wahrscheinlich noch nicht einmal gehört haben wird.«

»Vielleicht haben unsere Nasen ganz unverhofft Witterung von einem Haufen auf der Rückseite aufgenommen. Wie sagten Sie so schön?«

»***Kii mai ma koom***.«

Kronenberg lachte: »Richtig. Wir sollten öfter Oktopus essen gehen, auch, wenn mich das letzte Teil fast umgebracht hätte.«

Er bat Katharina, am nächsten Morgen beim Verbraucherschutzamt nachzufragen, ob eine Lizenz für eine Immobilienfirma namens »Alex« vorliege und wer in Person diese Lizenz erhalten hatte.

# ALTONA / NIENSTEDTEN

Die klassizistische Villa in Nienstedten leuchtete aus allen Fenstern. Die Front des breiten, blendend weiß geputzten, zweigeschossigen Gebäudes war in der Mitte fast bis unter das Walmdach zurückgesetzt, wurde dort von zwei mächtigen Säulen getragen. Über der vier Meter hohen Eingangstür war die Jahreszahl 1821 eingraviert. Dahinter lag eine hohe Halle, von der beidseitig Flügeltüren in die erdgeschossigen Gesellschaftsräume führten. Eine mächtige Treppe ins Obergeschoss teilte sich auf halbe Höhe in zwei schmalere, rechtwinklig weiterführende Treppen. Beidseits des Podests wachten die Nachbildungen antiker Skulpturen, zwischen die rote Kordelbänder gespannt waren, um die Scheide zwischen öffentlichem und privatem Raum zu markieren.

Auf der Auffahrt vor der Villa stand hinter dem Pförtnerhaus eine Armada luxuriöser Automobile, die dem High-End von Detroit's jährlicher Automotive Show ebenbürtig war. Ein *Hummer* fiel neben den Karossen europäischer Luxusmarken eher negativ auf.

Von Rheinstein hatte zu einem seiner regelmäßigen »Get together« geladen, während derer nicht nur gefeiert wurde, sondern auch Verbindungen gepflegt, gefestigt und Geschäfte geschlossen werden sollten. Brasilianischer Jazz, vorgetragen von der niederländischen Berühmtheit Jessee Koning, untermalte das Treffen. Von Rheinstein hatte eine Begleitband aus den Philippinen engagiert. Die Philippinos waren bekannt für täuschend echtes Engagement in europäischen und amerikanischen Rythmen, waren aber viel preiswerter als Künstler aus den altindustrialisierten Ländern. Eigentlich kostete die Band an diesem Abend nichts, weil ihr von Rheinstein Engagements in Hannover und Mannheim zugesichert hatte.

Thema des Abends war der Tod von Ribbenstrops und die politische Instabilität in Altona. Von Rheinstein bemühte sich darum, die Lage zu objektivieren: Einzelne Personen spielten keine Rolle, wichtig sei der strukturelle Wert des Hamburger Westens: Der demographische Wandel böte Chancen, höchstwertige Immobilien zu vermarkten. Außerdem sei mit Hilfe der herrschenden Politik die Chance gegeben, aus herrschaftlichen Villen entlang der Elbchaussee lukrative Mehrfamilienhäuser zu entwickeln. Ein kritischer Blick auf den vegetativen Wildwuchs zwischen diesen Grundstücken – er nannte sie »*Estates*« – und dem Elbufer könne nicht schaden.

Als sich von Rheinstein dem Paten zuwandte, brummte sein Handy. Er drückte die Empfangstaste, entschuldigte sich und ging eilig auf die Terrasse.

»*I am calling from the Philippines. My name is Cobero. As far as I know, you are the man in charge of recovering our investment in Germany, aren't you?*«

Von Rheinstein hatte Mühe, sein Gehirn auf Englisch umzustellen: »*No Sir, I am not.*«

»*Ok, whatever, either you deliver or we shall contact you personally.*«

Von Rheinstein verstand die Drohung nicht: »*I always prefer personal contact.*«

»*As you want. Good night, Sir.*«

»*Good night.*«

Von Rheinstein war völlig verwirrt. Er suchte unter seinen Gästen den Paten, den er schäkernd auf der Terrasse zwischen Maklern und Politikern fand: »Darf ich Sie kurz entführen?« Er durfte.

»Hören Sie, ich hatte eben einen Anruf aus den Philippinen. Ein gewisser Cobero war dran. Offensichtlich macht der mich verantwortlich dafür, sein verlorenes Investment in diese verdammten Schiffsfonds wieder zu gewinnen. Wie kommen Sie dazu, dem Kerl meine private Telefonnummer zu geben? Und was haben Sie ihm auf meine Kosten versprochen?«

Der Pate setzte eine Unschuldsmiene auf: »Gar nichts habe ich dem versprochen. Ich habe Sie nur als meinen Partner benannt, nichts weiter. Außerdem habe ich den Eindruck, daß sich die Philippinos in Altona besser auskennen könnten, als ich es bisher vermutete.«

»Nun sagen Sie mir endlich, um wen es sich dabei handelt«, zischte von Rheinstein den Paten an.

»Geschäftsleute eben. Sind Sie denn bei der Recherche über die Schiffsfonds weiter gekommen? Dafür muß es doch einen Gesellschaftervertrag geben, in dem die Namen aller Beteiligter stehen.«

»Den Vertrag gibt es. Die Namen kann man im Handelsverzeichnis nachlesen. Darüber wollte ich mit Ihnen ohnehin noch sprechen. Denn dort steht unter anderen auch der Name von Ribbenstrop. Als Treuhänder für wen auch immer.«

»Verdammt, und das sagen Sie mir erst jetzt?«

»Das will an sich noch nichts bedeuten. Von Ribbenstrop agierte ab und zu als Treuhänder. Aber das ist jetzt 'ne andere Nummer geworden. Zumal ich einige der Treuhänderfunktionen von Ribbenstrops übernommen habe, einschließlich dieses *Valdivia*-Fonds. Die Unterlagen dazu sind bisher jedoch sehr unvollständig. Ich weiß nicht, wer dahinter steckt und nehme an, daß es der Anrufer sein könnte.«

»Mann, Sie sind wahnsinnig. Jetzt muß ich wohl ein weiteres Mal auf die Philippinen fahren, um das glatt zu bügeln. Das geht diesmal aber auf Ihre Kosten. Ich fliege Business-Class, mindestens.«

Das »Get together« in Nienstedten dauerte, bis ein Peterwagen vorfuhr und seine Besatzung höflich auf Nachbarbeschwerden hinwies. Von Rheinstein bat Jessee Koning um den letzten Titel »*Wade in the water*«.

# ALTONA / NIENSTEDTEN

Im selben Moment, in dem die Mitternachtsnachrichten die Meldung über einen tödlichen Anschlag islamischer Extremisten auf eine Polizeistation im südlichen Thailand ausstrahlten, spielte das Handy Dvoraks Neunte. Udo Kronenberg hob unwirsch ab: »Mensch, Katharina, gerade bringen sie eine Nachricht über den islamischen Terror in Vichajs Heimat.«

»Ich habe eine noch spannendere Nachricht: Der zweite Immobilienmakler ist hin. Das Landeskriminalamt hat angerufen. Tatort Nienstedten, liegt also auf dem Weg. In zwanzig Minuten an gewohnter Stelle bei Dir um die Ecke.«

Kronenberg drückte versonnen die Abbruchtaste. Er hatte Katharina nicht einmal gefragt, ob es wahrscheinlicher Selbstmord oder vermuteter Mord war. Im ersten Fall waren sie über vermuteten Mord nicht hinausgekommen. Kronenberg wollte an den kommenden Anruf seiner Präsidialabteilung gar nicht denken.

Katharina fuhr deutlich schneller als sonst, ließ das Martinshorn ständig laufen: »Der Staatsschutz war in der Leitung. Sie sagten etwas von Sprengstoffanschlag.«

»Ach Du meine Güte, die Klugscheißer, die Ichwillauchmalgeheimdienstspieler. Damit wären wir ja wohl draußen.«

»**Wenn** es so wäre, dann würde ich kein solches Tempo vorlegen. Die haben unsere Anwesenheit ausdrücklich angefordert.«

Auf Höhe Teufelsbrück gerieten sie in eine Nebelbank. Katharina bremste scharf ab, tastete sich durch das wabernde Grau, das von der Elbe die Flottbek hoch zog. Kurz darauf bog sie von der Elbchaussee scharf nach rechts in eine kleine Wohnstraße ab.

Überall flackerte Blaulicht: Feuerwehr, Krankenwagen, unzählige Peterwagen standen kreuz und quer. Ein Polizist in Kampfanzug und seitlich hängender Maschinenpistole bedeutete ihnen mit einer Handbewegung, anzuhalten.

»Mordkommission«, sagte Kronenberg knapp und hielt dem Mann seine Marke entgegen.

»Gut. Tatort ist das Haupthaus, Erdgeschoß links.«

Katharina stellte den Wagen mitten auf der Straße ab: »Ist sowieso alles blockiert. Großeinsatz.«

Sie betraten die Eingangshalle, wurden durch die linke Flügeltür in einen saalartigen Gemeinschaftsraum und von dort durch eine kleinere Türe in den gartenseitigen Teil der Villa gewunken. Das geräumige, völlig in Weiß gehaltene Arbeitszimmer von Rheinsteins war an zwei Seiten von mannshohen Fenstern begrenzt. In den vier Ecken hingen Engel aus Gips unter der Decke, der Fußboden bestand aus gemasertem Pitchpine. Inmitten penibler Ordnung fiel nur eine Stelle auf: Der riesige, dunkelbraune, reich ornamentierte Schreibtisch, auf dem zwei grün verglaste Leuchten, die Nachbildung eines Elefanten aus schwarz lasiertem Holz und ein Laptop standen. Auf dem Schreibtisch lagen wild verstreut Akten und einzelne Papierblätter. Die Leiche hing, den Kopf nach hinten gekippt, in einem die ausladenden, schwarzen Bürosessel. Der Oberkörper des Mannes war so weit aufgerissen, daß man die Rippen und rotbraunen Lungenflügel sah. An Stelle seiner Arme hingen blutige Fetzen vom Torso. Die Kehle lag offen, das Gesicht war verbrannt.

»Ach du meine Güte«, entfuhr es Katharina Esbjerg.

Auch für Kronenberg war es der erste Bombenmord. Er faßte sich jedoch schnell wieder: »Siehst Du den da drüben? Schröder vom Staatsschutz, ein wichtigtuerisches Mistkerl«, zeigte Kronenberg nach rechts.

»Eine schöne Bescherung«, kam ihnen Schröder entgegen, sobald er sie erkannt hatte. »Das ist jetzt der zweite Immobilienmakler in wenigen Wochen. Sie waren am vorangegangenen Fall dran. Deshalb habe ich Sie sofort informieren lassen.« Er zeigte weit ausholend in Richtung Schreibtisch: »Paketbombe. Und was für eine!«

»Wann ist es passiert?«

»Vor einer Stunde und zwanzig Minuten. Unsere Alarmkette funktioniert noch immer nicht so, wie es sein sollte.«
»War zur Tatzeit sonst noch jemand im Haus?«
»So weit wir wissen niemand. Der Alarm kam aus der Nachbarschaft.«
»Was machen wir jetzt hier, wenn Sie schon auf penibler Spurensuche sind?«
»Keinen kritischen Unterton bitte, Herr Kollege. Sie können zuschauen, oder sich bei den Nachbarn umtun. Jedenfalls benötige ich Sie morgen wegen des anderen Maklerfalls.«
Nachdem den gaffenden Nachbarn nichts weiter zu entlocken war als die Tatsache eines dumpfen Knalls und die Meinung, daß Herr von Rheinstein ein gediegenes Leben mit gelegentlichen Parties geführt habe, entschlossen sich Kronenberg und Katharina zum Rückzug. »Es ist ein Segen, daß dieses schöne Haus nichts abbekommen hat«, gab ihnen eine Nachbarin mit.
»Das entwickelt sich noch schlimmer, als ich es mit der SOKO MAKLER angenommen habe«, brummte Kronenberg bei der Rückfahrt.
»Es sieht aus wie die Eskalation eines Konflikts. Zuerst wird einer still und leise aufgehängt, dann zerreißt den Zweiten eine Paketbombe. Es scheint, daß dahinter Organisierte Kriminalität steckt.«
»Das kann auch ein Zufall sein – ich meine, was den Beruf des Maklers angeht. Es muß nicht automatisch OK bedeuten.«

*

Bevor am nächsten Morgen der Staatschutz Gelegenheit hatte, mit Kronenberg Kontakt aufzunehmen, war die Präsidialabteilung in der Leitung: »Ich stelle durch zu Herrn Staatsrat« flötete eine Vorzimmerdame.
»Hören Sie – Herr Kronenberg, ist es nicht so? – was sich in dieser Stadt abspielt, ist geradezu ungeheuerlich. Ein Immobilienkaufmann

nach dem anderen wird abgeschlachtet. **Sie** sind seit Monaten mit dem vorangegangenen Fall befaßt. Was haben Sie mir wenigstens jetzt zu berichten?«

»Seit Wochen, nicht seit Monaten. Ich sehe bisher keine Zusammenhänge.«

»Sie sehen **keine** Zusammenhänge?«, schnappte der Staatsrat. Kronenberg wußte, daß dieser Staatsrat ein junger Jurist ohne Erfahrung war und von Polizeiarbeit weder etwas verstand, noch etwas davon hielt. Als Mitglied der Grünen stand er der Polizei skeptisch gegenüber.

»So ist es, Herr Staatsrat. Es gibt bisher keine Zusammenhänge. Nada«, wagte Kronenberg eine große Lippe.

»Sind Sie sicher, daß **Sie** der richtige Mann an der richtigen Stelle sind?«, blaffte der Staatsrat zurück.

»Diese Frage müssen Sie seit letzter Nacht jemandem anderen stellen. Fragen Sie bitte den Kollegen Schröder vom Staatsschutz.«

»Der hat mich an Sie verwiesen.«

»Nun, dann kann ich Ihnen im Moment nicht weiter helfen.«

Kronenberg spürte fast körperlich, wie sein Gesprächspartner am anderen Ende der Leitung innerlich schäumte.

»Sie haben angeblich einen thailändischen Polizeibeamten in Ihrer Mannschaft, der in den USA als Spezialist trainiert wurde.«

»Polizeileutnant Vichaj Bangramsan, mir zugeordnet durch die unendliche Weisheit des Dezernats für Interne Ermittlungen.«

»Was soll dieser Sarkasmus? Ist Korruption im Spiel?«

»Das soll er bei uns erfahren. Spezialist ist er auf dem Feld der Drogenbekämpfung.«

»Um Gottes Willen! Spielen Drogen in den vorliegenden Fällen eine Rolle?«

»Mag sein, wenn man Geld als Droge betrachtet. Vichaj arbeitet jedenfalls derzeit an Verbindungen zwischen Politik und Immobilienwirtschaft in Altona. Ansonsten fragen Sie bitte die Stelle für höhere Weisheiten, das DIE.«

»Sind Sie etwa ein verbitterter Frontkämpfer?«
»**Guinea Pig**, meinen Sie? Wie kommen Sie darauf?«
Am anderen Ende der Leitung entstand eine längere Pause.
»Herr Staatsrat, sind Sie noch dran?«
»Führen Sie mir den Thailänder vor.«
»Wie bitte, vorführen?«
»Entschuldigung. Ich bitte um ein Gespräch.«

# HAMBURG / JOHANNISWALL

Das Vorzimmer war ausgedehnt. Links ging es zum Senator, rechts zum Staatsrat. »Mit Ihnen habe ich wohl gesprochen«, wandte sich Kronenberg an eine bleiche Vorzimmerdame. »Wenn Sie Herr Kronenberg sind, haben Sie das«, gab diese lächelnd zurück.

Der Staatsrat war eine jungenhafte Person, schmale Figur, lockiges, dunkles Haar, leicht nach oben gebogene Nasenspitze, etwas fahrig in seinen Bewegungen. Nachdem er sich Kronenberg per Handschlag vorgestellt hatte, wußte er nicht, wie er Vichaj begegnen sollte. Vichaj begrüßte ihn mit einem *Wai* knapp oberhalb der Nasenspitze, worauf der Staatsrat etwas unbeholfen mit einem *Wai* an selber Stelle antwortete. Vichaj fand das unpassend.

»Bitte, setzen Sie sich«, lud der Staatsrat in eine neben seinem wuchtigen Schreibtisch liegende Sitzecke ein. »Sie also sind Herr Bangramsan?«

»Ja«, antwortete Vichaj einsilbig und lächelte.

»Schön, Sie bei uns zu haben. Sie sind Spezialist für Drogenbekämpfung?«

»Ja«, blieb Vichaj einsilbig.

»Mit unserem Kollegen Kronenberg widmen Sie sich der Fälle in Altona?«

»Ja und nein«, wurde Vichaj dreisilbig.

»Und nein?«

»Den letzten Fall hat der Staatsschutz übernommen.«

»Wie üblich bei Sprengstoff-Attentaten.«

»Ja«, kehrte Vichaj zur Einsilbigkeit zurück.

»Fühlen Sie sich bei uns entsprechend Ihrer Fähigkeiten und Ziele eingesetzt?«

»Ja«, blieb Vichaj schmallippig.

»Sie sind auf einen der bedeutendsten Kriminalfälle in dieser Stadt angesetzt.«

»Ja.«

»Warum sagten Sie dann, daß Sie nicht Ihren Fähigkeiten und Zielen entsprechend eingesetzt werden?«

»Das sagte ich nicht.«

Der Staatsrat wandte sich Kronenberg zu: »Was hat dieser – ehmm – Kollege mit den Maklerfällen zu tun?«

»Er wurde uns zugewiesen.«

»Und?«

»Und?«. Kronenberg fixierte die fragenden Augen des Staatsrats.

»Ich erwarte keine Rückfragen, sondern Antworten.«

»Herr Bangramsan untersucht die Beziehungen zwischen der Politik in Altona und der Immobilien-Szene.«

»Welche Ergebnisse haben Sie?«

»Das habe ich Ihnen bereits am Telefon gesagt: Nada.«

»Gibt es Verdachtselemente?«

»Wir werden niemanden beschuldigen, bevor wir nicht sicher sind.«

»Was sage ich jetzt der Presse?«

»Dafür habe ich keine Lizenz. Sagen Sie, daß die Paketbombe mit dem vorhergehenden Fall nichts zu tun hat.«

»Sie sind nicht gerade hilfreich.«

»Wie auch immer, ich bin loyal, indem ich Ihnen etwas sage, was die Sensations-Journaille nicht hören mag. Wir haben keine Anzeichen für ein beginnendes Massaker unter Hamburger Immobilienmaklern.«

Nachdem sie das Sekretariat verlassen hatten, wandte sich Kronenberg an Vichaj: »Das war allererste Klasse!«

Vichaj sah fragend zurück: »Ja«, fuhr Kronenberg begeistert fort, »Sie haben dem Herrn gar nichts gesagt, ihm nur Ihr Lächeln gegeben.«

»*Daaj kuup ja ao sook ja ao waa*«, erwiderte Vichaj, zeigte dabei zunächst einen Finger, dann seine Hand.

»Lassen Sie mich raten: Du reichst ihm einen Finger und er nimmt die ganze Hand?«

»Auch nicht schlecht, genau das heißt es«, freute sich Vichaj grinsend.

Als hätten sie Kronenbergs Einlassung beim Staatsrat mitgehört, titelten Hamburgs Boulevardblätter tags darauf über ein Massaker unter den Immobilienmaklern der Stadt. Das Dementi der Sprecherin der Innenbehörde ging in den Bildern vom Einsatzort in Nienstedten unter.

# HAMBURG / JOHANNISWALL

Schröder kritzelte Namen auf das Flip-Chart und verband sie mit Strichen. Auf das untere Ende der Seite malte er Kästchen, in die er Leitzeichen von Dienststellen der Hamburger Verwaltung eintrug. Er verteilte Aufgaben auf die fünfzehn im Raum sitzenden Beamten. Kronenberg, Katharina und Vichaj sollten sich weiter um die Verbindungen zwischen von Ribbenstrop, der Altonaer Verwaltung und der Kommission für Bodenordnung kümmern. Aufgaben im Zusammenhang mit dem Mord an von Rheinstein behielt er seiner eigenen Mannschaft vor. Nächstes Treffen in 24 Stunden.

Polizeioberrat Schröder war ein hagerer Fünfundvierzigjähriger mit schütterem, nach hinten gekämmtem Haar über einer hohen Stirn, einem Moustache und stets nach unten gezogenen Mundwinkeln. Er lebte getrennt von seiner langjährigen Frau, hatte zu seinem Glück keine Kinder mit ihr und wohnte mit einer Südafrikanerin zusammen, die eine Boutique in der Ottenser Hauptstraße betrieb. Der Polizeioberrat war bei allen Mitarbeitern unbeliebt, die näher mit ihm zu tun hatten. Er galt als typischer Narzist mit scharfer Zunge.

»Haben wir eigentlich die Telefonlisten von Ribbentrops durchgearbeitet?«, fragte Kronenberg Katharina.

»Die waren unergiebig. Von Ribbenstrop scheint seine Geschäfte **Face-to-Face** abgewickelt zu haben. Er war regelmäßiger Gast im Hamburg Business Club. Darüber hinaus scheint er seine Beziehungen bei Spaziergängen oder Spazierfahrten gepflegt zu haben und über Einladungen in sein luxuriöses Haus. Keine Feste oder ähnliches, das hätten mir sonst die Nachbarn berichtet. Er war ein rätselhafter Eremit mit einem Job, der eigentlich vielfältige Kommunikation erfordert.«

»Und sein Bankkonto?«

»Seine Konten«, verbesserte Katharina. »Es gab wenige, aber sehr hohe Ein- und Ausgänge. Die meisten Ausgänge gingen auf ein Konto in Liechtenstein und mehrere Konten in Ostasien.«

Vichaj nahm sich die Liste der ostasiatischen Konten des Herrn von Ribbenstrop vor und telefonierte stundenlang. Unterdessen zeterte Kronenberg mit verschiedenen Stellen der Finanzbehörde über Möglichkeiten, an Daten von Konten in Liechtenstein heran zu kommen.

Am Abend trafen sich die Drei zur kleinen Lage. Kronenberg hatte Pizzen vom nächstgelegenen Pizza-Service am Lawaetzweg geordert. Vichaj berichtete: »Von Ribbenstrop hatte Konten bei der Bangkok Bank, der TMB, der Siam Commercial Bank, und der Krasunkorn Bank. Ohne schriftliche Anfrage über das Finanzministerium geben die Banken nichts schriftlich heraus. Eine Fondsmanagerin hat mir aber erzählt, daß von Ribbenstrop in verschiedene Großprojekte investiert hat, die alle im Großraum Bangkok liegen. Über »Golden Land« – das ist ein Projektentwickler – in den Büroturm Sathorn Square und über »Maha Nakhon« in die Ritz-Carlton-Residence Bangkok zum Beispiel. Die liegt im gleichen Stadtviertel, soll Bangkoks höchstes Gebäude werden und wurde von einem deutschen Architekten geplant.«

»Sie meinen, daß von Ribbenstrop sein ganzes Geld in Thailand investiert hat?«

»Das habe ich nicht gesagt. Eine andere Bank deutete an, daß es auch Verbindungen nach Indonesien und in die Volksrepublik China gebe, spezifisch nach HongKong. Aber die Thai-Fonds sind letztes Jahr besonders erfolgreich gewesen. Sie sind um 75 Prozent im Wert gestiegen.«

»Wie kommen wir am schnellsten an genauere Informationen über solche Transaktionen und Investments heran?«

»Nicht über meine Kollegen im Drogendezernat von Bangkok. Stellen Sie sich einmal vor, daß Drogenbekämpfer in den Hauptsitzen von Bankgesellschaften auftauchen! Das geht gar nicht. Ich werde meinen zukünftigen Chef beim NACC anrufen und sehen, ob sich dort was machen läßt.«

»Warum haben Sie ihn nicht bereits kontaktiert?«, fragte Kronenberg nervös.

Vichaj lächelte nachsichtig: »Herr Kronenberg, dort ist bereits Dienstschluß. Sechs Stunden Zeitunterschied.«

»Entschuldigung, war mir entfallen.«

\*

Zwei Tage später war zweite Lagebesprechung bei Schröder. »Von Rheinstein scheint ständig am Telefon gehangen zu haben. Hier sind die Listen!« Triumphierend stand ein Beamter des Staatsschutzes auf und ließ eine Papierrolle über seinen Unterarm gleiten.

»Sparen Sie sich die Show. Was Sie da machen, hilft uns nicht wirklich weiter. Gibt es Strukturen, Schwerpunkte?«, blaffte Schröder.

»So schnell schießen die Preußen nicht. Wir haben zunächst Kontakte mit von Ribbenstrop geprüft. Der war ein sehr gelegentlicher Gesprächspartner. Die Nummer dieses Paten von Altona haben wir mehrfach gefunden. Vereinzelt auch die Dienstnummern des Bezirksamtsleiters, des Baudezernenten und der Bauaufsicht. Er führte auffallend viele Gespräche ins Ausland. Vorwahl 0066 und so.«

»0066 – was bedeutet das?«

»Keine Ahnung. Irgendwo in Asien.« Vichaj schwieg.

»Schriftliche Unterlagen?«

»Jede Menge Papier über Projekte in Hamburg, Berlin und anderswo. Bis nach Thailand. Hier ist so etwas: »Wongamat Beach, Nak Lua, Pattaya.«

Im Raum kam Gelächter auf. Offenbar kannte jeder Pattaya. »Mit oder ohne Mistress?«, fragte Schröder belustigt.

»Kennen Sie das?«, wisperte Kronenberg Vichaj zu.

»Nein, es läßt sich aber herausfinden. In Pattaya würde ich nicht gerade investieren, wenn ich Geld hätte. Man sagt, daß die Stadt von der Mafia regiert wird.«

»Und was haben Sie beizutragen, Kollege Kronenberg?«, fragte Schröder sichtlich abfällig.

»Nun, finanzielle Verbindungen nach Thailand können wir auch für von Ribbenstrop bestätigen. Er scheint sein Geld in Großprojekte gesteckt zu haben, die vornehmlich im Finanzdistrikt entwickelt werden, in …«

Kronenberg wandte sich hilfesuchend an Vichaj.

» … Chong Nonsi und Sathorn Taj«, ergänzte dieser.

»Gut, daß wir einen Kollegen aus Asien unter uns haben. Mich interessiert aber auch, woher das Geld kommt, das von Ribbenstrop investierte.«

»Überwiegend Bareinzahlungen, wie es scheint.«

»Sie meinen, er trug das Geld zu Hunderttausenden selbst zur Bank?«

»Scheint so zu sein. Er war Einzelgänger und, wenn ich das sagen darf, offenbar verschroben obendrein. Das aber mit Geschmack und Haltung.«

»Danke für das Psychogramm. Auch das hilft uns nicht wirklich weiter«, antwortete Schröder schneidend.

»Gottverda …«, murmelte Kronenberg. Katharina legte beruhigend ihre Hand auf seinen Unterarm.

»Warum haben die Beiden so viel Geld nach Ostasien getragen?«, fragte Kronenberg, als sie den Raum verlassen hatten.

»Liest du nie die Wirtschaftsseiten? *Emerging Markets*, heißt das«, antwortete Katharina.

»Aha, gibt's dafür auch ein deutsches Wort?«

»Die Weltwirtschaftssprache ist nun einmal Englisch. Das mag ja zur Zeit der Fugger anders gewesen sein, aber auch damals war sie, glaube ich, nicht deutsch, sondern italienisch oder französisch. Aus dem Italienischen kommen so Worte wie Konto oder Disagio. Also: Die *Emerging Markets* sind die Märkte solcher Länder, an denen viele Fachleute aus der Wirtschaft seit Jahren einen Narren gefressen haben. Hohe Wachstumsraten, hohe Gewinne. Darauf fahren die Jungs so ab, daß sie den Verstand hinter sich lassen. Wenn du allerdings dein Geld in Europa anlegst, weißt du ja, was passiert: Die mickrigen Zinsen werden von der Inflation und der Steuer aufgefressen. Und vorher hast du auch noch Einkommenssteuer bezahlt. Doppelbesteuerung, wenn man es so sehen will.«

»Bei euch ist das also ganz anders, Vichaj?«

»Jaaa, in den letzten Jahren schon. Thai-Fonds haben stark an Wert gewonnen, das sagte ich schon. Außerdem ist Thailand für Geldanlagen sicher. Es gab nie einen Staatsbankrott und noch jede Bank wurde bisher von der Regierung gerettet, wenn sie schief lag.«

»Sie meinen, wenn sie in Schieflage geriet?«

»Ja, so heißt das wohl. Nur einmal, 1997, gab es erhebliche Turbulenzen und viele Anleger haben Geld verloren. In Thailand sagt man, daß damals ein gewisser Soros gegen den Thai-Baht und den koreanischen Won spekuliert habe, weil so viel ausländisches Kapital in Thailand und dazu noch an den US-Dollar gekoppelt war. Erst ließ er den Baht nach oben springen, indem er Geld in das Land pumpte, dann machte er Wetten auf eine Abwertung des Baht und zog sein ganzes Geld schlagartig aus dem Land zurück. Dafür machen ihn die Thais noch heute verantwortlich. Ich selbst glaube, daß das eine unzulässige Personalisierung ist.«

»Und was ist mit Steuern?«

»Steuern? Zunächst einmal zahlen bei uns sowieso nur 10 Millionen von den 26 Millionen Beschäftigten Steuern auf ihre Einkommen. Glauben Sie nicht, daß unter den übrigen 16 Millionen Menschen nur solche sind, die kaum etwas verdienen. Wenn Sie in Thailand Geld für lange Zeit anlegen, zahlen Sie sowieso keine Steuern. Von Immobilien will ich gar nicht reden, ich meine bestimmte Immobilien und nicht das eigene Haus. Das ist kompliziert, aber ich gebe Ihnen ein Beispiel: Es gibt viele Immobilienunternehmen, die auf einem hohen Bestand nicht verkaufter Grundstücke, Häuser und Appartments sitzen. Die gehen dabei nicht Pleite. Was glauben Sie wohl, wie die das machen?«

»Das klingt ja so, als müsse ich mein Kleinvermögen nach Thailand schaffen. Die Bahamas und Cayman wären nachgerade uninteressant«, spöttelte Kronenberg.

»Entschuldigen Sie, wenn ich das sage, aber dafür ist Ihr Vermögen wahrscheinlich tatsächlich zu klein. Nassau und Cayman erscheinen vielen Anlegern deshalb interessant, weil sie ihr Vermögen dort in US-Dollar deponieren können, also in einer Währung, die sie für krisensicher halten. In Thailand müssen sie in Baht anlegen. Das Vertrauen in den US-Dollar ist allerdings mehr Gefühl als Verstand.«

»Woher wissen Sie denn das alles?«

»Das gehörte zu meiner Ausbildung bei der Drug Enforcement Administration in Washington. Wissen Sie, die Drogenbarone in Lateinamerika haben die hohen Profite, die sie machten, nicht nur in Privatarmeen und Immobilien angelegt. Sie mißtrauen der Wirtschaft ihrer Heimatländer, weil wohl jedes südamerikanische Land in den letzten dreißig Jahren mindestens einen Staatsbankrott hingelegt hat. Also waren sie darauf versessen, ihr Geldkapital in US-Dollar anzulegen. Weil das in den USA zu riskant gewesen wäre, haben sie das Geld nach Nassau bringen lassen. Manche der Drogenbarone haben über Nassau dann aber auch in den USA investiert. Internationales Finanzwesen gehört zur Standardausbildung richtiger Drogenbekämpfer.«

# ALTONA / MÖRKENSTRASSE

Kronenberg blickte versonnen auf die kahle Mörkenstraße, die von einigen Häusern aus der Gründerzeit und wesentlich größeren Komplexen jüngeren Datums gesäumt war. Ein massiver Wohnblock wurde in den letzten Monaten neben dem Kommissariat hochgezogen. Kronenberg wunderte sich, wie eine derart hohe Dichte der Bebauung genehmigt werden konnte.

»Also, was ist mit von Rheinsteins Konten vor und um das Jahr 1997?«

»Die NACC sieht keine Möglichkeit, ohne tragfähige Unterlagen Banken zu durchsuchen. Ich habe aber meinen Kontakt zur Fonds-Managerin spielen lassen, die mir bereits etwas über seine Investments erzählte. Sie hat bestätigt, daß die Verbindung mit von Ribbenstrop bereits 1997 bestand, was in Thailand das Jahr 2540 war. Er hat damals vielleicht viel Geld verloren.«

»Immerhin ist er Thailand treu geblieben.«

»Sie sagt, er sei ein kluger Mann. *Tii lääo ma goo lää gan pai* – was vorbei ist, ist vorbei. Das sei seine Haltung gewesen.«

»Er **war** ein kluger Mann«, verbesserte Kronenberg.

»Was ist mit der Paketbombe? Absender, Art des Sprengstoffs, Zuordnung zu bisher bekannten Fällen?«

Ein junger Schlaks vom Landeskriminalamt blickte auf: »Da hat sich jemand wenig Mühe gegeben, seine Spuren zu verwischen.«

»Nämlich …?« fragte Kronenberg gespannt.

»Also, der Sprengstoff ist derselbe, der für das Attentat auf Bali im Jahr 2002 verwendet wurde. Sie erinnern sich vielleicht, 202 Tote oder so. Hinter dem Attentat auf Bali vermuten Kollegen in Indonesien einen gewissen Abu Bakar Bashir, islamistischer Haßprediger. »Waffentraining ist ein Akt des Kirchgangs«, soll der vor kurzem in einem Prozeß gegen ihn gesagt haben.

Abu Bakar Bashir wollte in der Provinz Aceh im Norden Sumateras einen islamischen Staat gründen. Das ist die Provinz, die vom asiatischen Tsunami am schlimmsten betroffen war. Das indonesische Militär hat diesem Versuch entschieden ein Ende gemacht. Abu Bakar Bashir fordert die Einführung der Sharia in Indonesien, was zu der Kultur dieses Landes überhaupt nicht paßt. Angeblich wollte er den indonesischen Präsidenten Susilo Bambang Yudhoyono wegen dieser Weigerung umbringen lassen. Sein technischer Spezialist – ich meine Bomben-Macher – Dulmatin wurde im Jahr 2010 von der Polizei erschossen. Wenn Bashir etwas mit dem Massaker von Bali zu tun gehabt haben sollte, wurde damit der einzige Zeuge dafür umgebracht. Bashir sagt, daß die CIA den Anschlag fabriziert habe.«

»Und was glauben Sie?«

»Darauf kommt es nicht an«, antwortete der Schlaks.

»Nicht sehr hilfreich.«

»*Nin-taa gaa-lee muan tee naam.*«

»Nicht schon wieder«, sah Kronenberg Vichaj flehend an.

»Geschwätz heißt, Wasser vergießen. Indonesien, die Republik der Philippinen oder vielleicht der tiefe Süden Thailands sind die Reviere des Abu Bakar Bashir, weiter reicht sein Einfluß nicht. Sein Einflußgebiet ist groß und unkontrolliert.«

»Unkontrolliert?«

»Ich habe einmal die Grenze zwischen Indonesien und Malaysia auf der Fähre zwischen Medan und Penang überquert. Alle islamischen Würdenträger oder solche, die sich dafür ausgaben, wurden zuerst und ohne jede Kontrolle durchgelassen. Abu Bakar Bashir ist ein solcher Würdenträger.«

# DAVAO / MINDANAO

Der Flug von Bangkok nach Manila mit *Philippine Airlines* dauerte nur zwei Stunden. Am Nino-Aquino-Airport besah sich der Grenzer etwas länger als üblich seinen Paß. Nachdem der Pate die Kontrolle passiert hatte, griff der Beamte zum Telefon.

Auf dem Flug nach Davao genoß der Pate den Ausblick auf die azurblaue Südchinesische See und die Vizayas, eine Inselkette zwischen Luzon und Mindanao. Am Ende der Reise erwartete ihn bereits bekanntes Land: Am Fransisco-Bangoy-Flughafen stand ein weißer Toyota mit uniformiertem Fahrer bereit.

Die Fahrt lief schweigsam bis zur Ankunft im »Marco-Polo-Hotel«, wo ihn die mandeläugige Empfangsdame begrüßte und anmerkte, daß Oberst Tan ihn am nächsten Morgen in der Lobby empfangen wolle. Die Panoramafenster im zehnten Obergeschoß gaben den Blick auf das abendliche Gewirr der tropischen Großstadt frei. Das Telefon klingelte, Frauenstimmen boten reizend ihre Dienste an. Der Pate lehnte barsch ab.

Eine lange Stunde später klopfte es beharrlich an seiner Zimmertür. Der Pate öffnete den Spalt, den die vorgelegte Kette zuließ. Vor ihm stand eine Schönheit, deren Erscheinung ihn fast betäubte.

Der Pate löste die Kette von der Tür und bat um Eintritt. Galant schwang sich die Schönheit auf das Königsbett und sah ihn mit aufgesetztem Schleierblick an. Sie lüftete den Sarong zwischen ihren Oberschenkeln und bedeutete ihm sanft, sich neben oder auf sie zu legen. Die Ästhetik der Situation nahm ihm fast die Sinne. Er tat, was sie von ihm begehrte.

Sobald sie ihn auf den Rücken gekehrt und seine Hose herunter gezogen hatte, war der Pate überzeugt von der Richtigkeit seiner Entscheidung. Er konnte sich nicht erinnern, je eine so schöne Frau gehabt zu haben. Die Schöne entkleidete ihn vollständig und kümmerte sich so lange um ihn, bis seine Bereitschaft deutlich wurde. Sie kniete sich auf ihn, zog langsam alles aus, was sie selbst an sich trug.

Er schloß die Augen, um die Lust, die über ihm und in ihm war, besonders und immerwährend genießen zu können. Als er ein eisernes Gefühl auf seiner Brust fühlte, wähnte er sich kurzfristig in der Zwischenwelt des Sado-Masochismus. Auch das billigte er der Schönheit zu. Zugleich gesellte sich der Verstand zu seiner Lust. Der Verstand sagte ihm, daß das eiserne Gefühl Gefahr bedeuten könnte. Die Lust sagte ihm, daß es dazu gehört.

Mit einer heftigen Handbewegung fegte er den Arm der Schönen von seiner Brust. Die Schöne fiel zur Seite, ein Messer flog durch das Zimmer. »***Do not try that on me***!«, schrie der Pate und zog sie an den Haaren zur Tür. Sie fing an zu schreien, stellte sich gegen ihn auf. Er bemerkte, daß sie nur darauf aus war, ihre Kleider zu sammeln und das Zimmer fluchtartig zu verlassen. Wenigstens das gewährte er ihr schwer atmend.

Seine Nacht war schlaflos. Pausenlos wälzte er sich in seinem Königsbett. Was, wenn die Schöne von Oberst Tan geschickt worden wäre, um ihn umzubringen? Warum hätte Oberst Tan seinen Tod haben wollen? Etwa, weil er von Rheinstein mitgeteilt bekommen hatte, daß die Geldanlage wertlos sei? Wie sollte er in dieser fremden Stadt dem Obersten entkommen? Er entschied sich, der Gefahr aufrecht entgegen zu gehen.

Oberst Tan wartete in der Lobby des Hotels: »***Did you have a good night?***«

»***No***«, antwortete der Pate entschlossen: »***Your agent tried to kill me.***«

»***My agent? There was no agent at all. What do you mean?***«

Der Pate erzählte von der abrupt beendeten Sado-Maso-Szene der vergangenen Nacht. Oberst Tan hörte aufmerksam zu. Er kommentierte, daß der versuchte Anschlag wahrscheinlich von islamistischen Insurgenten organisiert worden war. Wer weiß, wie sie an die Information gekommen seien. Dieser Verdacht gebiete, den Paten unter erhöhte Sicherheitsstufe zu stellen. Er werde von nun an rund um die Uhr bewacht.

»Ich habe Erkundigungen über den Schiffsfonds eingeholt, in dem sie viel Geld verloren haben. Palmaille ist schon richtig. Mein Partner kümmert sich darum.«

Pedro Tan sah ihn mit gesenktem Kopf von unten an. Jetzt konnte der Pate den Ausdruck seiner Augen erkennen. Er schauderte.

»Sie haben recht, vielleicht setzte ich bisher voraus, daß Sie mehr wissen als Sie tatsächlich wissen.«

Gegen Mittag wurde der Pate davon informiert, daß ihn in der Lobby mehrere Herren erwarteten. Von Rheinstein hatte er telefonisch nicht erreicht. Andere Gesprächspartner in Altona meldeten sich nur mit ihrer Mailbox. In Deutschland war es noch früher Morgen. Der Pate geriet in panische Angst. »Bloß nicht durchdrehen«, hämmerte er sich ein.

Er versprach der Empfangsdame, möglichst schnell zu erscheinen. Danach schlich er sich aus seinem Zimmer über das Treppenhaus bis zur Tiefgarage des Hotels. Er ging durch die Straßen Davaos, in denen nur wenige Geschäfte ihre Läden geöffnet hatten. Niemals zuvor hatte sich der Pate einsamer gefühlt als jetzt.

Von Norden kündigte sich grollend ein schnell nahendes Gewitter an. Der Pate setzte sich in ein Eckrestaurant, bestellte Eiskaffee und nahm sich die ausgelegte englischsprachige Tageszeitung. Kurz darauf ging ein Regensturm über Davao nieder, Blitze zuckten im Abstand von Sekunden.

Mit der zweiten Bestellung eines Kaffees setzte sich die Wirtin an seinen Tisch. Sie fragte, wo er wohne, worauf der Pate antwortete, daß er dorthin jedenfalls in dieser Nacht nicht zurückkehren wolle. Er habe Streit mit seiner Freundin gehabt. Die Wirtin nickte verständnisvoll und vermittelte ihm ein Zimmer in einer unweit gelegenen Pension, die nur aus einem Laden im Erdgeschoß, einem Obergeschoß und dem Satteldach darüber bestand. Das Zimmer war kahl, nur von einer nackten Glühlampe beleuchtet, das Bett war durchgelegen, aber frisch und sauber bezogen. Der Pate bezahlte 100 Pesos und war froh, diese Nacht nicht von den Männern des Obristen Pedro Tan bewacht zu werden.

Die Zeitung hatte er mit auf's Zimmer genommen und las sie abschnittsweise durch, soweit er nicht vom englischsprachigen Fernsehprogramm abgelenkt wurde. Groß aufgemacht war ein Bericht über das Gerichtsverfahren gegen einen gewissen Andal Ampatuan, der in der Provinz Maguindanao einen Massenmord organisiert haben soll. Die Zeitung hob hervor, daß es sich dabei um einen Racheakt unter Moslems handele und die Provinz seit Jahren als selbständige Region unter muslimischer Herrschaft behandelt werde. Das grundlegende Gesetz sei zwar ohne die Unterschrift der Präsidentin in Kraft getreten, werde jedoch konsequent umgesetzt.

Ebenso groß aufgemacht war der Bericht über den Prozeß gegen den islamischen Würdenträger Abu Bakar Bashir im Nachbarland Indonesien. Er war dort als Anführer einer islamischen Terroristengruppe angeklagt, die für das gesamte Inselreich die Einführung der Sharia fordere und die Ausbildung an Waffen als eine Form der Verehrung Allahs ansehe. Der philippinische Kommentator goß ätzende Kritik über die Justiz des Nachbarlandes, indem er darstellte, daß Bashir schon mehrfach freigesprochen worden sei. Selbst die Organisation des folgenschweren Attentats auf Bali hätte man ihm nicht nachweisen können oder wollen. Auf Mindanao, so der Kommentator, wäre mit einem Abu Bakar Bashir kurzer Prozeß gemacht worden.

Der Pate dachte an die Züge der Kreuzritter gegen den Islam, die vor acht Jahrhunderten als gesteigerte Form eines christlichen Gottesdienstes bezeichnet wurden, und fragte sich, ob der Islam heute deshalb noch so gewalttägig auftrete, weil er erst 610 Jahre nach der Geburt von Jesus Christus durch die Offenbarung Allahs gegenüber dem Propheten Mohammed entstanden ist. Ob sich Probleme der Jugendlichkeit auch auf das Alter von Religionen übertragen lassen?

Während eines Fernsehberichts über die 2.000 Jahre alten Reisterrassen von Banaue auf der Insel Luzon schlief er endlich ein, die Bilder einer von Menschen gestalteten, perfekten Landschafts-Symphonie mit in seine Traumwelt hinüber nehmend.

# HAMBURG / JOHANNISWALL

Mehrere, wenn auch nicht alle Teilnehmer an Schröders dritter Lagebesprechung waren bemüht, seiner Forderung nach Erklärung von Strukturen nachzukommen. Die Telefonlisten von Rheinsteins waren seziert. Namen verschiedener Immobilienmakler aus Hamburg und bundesweit, Projektentwickler und Geschäftsführer von Bauunternehmen erschienen auf dem bereitgestellten Flip-Chart. Unter Politikern stand der Pate an erster Stelle.

»Haben Sie die häufigsten Kontakte geprüft und befragt?«

Die einstimmige Bestätigung wurde eingeschränkt durch Bemerkungen, daß bestimmte Personen nicht oder nur schwer erreichbar seien. Es mache keinen Sinn, in dieser Szene »einfach auf's Geradewohl in eine Adresse zu stürzen, die sich manchmal als nicht mehr vorhanden herausstellt«, merkte ein älterer Mitarbeiter an. »Diese Szene ist hoch-volatil.«

»Was meinen Sie mit hoch-volatil?«, herrschte ihn Schröder an.

»Volatilität ist ein Begriff aus dem Aktien- und Rentenmarkt. Geringe Volatilität heißt tendenziell, daß eine Anlage oder ein Preisgefüge stabil ist. Hohe Volatilität bedeutet das Gegenteil, verspricht aber zuweilen Aussichten auf hohe Gewinne.«

»Danke für den Ausflug ins Finanzwesen«, kommentierte Schröder knapp. »Dann haben Sie wenigstens die stabilen Elemente identifiziert. Nach Ihren Worten sind die instabilen jedoch interessanter, weil sie hohe Profite versprechen?«

Grundsätzlich sei es so, antwortete der ältere Mitarbeiter. Allerdings seien die volatilen Situationen nicht leicht identifizierbar, eher flüchtig.

»War von Rheinsteins Kommunikation mit diesem Paten mehr oder weniger volatil?«

»Schwankend, wenn man Zeitraum und Häufigkeit der Kontakte betrachtet. Wir kennen jedoch die Inhalte dieser Kontakte nicht. Es mag sein, daß sie jedes Mal ein anderes Vorhaben betrafen. Das vermuten wir sogar.«

»Ich will Tatsachen, keine Vermutungen!«

»Nun, Fakt ist, daß sich der Pate außerhalb Hamburgs aufhält, vermutlich auf den Philippinen.«

»Ihre Sprache erinnert mich an den DDR-Jargon, Fakt ist und so weiter. Ist das Fakt oder Vermutung?«

»Es ist Fakt, wenn man die Passagierlisten von *Thai International Airways* durchgeht.«

»Wie kamen Sie an diese Passagierlisten?«

»Wir stellten fest, daß der Pate nicht in Hamburg weilt und haben uns gedacht, daß er verflogen ist. Deshalb haben wir die Passagierlisten aller wesentlichen Fluggesellschaften durchgesehen, die ab Hamburg oder Frankfurt nach Ostasien fliegen.«

»Warum kommen Sie jetzt auf Ostasien?«, fragte Schröder säuerlich.

»Wegen der ostasiatischen Anlagen von Rheinsteins. Dessen häufigere Telefonkontakte haben wir alle daraufhin überprüft, ob sie in letzter Zeit in Fernost waren. Wir wurden fündig.«

»Und die Kontobewegungen des Paten?«

»Grundlegend stabil«, berichtete ein anderer Mitarbeiter des LKA. »Alle paar Monate sind ein paar Zehntausender angekommen, meistens Bareinzahlungen.«

»Der Mann ist also wahrscheinlich in Ostasien. Haben wir einen Fall für Interpol vor uns?«

»Genauer gesagt, ist er auf den Flughafen Davao auf den Philippinen durchgebucht worden.«

»Was hat er dort wohl zu schaffen?«

Kronenberg meldete sich: »Angeblich verkauft er dorthin ein erworbenes Patent: Werbe-Papperln auf Transportbändern.«

Der Saal bog sich vor Lachen. Endlich war das inquisitorische Klima, das Schröder um sich verbreitete, durchbrochen.

»Das ist doch lächerlich«, versuchte Schröder sein Supremat zu wahren.

»Aber es ist genau so. Fragen Sie ansonsten das Orakel der Südchinesischen See. Vielleicht könnten Sie uns auch eine Auslandsdienstreise spendieren, wenn diese Frage eine wesentliche Rolle im Fall von Rheinstein spielen sollte.«

Kronenberg hatte endgültig gewonnen. Amüsiert erwartete die versammelte Mannschaft eine angemessene Antwort Schröders.

»Wesentliche Rolle ja, Auslandsdienstreise nein. Wenn überhaupt dann fliege ich selbst – eventuell in Begleitung Ihres Ostasienexperten.«

Vichaj sah Schröder starr an. Schröder fragte sich, warum alle Mandelaugen zu schielen scheinen. Schließlich machte Vichaj eine abwehrende Handbewegung: »Ich bin hier, um **hier** etwas über mein zukünftiges Aufgabenfeld zu erfahren. Keinesfalls werde ich Ihr Fremdenführer sein. Ich wäre auch ein schlechter Fremdenführer, weil die Philippinen eine malayisch-katholische Republik sind. Als Thai ist mir das fremd.«

»Aber mit muslimischen Insurgenten kennen Sie sich doch auch in Thailand aus, nicht wahr?«

»Tut mir leid, ich hatte noch nicht die Ehre, Polizeipräfekt von Narathiwat oder Yala zu sein, wenn Sie das meinen.«

»War auch nur ein Angebot«, zog Schröder zurück. Er ordnete an, Interpol zur Ermittlung des Aufenthalts des Paten zu kontaktieren: »Sensitiv! Nicht als Täter, sondern als gefährdeter Zeuge. Schreiben Sie einfach dazu, daß es sich um eine Entführung durch eine islamistische Gruppe handeln könnte. Das bringt möglicherweise die Amis auf Trab!«

*

Schröder ließ unter anderem den Posteingang von Rheinsteins systematisch prüfen. Dabei fiel ein kleines Paket aus Indonesien auf. Es enthielt eine Kassette, in der ohne jede weitere Erläuterung ein Messer lag. Zwar wurde die Sendung vom Landeskriminalamt eindeutig als Drohung bewertet. Die Art und Bedeutung des Messers gab jedoch Rätsel auf.

Kronenberg war erstaunt, erstmals einen Anruf des sich selbst als solches vermutenden Master-Minds Schröder zu erhalten: »Womit kann ich Ihnen dienen, was Sie nicht selbst schon lange wissen?«, fragte er sarkastisch.

»Verzichten Sie bitte auf Spielchen, Herr Kollege«, antwortete Schröder beherrscht. »Sie haben einen Ostasienexperten zugeordnet bekommen, dessen Wissen wir jetzt benötigen. Wir haben ein Paket an von Rheinstein, das uns Rätsel aufgibt.«

»Diese zweite Bombe werden Sie schon selbst entschärft haben«, gab Kronenberg zurück.

»Ich sprach nicht von einer Bombe. Es ist ein Messer aus Indonesien geflattert gekommen.«

»In Ordnung, ein Messer. Was soll mein Ostasienexperte damit anfangen?«

»Wir vermuten, daß es nicht ein Einfach-So-Messer ist, sondern, daß es eine eigene Bedeutung hat, sozusagen eine Botschaft mit sich trägt. Es wurde ohne jeden weiteren Kommentar versandt.«

»Zum Rätselraten schicken Sie doch bitte das Ding einfach vorbei.«

»Sie wissen, daß es um Leben und Tod gehen kann. Sie kommen bitte umgehend zusammen mit Ihrem Thai zu mir.«

»Erstens ist es nicht »mein Thai«, zweitens werden wir sehen, was sich machen läßt«, antwortete Kronenberg so glatt, wie er eben konnte.

Als Vichaj am frühen Nachmittag im Kommissariat erschien, erzählte ihm Kronenberg von Schröders Wunsch, ein Messer aus Indonesien zu begutachten.

»*Duu tää paak*«, antwortete Vichaj, große Redner seien schlechte Macher. Die Lage Schröders kommentierte er mit den Worten »*Muut päät daam*«. Das sei schwer zu übersetzen, bedeute aber in etwa, daß

Schröder ratlos sei. Kronenberg schlug vor, Schröder einige Stunden warten zu lassen. *

Als Vichaj das Messer sah, entfuhr ihm unvermittelt »*Gung Ho*«.

»Was, bitte?«, fragte Schröder entgeistert.

»Das ist ein *Gung-Ho*-Messer. Im Chinesischen bedeutet es »Kooperation und Übereifer«. Es bezieht sich auf den Einsatz der US-Armee im pazifischen Krieg.«

»Pazifischer Krieg, Amerikaner und Übereifer, das verstehe ich nicht. Werden Sie bitte deutlicher und verwenden Sie keine Metaphern.«

Vichaj dachte darüber nach, was Schröder mit »Metaphern« gemeint haben könnte und verband das Wort mit »Metaphysik«: »Das hat mit Übernatürlichem nichts zu tun. Nehmen Sie es ganz einfach: Der Name bedeutet Zusammenarbeit zwischen Hand und Stahl, Fleisch, Haut, Muskeln und Sehnen verbinden sich mit dem Stahl. Das Messer wird zum Teil des Körpers, der es führt. Der Übereifer bezieht sich auf die Geisteshaltung in den führenden Körpern. Die Amerikaner haben dieses Messer im pazifischen Krieg oft geführt. Das tun üblicherweise nur Völker nomadischen Ursprungs, meinen die Chinesen.«

Schröder war verwirrt. Er hatte einige Filme über den grausigen Zweiten Weltkrieg im Pazifikraum gesehen, *Guadalcanal* zum Beispiel, aber niemals welche, in denen den US-Amerikanern ein Übereifer beim Töten zugewiesen wurde. Diese Rolle spielten in Hollywood stets die Japaner: »Das ist also Ihre asiatische Interpretation«, stellte er fest.

»Das *Gung-Ho* ist eine Tatsache, sein Gebrauch ist, was Sie Mythos zu nennen pflegen. Es ist ein amerikanisches Produkt, kein japanisches«, tadelte Vichaj.

»Wer könnte es versandt haben und warum?«

»Wenn Sie glauben wollen, daß der Ursprungsort Indonesien ist, dann glauben Sie es eben. Indonesien hat allerdings kaum eine Berührung mit dem pazifischen Krieg gehabt. Deren Problem waren die Holländer. Wenn ich raten darf, dann verbinde ich dieses Messer mit dem Militär der Republik der Philippinen. Die haben mit den

Amerikanern ständig zu tun gehabt, ob als Kolonie oder als größter Stützpunkt der US-Army in Asien – Subic Bay, Clark Air Force Base, genannt der größte Flugzeugträger im Südchinesischen Meer. Fast alle höheren Offiziere dort sind in den USA ausgebildet worden.«

»Sie doch auch!«

Vichaj lächelte: »Es macht einen Unterschied, von einer ehemaligen Kolonialmacht ausgebildet zu werden oder als Offizier eines freien Landes, das sich auch so nennt: **Prathet Thai**.

»Ich erinnere mich, daß die Laoten sich auch so genannt haben, ich meine die kommunistische Rebellenarmee während der Zeit des Vietnamkrieges. **Pathet Lao**, so nannten die sich doch.«

»Nun wissen Sie es; dieser Name bedeutet einfach nur Land der Laoten.«

# HAMBURG / JOHANNISWALL

Schröders vierte Lagebesprechung geriet aus den Fugen. Alle Teilnehmer hatten inzwischen derart viele Fakten und Vorgänge gesammelt, daß Schröder auf jede Frage Dutzende von Antworten verschiedener Quellen erntete. Kronenberg beobachtete den Verlauf der Sitzung und lehnte sich auf seinem Stuhl weit zurück. Halblaut bemerkte er gegenüber Katharina und Vichaj: »So geht es einem Erbsenzähler, der von sich behauptet, strukturiert zu arbeiten. Er tritt Tonnen los, obwohl er nicht einmal Kilogramm beherrscht. Von dieser Sorte gibt es in den höheren Etagen viel mehr, als man glauben mag.«

Der ältere Mitarbeiter, dessen Ausführungen über die Volatilität Schröder aus dem Konzept gebracht hatten, fragte, ob die Recherchen von Interpol bereits zu einem Ergebnis geführt hätten. Schröder verneinte und wiederholte: »Vielleicht muß ich selbst auf die Philippinen fahren. Zunächst aber liegen die Schwerpunkte hier in Hamburg.«

Schröder folgte tatsächlich der üblichen Masche hoher Beamter in der Hamburger Verwaltung: Er forderte von jedem Teilnehmer der Besprechung, der sich gemeldet hatte, ihm umgehend einen schriftlichen Bericht zu fertigen. Insbesondere interessiere er sich dafür, ob es über die Transaktionen zwischen von Rheinstein und anderen Maklern weitere Informationen gebe, die Rückschlüsse auf bestimmte Bauvorhaben zuließen. »Dann korrelieren wir das mit den Bareinzahlungen bei dem Paten. Zeit, Raum und Geld sind unsere wesentlichen Variablen.«

Der ältere Mitarbeiter merkte an, daß multivariate Analysen höhere Wissenschaft seien, im konkreten Fall jedoch die »zufällige Inzidenz« von Vorgängen eher zum Erfolg führen könne.

»Das Vokabular haben Sie zwar drauf, aber die Sachkompetenz überlassen Sie bitte mir«, gab Schröder forsch zurück.

Vichaj empfand den Umgang Schröders mit einem älteren Kollegen völlig respekt- und würdelos. Er zweifelte kurz daran, ob er selbst das

Recht hätte, sich in diese Art des Umgangs miteinander aktiv einzumischen. »*Kit goon jung jii-ra-jaa*«, raunte er Kronenberg zu.

»Was heißt?«

»Nachdenken, bevor man spricht.«

Kronenberg griente. Im Besprechungsraum kam Unruhe auf. Schröder fühlte, daß er nun seine Facon wahren mußte.

»Wir sprechen über die Insuffizienz der Responds von Interpol. Kronenberg und Bangramsan fliegen bitte umgehend nach Davao und finden diesen Paten. Derweil werden wir hier unsere Aufgaben so erledigen, wie wir es gewohnt sind.«

Vichaj blickte zu Kronenberg. Der bewegte nur seine Augenlider.

»Na, dann packen wir mal«, meinte Kronenberg beim Verlassen des Besprechungsraums. Während der Fahrt zu Vichajs Boardinghaus an der Großen Elbstraße besprachen sie die Leichtigkeit des erforderlichen Gepäcks. »Nehmen Sie bloß zwei Hosen und zwei Hemden mit, dort werden wir ohnehin T-Shirts tragen. Gürtel nicht vergessen, die sind auch gut zur Selbstverteidigung. Und alle Adressen der Polizei von Davao, die muß uns Schröder verifizieren«, riet Vichaj.

»Verifizieren?«

»Ja, er soll die Ansprechpartner vorher anrufen lassen. Damit wir wissen, wer ein wirklicher Cop ist und wer nur ein *Fake*.«

»Sie meinen *Fake* wie europäische Markenware auf fernöstlichen Märkten?«

# DAVAO / MINDANAO

Der Pate wachte am frühmorgendlichen Straßenlärm auf. Ein Ventilator drehte sich träge unter der Decke. Er wälzte sich mehrmals im durchgelegenen Bett, beschloß dann aufzustehen. Obwohl der gekachelte, verdreckte Boden nicht dazu einlud, mit nackten Füßen betreten zu werden, stellte er sich unter die kalte Dusche. Für den geringen Preis, den er für die Übernachtung entrichtet hatte, konnte er Besseres nicht erwarten.

Im Erdgeschoß fragte ihn die Besitzerin, ob er noch eine Nacht bleiben wolle. Der Pate sah keine Alternative, willigte ein und bezahlte sofort. In der schräg gegenüberliegenden Eckkneipe bestellte er sich Kaffee. Das Angebot der pummeligen Wirtin, ihm ein »**Continental Breakfast**« zu bereiten, nahm er gerne an.

Das Handy klingelte. In der Leitung war sichtlich erregt sein Stellvertreter: »Wo hältst du dich momentan auf?«

»In Davao auf Mindanao.«

»Mensch, mach bloß, daß du von dort weg kommst. Vor drei Tagen hat es den von Rheinstein erwischt. Den kennst du doch auch. Eine Briefbombe, steht in der Zeitung. Ich weiß zwar nicht, was ihr beide zu mauscheln hattet. Wenn das mit deinen Reisen in die Philippinen zu tun hat, dann wird es jetzt brandgefährlich.«

»Ist es schon geworden. Ich habe mich aus meinem Hotel herausgeschmuggelt.«

»Hast du Geld genug?«

»Ein paar Dollar könnte ich schon gebrauchen.«

»Sende ich dir, über Western Union. Aber mach schnell.«

Nach dem üppigen Frühstück überlegte er, was zu tun sei. Er war völlig allein in einer heißen, lauten, wildfremden Stadt. Sein einziger Kontaktmann bedrohte ihn jedenfalls mit dem, was er eine erhöhte Sicherheitsstufe nannte. An die Polizei konnte er sich nicht wenden, weil sein Gesprächspartner ein Militär war und mit der Polizei wahrscheinlich unter einer Decke steckte.

Die einzig brauchbare Idee war, sich in einer Niederlassung der *Philippine Airlines* um einen frühen Rückflug – mindestens bis Bangkok - zu bemühen. Er fragte die Wirtin nach dem nächstgelegenen Büro der Fluggesellschaft. Sie fragte zurück, ob es unbedingt eine offizielle Niederlassung sein müsse, oder ob es auch ein einfaches Reisebüro tun würde. In diesem Fall suchte der Pate Sicherheit und wollte die Adresse der offiziellen Niederlassung.

Die Wirtin suchte im Telefonbuch, das auf einem schmalen Rattangestell neben dem Röhrenfernseher lag. Die Niederlassung sei doch recht weit entfernt, zu weit, um zu Fuß zu gehen. Ob sie ihm ein Taxi bestellen solle.

Der Pate zählte die wenigen Pesos, die er neben einem Bündel US-Dollarnoten bei sich trug und fragte, ob es eine Busverbindung gebe. Die Wirtin lachte: »Wenn Sie so wollen, ja. Unsere Busse heißen Jeepneys, sehen Sie, wie jenes dort.« Sie zeigte auf einen gestreckten, reich verzierten und verchromten alten Jeep, hinter dessen Fahrerhaus Menschen auf einer blechüberdachten Ladefläche kauerten. »Ich werde Ihnen den richtigen Jeepney zeigen.«

Der Pate zwängte sich auf die überdachte Ladefläche, hielt das Dollarbündel in seiner Hosentasche krampfhaft umklammert. Die Fahrt zwischen den Auspuffrohren von Lastkraftwagen und größtenteils getunten Mopeds schien eine Ewigkeit zu dauern. Er verlor schnell den Überblick.

»*Here you have to leave*«, rief ihm der Junge zu, der auf dem Trittbrett hinter der Ladefläche stand und offensichtlich der Konducteur war. Der Pate wollte ihm die 30 Pesos in die Hand drücken, die ihm die nette Wirtin nachgerufen hatte. Der Junge schüttelte den Kopf und verwies auf den Fahrer.

In der auf nicht mehr als 18 Grad heruntergekühlten Niederlassung der *Philippine Airlines* mußte er sich an einem Automaten eine Nummer ziehen. Zu früher Stunde hatten sich bereits viele Kunden versammelt. Seine Hoffnung auf eine kurzfristige Umbuchung schwand. Desto entschiedener brachte er sein Verlangen vor, als er nach fast einer Stunde am Tresen stand.

Die Angestellte der Fluggesellschaft tippte minutenlang auf der Tastatur ihres Computers herum. Früheste Gelegenheit sei in drei Tagen, sagte sie ihm schließlich, aber das koste 150 US-Dollar extra. Sein weiteres Drängen half nichts: »*Do you want it or not?*«, verteidigte sich die Frau gegen seine zunehmende Aufdringlichkeit. Es blieb ihm gar nichts anderes übrig, als zu wollen. In Hamburg hätte er ihren Vorgesetzten herbeigezetert. Hier sollte er auch noch die Adresse und Telefonnummer seiner Unterkunft angeben, was er nicht konnte. Er beließ es bei seiner Handy-Nummer.

Um 150 US-Dollar ärmer und einen geänderten Flugschein reicher war er auf die stickig-heiße, lärmende Hauptstraße mit ihrem chaotischen Verkehr entlassen. Er hatte keine Ahnung, wie er zu seiner Unterkunft zurück gelangen sollte. Schließlich wanderte er einfach los. Jede Straße schien der anderen zu gleichen.

Die Schritte fielen ihm in dem Maß schwerer, in dem die Temperaturen gegen Mittag hin anstiegen. Schließlich kam er an eine Hauptstraße, hinter deren südlicher Randbebauung die Bucht von Davao liegen mußte. Anstelle einer Strandpromenade sah er nur Handwerkerhütten, Schrottplätze und verwitterte zweigeschossige Shop-Häuser. Ein paar Stichstraßen führten zu schmutzigem, mit Plastikmüll übersätem Wasser. Es wurde ihm deutlich, daß er in einer der hintersten Ecken der ungepflegteren Teile dieser Erde angekommen war.

In der hereinbrechenden Nacht hatte er sich zu seiner Unterkunft durchgefragt, nahm in der Eckkneipe ein ausgiebiges Abendessen, legte sich anschließend völlig ermattet auf das durchgelegene Bett unter dem trägen Ventilator.

Es war noch dunkel, als mehrere Männer in Zivil die Tür auftraten. Sie stürzten sich auf den schlaftrunkenen Paten. Einer von ihnen zog eine Spritze und rammte sie ihm in den Oberarm. Dem Erschöpfungsschlaf folgte ein Betäubungsschlaf.

Als der Pate aufwachte, war er an einen mächtigen Baumstamm gefesselt. Er sah in ein fast noch kindliches, von langen schwarzen Haarsträhnen umsäumtes Gesicht. Der Junge sah ihn mit unangenehm verzerrtem Lächeln an und schlug ihm mehrmals gegen die Backen: »*Are you awake, Mister?*« Der Pate nickte müde.

»Haben Sie schon einmal das Gesicht eines Toten gesehen?«

Der Pate schüttelte den Kopf, worauf hin ihm der Junge einen kleinen, runden Spiegel entgegenhielt. Plötzlich war der Pate hellwach: »Nein, bitte nicht«, schrie er.

Der Junge trat einen Schritt zurück. Sein Lächeln entzerrte sich. Mit einer kleinen Bürste bestrich er die nackten Unterarme des Paten. Es roch süßlich. »*The ants soon will visit you*«, sagte er, bevor er im hohen Unterholz verschwand.

Nach unendlich erscheinender Zeit bemerkte der Pate, was sein Peiniger gemeint hatte: Vom Baumstamm bewegte sich nach und nach eine Kette großer, roter Ameisen auf seine Handgelenke zu und begann, die gesüßte Haut zu fressen. Des Patens Schreie gellten ungehört durch den Tropenwald, bis er bewußtlos wurde.

# MANILA / PHILIPPINEN

Udo Kronenberg traf sich mit Vichaj am Hamburger Hauptbahnhof zum 9-Uhr-Zug nach Frankfurt am Main. Im Speisewagen nahmen sie ein dürftiges Frühstück. »Wenn ich mir vorstelle, nach dieser Zugfahrt 12 Stunden in einer fliegenden Blechröhre verbringen zu müssen, wird mir jetzt schon übel«, ächzte Kronenberg. Vichaj wünschte ihm, daß er im Flugzeug wenigstens schlafen könne, er selbst sei bei Flügen dazu nicht in der Lage.

Achtzehn Stunden später landete der Direktflug der ***Philippine Airlines*** auf dem Nino-Aquino-Flughafen Manilas. Kronenberg war nach zwei Gläschen Rotwein eingeschlafen, Vichaj nicht.

In dem mit Läden vollgestopften Oktogon aus Waschbeton äußerte Vichaj den dringenden Wunsch, rauchen zu dürfen. »Sie haben's doch gehört: »Willkommen auf dem Nichtraucher-Flughafen. Weitere drei Stunden müssen wir es schon aushalten«, seufzte Kronenberg.

»Ich bin zwar mit der malayischen Kultur nicht vertraut, weiß aber wenigstens, daß ihre Disziplin geringer ist als die unsere. Suchen wir in der untersten und in der obersten Etage!«

Ganz oben wurde Vichaj in einer völlig verräucherten Lounge fündig: »Sehen Sie, es gibt keine Regel ohne Ausnahme. Vor allem nicht bei den Malayen«, bemerkte Vichaj trocken.

»Und in Ihrem Land?«

»Auf dem alten Flughafen Don Muang gab es eine herrliche Ausnahme: Raucher-Café mit Außenterrasse, sehr gepflegt, der einzigen dieser Art im gesamten Komplex. Auf Suvarnabhumi gibt es das nicht mehr. Der Flughafen ist von Europäern geplant worden, einem Architekturbüro in Stuttgart.«

»… was heißt?«

»Groß, funktional und zumindest für Raucher unmenschlich.«

»Sie haben nicht etwa Vorurteile gegen alle anderen Kulturen außer Ihrer?«, fragte Kronenberg zurück.

»Manchmal haben laxe Haltungen ihren Vorteil. Ob im christlichen Mittelalter, in der heutigen Zeit des Islam oder im Fall des amerikanischen Kreuzzugs gegen die Raucher. Die malayische Haltung dazu halte ich für sympathisch. Sie ist hier in Südostasien in jahrzehntelanger Tradition während des Ramadan gewachsen. Während des Ramadan ist tagsüber alles, was Spaß macht, verboten. Auf Sumatera habe ich jedoch die humane Lösung dafür gefunden: Hinter Plastikplanen wurde auch tagsüber gegessen, getrunken und geraucht.«

Vor dem Weiterflug nach Davao hatte jeder der Beiden ein Dutzend Zigaretten durchgezogen und zwei Espresso getrunken. Der schöne Ausblick auf die Inselwelt der azurblauen Südchinesischen See gestaltete sich auf dieser Grundlage genußvoller. Kurz vor der Landung in Davao stieß die Maschine in eine Wolkenbank.

*»Due to severe weather conditions, our arrival at Davao Airport will be delayed«*, flötete die Purserin, während die ersten Passagiere die im Fach vor ihnen verstauten Tüten an sich rissen, um sich darin zu übergeben. »Schade um die schmackhaften Hähnchenfilets«, kommentierte Kronenberg, der selbst weiß im Gesicht geworden war.

Als das Flugzeug auf dem Fransisco-Bangoy-Airport zum Stehen kam, regnete es immer noch in Strömen. Am Ausgang hielt einer der vielen Uniformierten ein Schild hoch, auf dem in feinen Lettern »INTERPOL« geschrieben stand.

»Die Jungs hier sind richtig gut«, freute sich Kronenberg und drückte dem schlaksigen Polizisten fest die Hand. Der bat beide, unter dem Dachüberstand vor dem Ausgang zu warten. Nach kurzer Zeit fuhr ein Polizeifahrzeug vor, in das sie trockenen Fußes einsteigen konnten. Der Uniformierte hievte sogar ihr Gepäck in den Wagen.

Kronenberg bedankte sich beim Fahrer für den »First Class Service«, nachdem sie mehr als eine halbe Tageslänge mit der Economy Class hatten vorlieb nehmen müssen.

Die mandeläugige Empfangsdame im »Marco-Polo-Hotel« hatte ihre Anmeldebögen bereits ausgefüllt. Kronenberg und Vichaj wurden ins zehnte Obergeschoß geliftet: »*That is, where all our foreign friends are located*«, sagte der schlaksige Fahrer.

»Haben Sie gesehen, daß neben dem Hotel die nationale Blutbank der Philippinen steht?«, fragte Vichaj Kronenberg im Fahrstuhl. »Ob ich diesem Versprechen trauen soll, weiß ich nicht. Vielleicht ist alles Material HIV-verseucht?«

Kronenberg schüttelte den Kopf: »Sind Sie vielleicht doch gegen Alles eingestellt, was nicht Thai ist?« Er nahm Vichajs schmale Schultern und verabschiedete sich für die mentale Nacht, die ihnen der Jet-Lag auferlegte.

»In Deutschland habe ich ein komisches, aber interessantes Wort kennengelernt«, meinte Vichaj zum Abschied. »Das heißt »**Keineswegs**«. In meinem Land gibt es für keinen Weg keinen Weg. Es geht immer geradeaus, rückwärts, nach links oder nach rechts. »Keineswegs« klingt für mich ...na ja, so, wie ich Ihnen antworten will.«

Kronenberg lachte müde: »Philosophieren können wir in acht oder zehn Stunden. Gute Nacht, mein Freund.«

Weder Kronenberg, noch Vichaj erhielten nächtliche Anrufe. Sie waren ja von »Interpol«.

Am nächsten Spätmorgen stellte sich ihnen in der »*Eagles Bar*« des Hotels ein wuchtiger Mann mittlerer Größe vor, dem graue Haarsträhnen in die Stirn fielen: »Senior Chief Superintendent Angelo«. Er sei für die zentralen Bezirke Davaos verantwortlich und habe über das nationale Polizeibüro NOC die Nachricht erhalten, daß ein Deutscher auf Mindanao gesucht werde und zwei deutsche Polizisten im Anflug seien. Dabei blickte er Vichaj etwas befremdet an.

Angelo wünschte weitere Daten über den Gesuchten und fragte nach den Hintergründen. Seine uniformierte Mitarbeiterin notierte alle Angaben, fragte schließlich ihrerseits, seit wann der Gesuchte in den Philippinen weile.

»Das ist Inspektor Cobero«, entschuldigte Angelo sein Versäumnis. Die adrette Inspektorin Cobero grinste Kronenberg an, als ob sie sagen wollte: »Das macht er immer so«.

»Etwa zwei Wochen«, antwortete Kronenberg. Er fand Cobero schön und niedlich, konnte ein außerordentlich freundliches Lächeln nicht unterbinden. »Haben Sie die Fluggesellschaft kontaktiert, die ihn beförderte?«

»Ja. Demnach ist er vor elf Tagen hier angekommen und wollte ursprünglich Ende letzter Woche wieder zurück fliegen. Er hat zwischendurch eine Umbuchung veranlaßt. Deshalb nannte ich keine exakte Abflugzeit. Gebucht hat der bei *Thai International*, umgebucht bei *Philippine Airlines*.«

»Klingt nicht eben nach Urlaub, zumal kaum jemand seinen Urlaub in dieser Stadt verbringen will. Es gibt schönere Orte auf den Philippinen.« Angelo wies seine Mitarbeiterin an, mit den örtlichen Niederlassungen der *Philippine Airlines* und der wenigen anderen Fluggesellschaften zu telefonieren, die Davao anflogen. Sie solle feststellen, ob der Deutsche tatsächlich abgeflogen sei. »Und fragen wir alle Hotels der Stadt ab, ob ein Mann dieses Namens dort übernachtet hat.«

Angelo wandte sich an Kronenberg und Vichaj: »Ehrlich gesagt, kann ich mir nicht vorstellen, daß sich eine Mordserie in Hamburg ausgerechnet in Davao fortsetzt. Es sei denn, einer der Gründe dafür liegt von Anfang an hier. Aber welcher Grund sollte es sein?«

Vichaj berichtete vom »*Gung Ho*«-Messer, das man in von Rheinsteins Post gefunden hatte. Er sei sich sicher, daß weder in Indonesien, noch in Thailand solche Messer in Gebrauch oder auch nur bekannt seien.

»Aber es kam aus Indonesien?«

»Eine Analyse des Strichcodes ergab, daß es in Medan auf Sumatera aufgegeben wurde. Weder der Namen des Absenders, noch sein Adresse scheinen zu stimmen. Die Schachtel, in der das Messer lag, wies keine brauchbaren Spuren auf.«

»Gibt es ein Sendungsprotokoll?«

»Das Paket wurde von DHL angenommen und nach Hamburg befördert. Darüber gibt es eine Dokumentation, die uns jedoch auch nicht weiterhilft. Der Absender hat das Paket wohl direkt bei DHL abgeliefert. Er hätte sich auch Harun-al-Raschid nennen können.«

Senior Chief Superintendent Angelo lehnte sich im Sessel zurück: »Ich werde bei meinen indonesischen Kollegen nachfragen, ob ihnen auf Sumatera oder sonstwo eine Tatwaffe namens »*Gung Ho*« begegnet ist. Im übrigen darf ich Sie jetzt zum Essen einladen. In diesem Hotel gibt es eines der besten chinesischen Restaurants dieser Stadt. Oder wollen Sie's lieber lokal?«

Kronenberg und Vichaj waren an lokalem Essen interessiert. Der Senior Chief Superintendent folgte galant ihrem Wunsch und fuhr sie mit einem Streifenwagen auf einen der Hügel über der Stadt. Das große Restaurant hieß entsprechend.

»Darf ich Ihnen empfehlen?«, fragte Angelo. Kronenberg und Vichaj nickten heftig. »Also – *Sinigang-na-baboy*, das ist vom Schwein, mit *Kangkong*, was Spinat ist, Bohnen, Radieschen, in Tamarindsoße gekocht. Oder *Chicken-Adobo* mit Knoblauch in Sojasoße. Davor oder danach empfehle ich *Adobong Hisponsa Gata*, das sind Shrimps in Kokosmilchsoße – auch wenn Sie keine Meeresfrüchte mögen sollten.« Kronenberg und Vichaj nickten wieder heftig. »Wer Meeresfrüchte etwas würziger mag, der nehme *Kinilaw na tanguingue*, Makrele in Essig, Ginger mit Zwiebeln«, legte Angelo nach. Kronenberg und Vichaj schüttelten die Köpfe. »Dazu *San-Miguel*-Bier? Es gilt mit dem *Tsingtao*-Bier aus China als das beste Asiens.« Kronenberg und Vichaj zögerten, Vichaj dachte sich, daß dieses San Miguel sicher nicht besser sein könne als *Singha*-Bier. Weil Angelo seine Empfehlung als Äußerung nationalen Stolzes zu verstehen schien, stimmten sie zu.

Beim Essen erzählte ihnen der Senior Chief Superintendent, daß Mindanao als Einsatzort bei der philippinischen Polizei nicht besonders beliebt sei. Obwohl Mindanao die zweitgrößte Insel der philippinischen Republik ist, fühle man sich hier an das Ende des Inselreichs versetzt. Er selbst sei aus Quezon City, Teil von Metro Manila. Nachdem er einem Konkurrenten im Wettbewerb um eine bessere Position dort unterlegen sei, habe er sich auf dieselbe Position in Davao beworben und den Posten sofort bekommen.

»*It's all politics*«, seufzte Angelo. »Wissen sie, eigentlich ist das Leben hier auch nicht schlechter als in Manila. Wenn da nicht die besondere Bedeutung des Militärs und gelegentliche Attentate wären. Was ich bei meiner Entscheidung damals nicht bedachte war, daß es hier viel weniger Möglichkeiten gibt, noch weiter zu kommen. Dabei geht es mir gar nicht um das Gehalt, das Leben ist preiswerter als in Metro Manila. Es geht um die Anerkennung für geleistete Arbeit. Hier ist man das »*Guinea Pig*« und das wird nun mal nicht honoriert.«

»Sie sprachen eben von der besonderen Bedeutung des Militärs«, hakte Vichaj nach.

»Die besondere Bedeutung ergibt sich aus dem sogenannten Bürgerkrieg in einzelnen Provinzen Mindanaos – genauer gesagt in den ärmsten dieser Provinzen. Die *Moro Islamic Liberation Front*, abgekürzt MILF, kämpft seit Jahrzehnten gegen die weitere Einwanderung christlicher Landsleute nach Mindanao, fürchtet eine Überfremdung der ursprünglich islamischen Kultur.«

»Das klingt fast wie China und Tibet«, bemerkte Vichaj auf Deutsch.

»… hat aber keinen so hohen Sympathiefaktor. Undenkbar, daß sich die westliche Öffentlichkeit gegen die christliche Überfremdung einer muslimischen Insel engagieren würde. Außerdem ist das nicht exotisch genug, nicht so wie Tibet und der Dalai Lama«, gab Kronenberg zurück und entschuldigte sich bei Angelo sofort für dieses Intermezzo auf Deutsch.

Angelo fuhr fort: »Aus der alten Moro-Organisation haben sich in den vergangenen zwei Jahrzehnten radikale Gruppen abgespalten, zum Beispiel die *Abu Sayyaf*. Die wird wahrscheinlich von der *Jemaah Islamiyah* Indonesiens unterstützt, vielleicht auch aus Malaysia, jedenfalls aus Kalimantan, was der malaysische Teil von Borneo ist. Den Jungen Wilden unter den Moslems konnten die erfahrenen Führer der MILF nichts mehr sagen, weil ihr Weg nur geringe Erfolge erzielt hat – immerhin aber die Gründung einer autonomen Region der noch überwiegend moslemischen Provinzen.«

»Ist das dort, wo dieser Andal Ampatuan mit seiner Privatarmee wütete?«, fragte Vichaj zurück.

Senior Chief Superintendent Angelo stöhnte: »Das mußte ja kommen. Ja, genau dort. Den Ampatuan haben wir den Parteigängern unserer früheren Präsidentin Gloria Arroyo zu verdanken. Dieselben übrigens, die mir meine Karriere in Metro Manila vermasselt haben. Wissen Sie, die Philippinen werden auch als Demokratie von einer Handvoll reicher Familienclans regiert. Sie stoßen immer wieder auf dieselben Namen, vor oder nach dem Volksaufstand gegen Marcos.«

Als sich Kronenberg und Vichaj für das Essen bedankten, schlug ihnen Senior Chief Superintendent Angelo eine Stadtrundfahrt vor: »Momentan gibt es für Sie ohnehin nicht viel zu tun. Wir fragen die Hotels nach Ihrem Vermißten ab, was eine Zeit lang dauern wird. Erwarten Sie sich von der Rundfahrt nicht zu viel. Die Stadt ist nicht das Venedig des Ostens.«

Bevor sie das Angebot ablehnen konnten, standen bereits zwei Uniformierte am Tisch und baten sie in einen vor dem Restaurant bereitgestellten Streifenwagen. »Wenn Sie wollen, geht es auch Express. Sie müssen die beiden nur bitten, Sirene und Warnlicht anzustellen«, rief ihnen Angelo lachend nach.

»Sobald das Militär im Spiel ist, hat die Polizei auf Mindanao offensichtlich nicht mehr viel zu sagen. Das kenne ich aus meiner Heimatstadt Phitsanulok«, bemerkte Vichaj im Polizeiwagen auf Deutsch.

»Dann hoffen wir, daß das Militär in unserem Fall nicht im Spiel ist«, gab Kronenberg zurück.

Die philippinischen Polizisten bemühten sich rührend darum, den Gästen aus dem fernen Deutschland die schönen Seiten ihrer Stadt zu zeigen. Offensichtlich waren sie Einheimische, die erstmals mit einer Interpol-Ermittlung in Kontakt kamen.

# DAVAO / POLIZEIHAUPTQUARTIER

Senior Chief Superintendent Angelo berichtete: »Also, die Indonesier wissen nichts über »*Gung Ho*«, deren Messer haben andere Namen. Bleiben damit Japan, Vietnam und die Philippinen als Orte, an denen diese Messer bekannt sein und eine mystische Bedeutung haben mögen. Vietnam will ich momentan ausschließen, über Japan weiß ich zu wenig – außer daß die Amerikaner auf Okinawa einen großen Militärstützpunkt betreiben und sich dort regelmäßig daneben benehmen. Dem philippinischen Militär ist das Wort geläufig, aber sie benutzen das Messer natürlich nicht.«

»Auch nicht symbolisch?«, fragte Vichaj zurück.

»Keine Ahnung. Fragen wir doch Oberst Tan.«

»Wer ist Oberst Tan?«

»Leiter der »*Task Force Davao*« der nationalen Armee. Das ist eine Spezialeinheit zur Bekämpfung von Terroristen. Auch ich muß um eine Unterredung bitten«, antwortete der Senior Chief Superintendent sarkastisch.

Am Kontrollposten der ausgedehnten Kaserne gaben Angelo und Inspektor Cobero ihre Dienstwaffen ab. »Sie haben vermutlich keine dabei«, wandte sich Angelo Kronenberg und Vichaj zu. Beide schüttelten den Kopf.

Die massive Erscheinung des Obristen beeindruckte insbesondere Vichaj sehr. »Mein Freund«, umarmte der Oberst den Polizeichef, gab dessen Begleiterin artig die Hand. Selbst Kronenberg war vom festen Händedruck des Mannes schmerzhaft überrascht.

Sie setzten sich in tiefe Sessel an einem ovalen Tisch. Ob er Whisky anbieten dürfe, fragte der Oberst. Seine Gäste lehnten zu dieser Tageszeit ab, nahmen aber den angebotenen Kaffee dankend an. Der Oberst schenkte ein wenig Whiskey in seine Tasse und strahlte sie an: »Irish Coffee. Eine Kombination, wie sie der beste Barmixer in dieser Stadt nicht hinbekommt!«

»Bevor wir zur Sache kommen, kennen Sie den?«, fragte Pedro Tan in die Runde, ohne eine Antwort zu erwarten: »Sagt jemand zu einem Araber: »Ich denke, man darf in der Wüste keinen Rotwein trinken.« Antwortet der Araber: »Das war der Untergang der Babylonier.« Hahahaha!«

»Herr Oberst, wir wollen heute über einen angeblich hier verschwundenen Deutschen reden, den Interpol sucht«, gab Angelo artig lächelnd zurück.

»So viele Deutsche verschwinden hier nicht. Da war vor Jahren dieses Lehrer-Ehepaar mit Sohn ... Wallert hießen die, glaube ich. Die MILF hatte sie entführt und Lösegeld gefordert. Das Lösegeld wurde sogar bezahlt, wahrscheinlich von Ghaddafi. Unglaublich! Damit haben die Kerle Waffen gekauft, Waffen, die sie auf Ihre und meine Leute richten!«

»Ich glaube, dieses Ehepaar wurde von der Splittergruppe *Abu Sayyaf* und nicht von der MILF selbst entführt«, wandte Angelo bescheiden ein.

»Splitter oder nicht, alles dasselbe Insurgenten-Pack«, wischte der Oberst den Einwand weg. Er wandte sich an Kronenberg: »Wenn das wieder so ein Fall sein sollte und Ihre Regierung oder die Libyer oder sonstwer wieder Lösegeld bezahlen will, dann können Sie mit meiner Hilfe nicht wirklich rechnen. Wie ich sagte, jeder Dollar ... ich meine in diesem Fall Euro ... übersetzt sich hier in Waffen gegen uns. Meine eigenen Leute liefere ich nicht ans Messer, bloß um erneut einen verirrten Deutschen lospressen zu lassen.«

»Herr Oberst, es steht noch gar nicht fest, daß der Mann gekidnappt wurde. Wir wissen nur nicht, wo er sich zur Zeit aufhält. Außer seiner Ankunft und einer Umbuchung seines Rückflugs gibt es kein Lebenszeichen von ihm,« bemerkte Angelo schüchtern.

»Dann wundere ich mich, warum Sie persönlich gekommen sind. Das ist so bei Touristen: sie kommen und verschwinden wieder. Telefonieren Sie die Ressorts an unseren schönsten Stränden ab. Fangen

Sie auf Samal Island gleich hier um die Ecke an. Vielleicht liegt der Kerl irgendwo bekifft herum. Sie haben mir einen Bericht über eine Mordserie in Deutschland zukommen lassen. In dem Bericht steht, daß der Gesuchte eines der nächsten Opfer sein könnte. Ich frage Sie nun: Warum ausgerechnet auf Mindanao? Warum ist das überhaupt ein Fall für Interpol? Vielleicht ist der Mann hierher geflüchtet, um gerade n i c h t das nächste Mordopfer zu werden.«

»Warum ausgerechnet hierher?«, fragte Kronenberg zurück.

Der mächtige Schädel des Obristen wandte sich ihm zu, ohne, daß Kronenberg in den Augenschlitzen erkennen konnte, ob der Oberst ihn überhaupt ansah: »Sir, weil es eine der hintersten Ecken der Erde ist. Ankunft und Abreise werden vollständig und lückenlos registriert, illegale Bootsfahrten werden von uns aufgebracht. Hier kommt uns keiner übers Wasser, der einfach so einmal einen Deutschen umbringen will. Auch kein Deutscher, der einfach mal so verschwinden will.«

Chief Superintendent Angelos Blick suchte den Kronenbergs. Der nickte. Sie bedankten sich für den Empfang beim Obristen und erhielten an der Pforte der Kaserne die Dienstwaffen zurück.

»Haben Sie gesehen, was auf seinem Schreibtisch in einem Glaskästchen lag?«, fragte Vichaj Kronenberg auf der Rückfahrt. Der sah ihn fragend an.

»Ein »**Gung-Ho**«-Messer, das lag da wie eine Reliquie«, antwortete Vichaj sich selbst.

# BALISAN

Als er seine Augen öffnete, blickte der Pate in die dunklen Mandelaugen des Jungen mit den langen schwarzen Strähnen im Gesicht, der ihn Stunden zuvor am Baumstamm bepinselt hatte. Sofort nach diesem Blick ins unerwartete Diesseits drohten ihm die stechenden Schmerzen an den Unterarmen wieder die Sinne zu rauben. Er drehte seinen schweren Kopf halb zur Seite und sah, daß beide Unterarme in weiße Verbände gehüllt waren.

Der Pate benötigte Zeit, um zu begreifen, daß er nicht in der erwarteten Hölle von Dante oder Hieronymus Bosch angekommen war. Jedenfalls war weder vom Fegefeuer etwas zu sehen, noch von gepanzerten Teufeln. Das Feuer in seinen Unterarmen kam allerdings wie aus dem Vorhof zur Hölle. »Ob so der Teufel aussehen könnte?«, blitzte es kurz durch sein Gehirn. Sein Verstand sagte ihm jedoch, daß er dieses Gesicht bereits im Diesseits gesehen hatte, wenn auch als letztes, bevor die roten Ameisen kamen und sein Fleisch zu fressen begannen.

Dann erinnerte er sich daran, daß man in solchen unangenehmen, hilflosen Situationen nicht den Macker spielen, sondern sich wie ein Kind benehmen sollte. Das rege bei den Peinigern Erbarmen an. Er begann zu winseln, als der Junge ihn grob an der Brust packte: »***You escaped death!***«, hauchte der ihn an.

Tatsächlich ließ der Junge auf das Winseln hin seine Brust los. Er machte dem Paten den Blick frei auf einen kahlen, fensterlosen Raum. Nur durch den Spalt einer Blechtür drang Licht herein. Dahinter hörte er mehrere Männerstimmen, die sich in einer harten Sprache unterhielten. Ob es die Landessprache Tagalog war oder ein örtlicher Dialekt, konnte der Pate nicht unterscheiden. Er fürchtete, in diesem Betonkubus lange gefesselt liegen zu müssen. Der Junge entfernte sich und schloß die Tür, so daß es stockdunkel wurde. Zuvor hatte der Pate bemerkt, daß die Jeans des Philippino völlig zerschlissen waren.

Entweder war dies jugendlicher Mode geschuldet, oder der Kerl war bettelarm.

Nach einer empfundenen Ewigkeit öffnete sich die Tür wieder. Die dünne Figur eines Kurzgeschorenen mittleren Alters in Khaki-Hose und weißem Unterhemd kam auf ihn zu. Der band ihm einen Arm los, hielt mit eine Taschenlampe auf ein Stück Papier, drückte ihm einen Kugelschreiber in die Hand und forderte ihn auf: »*Sign this!*« Als der Pate zögerte, zischte ihn der Kurzgeschorene an: »*Do you want to sign or do you want to die?*« Der Pate unterschrieb ein in Englisch gehaltenes Schreiben, das er noch nicht einmal überfliegen konnte, in dem ihm jedoch die Angabe »10 Million USD« ins Auge sprang. Die kleinste Bewegung seiner Hand verursachte entsetzliche Schmerzen.

»*You've chosen life – for now!*«, sagte der Kurzhaarige zufrieden und band ihn wieder fest. Der Pate bekam eine Flasche mit Wasser in den Mund geschoben. Als er wieder zu sich kam, hörte er in der Dunkelheit nur das Rascheln von Tieren, die sich am Boden bewegen mußten und den gelegentlichen Ruf eines Geckos. »Die haben K.O.-Tropfen ins Wasser gemischt«, murmelte er vor sich hin.

*

Wenig später erschien auf dem Bildschirm im Vorzimmer von Senior Chief Superintendent Angelo ein e-Fax, in dem der Pate durch Unterschrift bestätigte, daß er von **der Moro Islamic Liberation Front** gefangengesetzt worden sei und das Lösegeld 10 Millionen US-Dollar betrage. Angelo murmelte etwas wie »*Shitstream*« und ließ das Schreiben mit einem Kommentar an das zentrale Polizeibüro NOC in Quezon City weiterleiten, in dem festgestellt wurde, daß ein deutscher und ein thailändischer Polizist auf Mindanao bereits nach dem Entführten suchten. Dann griff Angelo zum Telefon, ließ sich mit dem »Marco Polo Hotel« verbinden und informierte Kronenberg: »Ein Entführungsfall. Angeblich die MILF. Sie fordern 10 Millionen

US-Dollar für die Freilassung Ihres Manns, der übrigens im selben Hotel wie Sie logiert hat.«

»Haben Sie eine Ahnung, wo sie ihn festhalten?«

»Wir versuchen, die Meldung zurück zu verfolgen. Ich habe jedoch keine große Hoffnung, daß wir ihn dort finden werden, woher die Nachricht kam. Das Schreiben wurde offensichtlich gefaxt, bevor es eingescannt wurde. Die FAX-Nummer ist teilweise entfernt worden. Das wiederum würde bedeuten, daß an dem Ort, an dem der Gesuchte festgehalten wird, kein Scanner und kein Internetanschluß vorhanden ist. Sieht nicht gerade gut aus.«

»Wo wurde vor Jahren das deutsche Ehepaar festgehalten?«

»Ich glaube auf Sulu. Aber das will nichts heißen. Auch Mindanao ist dünn besiedelt. Ich lasse Ihnen jetzt die Mail zukommen. Lassen Sie bitte die Echtheit seiner Unterschrift prüfen.«

Kronenberg begab sich in die Lobby des Hotels und bat die mandeläugige Schönheit, die eingehende e-mail an das Hamburger Landeskriminalamt weiterzuleiten. Er wartete am Empfang, bis ihm die Bestätigung der erfolgreichen Übermittlung gegeben wurde. Kaum, daß er sich wieder dem Lift zugewandt hatte, griff die Schönheit zum Telefon.

# HAMBURG / JOHANNISWALL

Schröder berichtete in seiner fünften Lagebesprechung von der Nachricht Kronenbergs aus Mindanao: »Der Fall nimmt auch auf der Täterseite internationale Züge an. Ich ließ über die Senatskanzlei das Bundesaußenministerium benachrichtigen, mit dessen Krisenstab ich jetzt unmittelbar im Kontakt stehe.«

»Dann hätte er es gleich an die Presse geben können«, wisperte ein älterer Kollegen der neben ihm sitzenden Katharina Esbjerg zu, die noch außer Atem war, weil sie vor der Besprechung ihre Tochter in den Kindergarten hatte bringen müssen und die letzten Meter zwischen der U-Bahnstation und dem Gebäude der Innenbehörde gerannt war, um Schröder nicht Gelegenheit für hämische Kritik geben zu können. Sie war froh, mit dem eitlen Geck aus der Ministerialverwaltung nicht dauerhaft zu tun zu haben.

»Vielleicht ist es das, was er will. Sie wissen doch, wie manche wachsen, wenn ihr Name in der Zeitung steht – und dazu noch in Verbindung mit einem Berliner Krisenstab«, murmelte Katharina ihrem Nachbarn zu.

Schröder fragte den Stand der Ermittlungen über die Transaktionen und Anlagen von Ribbenstrops und von Rheinsteins in Ostasien ab. Die Kollegenschaft hob die Schultern: »Das hat doch der Polizeileutnant aus Thailand übernommen. Den haben Sie nun auf die Philippinen geschickt. Wären Sie dorthin nur mal selbst gefahren.«

Schröder überhörte den möglicherweise despektierlichen Unterton der letzten Bemerkung: »Ist Ihnen bei den hiesigen Einzahlungen etwas aufgefallen – wie prägte das noch der Kollege dort hinten? Hohe oder niedrige Volatilität?«

»Die Eingänge waren projektgebunden, wie bei Leuten mit solchen Berufen üblich. Von Rheinsteins Bankberaterin war zugeknöpft, als ich sie aufsuchte. Erst nach meiner Bemerkung, daß sie für einen Toten nun einmal nichts mehr tun könne, wich sie vom ständig zitierten Bankgeheimnis ab. Sie hat sich erinnert, daß von Rheinstein 1997 finanziell ziemlich ins Trudeln geraten ist. Damals soll es in Ostasien eine Finanzkrise gegeben haben, die Immobilienwerte seien ins Bodenlose gefallen. Genau darin soll er investiert haben. Es lief jedoch alles über ostasiatische Banken, sagte sie.«

»Was ergeben die Unterlagen, die uns bisher zur Verfügung stehen?«

»Also, bei der Bank gehen die nicht so weit zurück. Es waren ja nur Kontobewegungen. In seinem Arbeitszimmer haben wir allerdings Depotauszüge entdeckt, die von chinesischen, thailändischen, indonesischen und philippinischen Fonds stammen. Bei den Papieren, die wir gefunden haben, betrug der durchschnittliche Verlust ab 1997 mehr als 40 Prozent. Einige Fonds wurden ganz geschlossen. Auf einem der Auszüge hat er handschriftlich »Ribbenstrop« notiert, dahinter dessen Telefonnummer.«

Schröder dachte kurz nach: »Die beiden könnten auf demselben Markt spekuliert haben. Von Rheinstein macht von Ribbenstrop für seine Verluste verantwortlich und bringt ihn um. Das wäre doch ein Motiv«, wandte er sich an Katharina.

Die zuckte mit den Achseln: »Wenn Leutnant Bangramsan wieder zurückgekehrt ist, wird er an der Sache weiter arbeiten, sofern ihm das NACC dabei helfen kann. Allerdings habe ich mit Ihrer These ein Problem: Wenn beide auf diesen Märkten spekuliert haben sollten, dürften beide Verluste erlitten haben. Warum soll dann der eine den anderen dafür umbringen und danach selbst umgebracht werden? Warum hat es dann von Rheinstein erwischt und in wessen Auftrag?«

»Weil der eine den anderen dazu angestachelt und der andere blind vor Gier mitgemacht hat. Nach soeben zitierter Auskunft einer Bankberaterin ist von Rheinstein deshalb in Schieflage geraten. Vielleicht wollte er so etwas wie Schadensersatz für falsche Beratung. Von Ribbenstrop hat ihm möglicherweise die schlechtesten seiner eigenen Investments schnell noch untergeschoben. Sind das nicht Gründe genug? Interessant ist selbstredend, wer das Erbe von Ribbenstrops so entschieden übernommen hat.«

»Dann wären nach der sogenannten »*Sub-Prime-Krise*« 2007 viele Bankberater umgebracht worden, die ihren Kunden Ramschpapiere untergejubelt hatten. Von einem solchen Massaker an Finanzberatern habe ich nie etwas gehört. Außerdem frage ich mich, warum sich dann der Mord nicht vor zehn Jahren, sondern erst jetzt ereignete.«

»Weiß jemand, wie lange Immobilienkrisen zu dauern pflegen?«

Im Saal herrschte Schweigen. Warum stellte Schröder diese Frage Kriminalbeamten, die mit ihrem moderaten Gehalt mit solchen Angelegenheiten nie in Berührung kamen? Sollte er doch kenntnisreiche und hochbezahlte Mitarbeiter der HSH-Nordbank fragen, die dem Steuerzahler ohnehin Milliarden Euro schuldete und dafür wenigstens ein paar Auskünfte geben könnte.

Nach einigem Zögern meldete sich der ältere Mitarbeiter, der neben Katharina saß: »Meine Ausführungen zur Volatilität haben Sie ja nun hinreichend belustigt. Dennoch versuche ich einen zweiten Anlauf. Soweit ich weiß, dauern Immobilienkrisen zwischen fünf und sechs Jahre. Die Immobilienpreise in Japan sind seit 1992 im Keller und dort bisher nicht mehr rausgekommen – also zwanzig Jahre. 1997 traf es ganz Ostasien. Wenn ich es richtig verstehe, sind die Folgen noch immer wirksam, weil der Preisverfall damals exorbitant hoch war.«

»Danke, das recherchieren Sie bitte weiter. Konzentrieren Sie sich bitte auf von Rheinsteins Unterlagen, da bei von Ribbenstrop offenbar wenig zu finden ist. Was ich übrigens nicht verstehe: Irgendwo muß der doch seine Unterlagen verwahrt haben. Wir haben wahrscheinlich etwas übersehen.«

Katharina meldete sich erneut: »In diesem Entführungsfall auf Mindanao wird jetzt wohl wirklich Interpol ermitteln. Ist damit für uns hier in Hamburg der Drops gelutscht? War das unsere letzte Lage mit Ihnen?«

»Auf Lutschen stehe ich nicht und wir machen weiter. Interpol hat im übrigen so gut wie kein eigenes Personal«, fand Schröder zu seiner üblichen, kessen Form zurück.

# DAVAO / QUEZON BOULEVARD

Senior Chief Superintendent Angelo ließ Kronenberg und Vichaj diesmal zum »*Luz-Kinilaw-Plaza*« am Salmonan Quezon Boulevard abholen. Weil seine beiden Gäste angesichts der vermuteten Wasserqualität in der Bucht von Davao Meeresfrüchte verschmähten, wurde ein üppiges Gericht in vielerlei Schalen und auf dem Tisch gebratenen Stücken vom Schwein und vom Huhn serviert.

»Wissen Sie, das hier könnte ich Ihnen in Manila nicht bieten. Dort wäre es viel zu teuer, hier kann es sich jeder leisten, der ein regelmäßiges Salär bezieht«, grinste Angelo.

Nach der Völlerei und zwei Gläsern *San Miguel* wurde der Polizeichef ernst: »Im Fall des Gesuchten kann ich momentan nicht viel für Sie tun. Das hängt mit den Strukturen auf den Philippinen zusammen.«

Kronenberg und Vichaj blickten erwartungsvoll auf ihn.

»Ich will es Ihnen erklären: Bis 1991 war die Polizei dieses Landes 90 Jahre lang Teil der Armee. Wir hießen damals **Hukbong Pamayapa ng Pilipinas**, was ins Englische mit »Philippine Constabulary« übersetzt wurde. Wir hatten eine **Special Action Force** – das, was Deutschland in Mogadischu eingesetzt hat -, ein **Central Crime Laboratory**, ein **Office of Special Investigations** – das, was Thailand heute mit der NACC hat – und sogar eine **White Collar Crime Group**. Die Rebellion hier im Süden wurde von den **Philippine Constabulary Rangers** in Schach gehalten, die so etwas wie eine Leichte Infanterie darstellten.

Als Teil einer Staatsreform wurde Anfang 1991 die Constabulary aus dem Militär herausgelöst und zur nationalen Polizei erklärt, in unserer Landessprache **Pambonsang Pulisya ng Pilipinas,** abgekürzt PNP. Das lesen Sie auf den Türen unserer Streifenwagen. Erst seit 1998 verfügt diese nationale Polizei wieder über eine Kopfstelle. Die nennt sich Camp Crane, liegt in Quezon City an der Epifanio de los Santos

Avenue schräg gegenüber dem Armee-Hauptquartier. Können Sie sich vorstellen, was das heißt?«

»Sie waren jahrelang kopflos und die Armee hat das Sagen, wo sie etwas sagen will«, antwortete Vichaj.

»Genau das! Wir haben als PNP eine Bauchlandung nach der anderen hingelegt. Sie haben den Massenmord von Andal Ampatuan hier auf Mindanao erwähnt. Daran waren als Täter wahrscheinlich drei Polizisten beteiligt! Im Jahr 2010 wurden bei der Entführung eines Touristenbusses in Manila acht Chinesen aus HongKong erschossen. Möglicherweise alle von unseren eigenen Leuten. Der Kommentar der *»South China Morning Post«* machte bei uns sofort die Runde: Unsere Polizei habe »*appalling professional standards and a lack of strategic planning*«. Fühlen Sie, wie das die ernsthaften Polizisten in meinem Land schmerzt?«

Angelo hatte die leckere *Adobong Hisponsa Gata* vor sich vergessen. Kronenberg und Vichaj sahen in das traurig gewordene Gesicht ihres Gastgebers, der auf seinem verlorenen Posten in Davao offensichtlich verzweifelte.

»Sie haben lokale Freiräume zur Verbesserung«, beendete Vichaj das Schweigen.

Der Senior Chief Superintendent lachte gequält: »Das werden Sie an unserem Fall schon sehen. Weil es sich um eine angebliche Entführung durch Insurgenten handelt, hat jetzt die Armee die Verantwortung. Das ist keine Leichte Infanterie, die fahren sofort mit Panzern und schweren Maschinengewehren auf, obwohl sie damit gegen die Leichte Infanterie der MILF nichts ausrichten können. Kennen Sie das aus den südlichen Provinzen Ihres Landes?«

Kronenberg dachte irritiert an Bayern und Baden-Württemberg, bevor Vichaj antwortete: »Mit Panzern fährt die Armee im Süden Thailands nicht auf. Vielleicht ist auch die Zusammenarbeit mit der Polizei besser. Ich fürchte, daß sich die Ergebnisse im Umgang mit Rebellen nicht wesentlich unterscheiden.«

Senior Chief Superintendent Angelo wurde noch ernster: »Sehen Sie, irgendwie erinnert mich das auf unseren kleinen Ebenen an den Vietnamkrieg: Auf der einen Seite stehen entschlossene Kämpfer für eine angeblich gerechte Sache, auf der anderen Seite stehen waffenstarrende Bürokratien, die sich nicht zu schade sind, jede Grausamkeit zu begehen und die Bilanz in reinen Fallzahlen zu berechnen. Als Polizist betrachte ich auch die Folgewirkungen solcher Fallzahlen: Tote nähren den Haß derer, die sie liebten.«

»Bei uns heißt die Lösung : ***Ween yom rangap duegan ma joong ween***. Übersetzt so etwa: Haß wird enden, wenn man Haß nicht mehr erwidert.«

»Das fällt natürlich schwer, wenn man Tote auf der eigenen Seite hat«, sinnierte der Senior Chief Superintendent.

Kronenberg schaltete sich in den interasiatischen Diskurs ein: »Wenn ich einmal zusammenfassen darf: Heißt das, daß wir auch im Fall unseres Gesuchten auf das Militär angewiesen sind, weil Sie nichts mehr zu sagen haben?«

Senior Chief Superintendent Angelo nickte: »Allerdings können Sie sich auf unsere Kooperation verlassen. Was ich zu wissen bekomme, das werden auch Sie wissen. Von Oberst Pedro Tan werden Sie wahrscheinlich nichts erfahren, bis entweder die Entführer oder Ihr Gesuchter oder Beide tot sind. Versuchen Sie es weiter mit ihm, ich werde Sie begleiten.«

Bei der Rückfahrt ins Marco-Polo-Hotel entfuhr Vichaj: »***Jai dii suu süa!***«

»Ich werde schon noch Thai lernen. Aber was war das denn wieder?«

»Sei freundlich im Kampf mit dem Tiger.«

»Und wenn wir nicht freundlich sind in diesem Kampf, sondern das, was uns Angelo eben sagte, einfach nach Deutschland berichten?«

»***Nii süa pa joo-ra-kää***«, antwortete Vichaj. »Das heißt so viel wie: Wenn Du dem Tiger entkommst, triffst Du das Krokodil.«

Kronenberg hoffte, daß sein nächster Alptraum nichts mit dem Maul eines Krokodils zu tun haben würde.

# BASILAN

Der Pate erwachte viele Male in seinem Verließ. Anfangs zerrte er noch an seinen Fesseln, dann schnitten sich die Seile in die anschwellenden Arme ein. Sein Körper wurde fiebrig, der höllische Schmerz in den Unterarmen wurde stärker, seine Fähigkeit, klar zu denken, minderte sich zunehmend. Weil er vor der Tür keine menschlichen Stimmen mehr hörte, sondern nur gelegentlich das bizarre Nachtkonzert des Dschungels, nahm er an, daß ihn seine Entführer vergessen hatten oder tot waren. Seine Angst wuchs, hier zu krepieren.

Während des Dämmerzustandes riß ihn das Licht hinter der sich öffnenden Tür am anderen Ende des Betonkubus aus dem Halbschlaf. Das Gesicht des Jungen, den er für kurze Zeit für den Teufel gehalten hatte, war wieder vor ihm: »*You sign this, or I cut your balls!*«, zischte ihn das Gesicht an. Obwohl ein Arm von der Fessel befreit war, konnte der Pate weder den Stift halten, noch gar unterschreiben. Die Mandelaugen des Jungen wurden schmal. Er hob ein langes Messer und packte ihn an den Hoden, um seine Drohung zu unterstreichen. Als er merkte, daß die Arme seines Opfers angeschwollen waren, befreite der Junge auch den zweiten Arm von der Fessel und führte dem Paten die Hand zur zittrigen Unterschrift.

»*You smell like shit*«, bemerkte der Junge und entfernte sich, nachdem er die Fesseln wieder festgezurrt hatte. Kurz darauf erschien er mit einem Eimer Wasser und übergoss den Paten. Danach gab er ihm zu trinken. Dem Paten war es gleichgültig, ob das Wasser K.O.-Tropfen enthielt oder nicht.

Es dauerte nicht lange, bis sich ein knöchriger, grauhaariger Mann über den Paten beugte und ihn befingerte. Er stellte dem hinter ihm stehenden Jungen einige Fragen in dieser harten, dem Paten nicht zugänglichen Sprache. Danach nickte er und entfernte sich. Der Pate schöpfte Hoffnung, weil er die Kombination aus körperlicher Prüfung und grauen Haaren mit einem Arzt, zumindest aber mit Altersweisheit verband.

Seine Vermutung bewahrheitete sich: Innerhalb gefühlt kurzer Zeit erschien der Grauhaarige wieder in Begleitung von zwei mit Khaki-Hosen und T-Shirts bekleideten Männern, die eine Trage mit sich führten. Sie schüttelten ihn durch dichten Regenwald, bis ein paar Hütten aus Stroh und Wellblech in Sicht kamen. Dort legten sie ihn in einem Raum ab, der offenbar eine Art Urwaldhospital war. Jedenfalls erkannte der Pate einige braune Fläschchen, die Medizin enthalten könnten und einen Verbandskasten mit aufgeklebtem rotem Kreuz. Selbst, wenn sein fiebriger Zustand es erlaubt hätte, hätte er sich nicht aufrichten können, weil er an die Trage gefesselt war.

\*

Senior Chief Superintendent Angelo erhielt eine weitere e-mail mit angehängtem FAX. Darin wurde die Lösegeldforderung wiederholt, ergänzt um Kosten der medizinischen Versorgung des Entführten, der ernsthaft erkrankt sei. Kronenberg und Vichaj standen inzwischen im Kontakt mit der deutschen Botschaft in Manila, die anfragte, ob ein Mitarbeiter nach Davao kommen solle. Kronenberg hielt dies für so überflüssig wie den Auswärtigen Dienst überhaupt.

Der für überflüssig gehaltene Mitarbeiter der Botschaft erschien dennoch, zusammen mit einem Mandat, die Entführer zu kontaktieren. Kronenberg lachte böse: »Wissen Sie, wir sind mit dem Polizeichef von Davao in engem Kontakt. Der erklärte uns, daß nicht er, sondern das lokale Militär für den Fall zuständig sei. Außerdem deutete er uns an, daß das Militär ein Ergebnis erst dann bekannt geben werde, wenn entweder der Entführte oder seine Entführer tot sind.«

»Ich habe den Auftrag, mit den Entführern über die geforderte Summe zu verhandeln«, antwortete der Diplomat. Kronenberg telefonierte mit Senior Chief Superintendent Angelo. Sie arrangierten ein Treffen im chinesischen Restaurant des Marco-Polo-Hotels.

Angelo kam in Begleitung von Oberst Pedro Tan. Mehrere Militärpolizisten standen mit ihren glänzenden Stahlhelmen vor dem Eingang. Die Ankunft bekam dadurch einen martialischen Charakter. Oberst Tan hörte sich das Angebot des Diplomaten an, sprach dann einige Sätze auf Tagalog mit Chief Superintendent Angelo. Der nickte, wandte sich an Kronenberg: »Das Militär wird versuchen, auf seinen eigenen Kanälen mit der MILF Kontakt aufzunehmen und Ihr Angebot zu übermitteln. Oberst Tan kann jedoch keine Garantie dafür übernehmen, daß die Sache klappen wird.«

»Sollte die Sache klappen, wie können wir sicher sein, daß der Gesuchte ... ich meine, der Entführte ... freigelassen wird, wenn die Rebellen das Lösegeld erhalten haben?«, fragte der Diplomat.

»Da können Sie ganz sicher sein, denn Oberst Tan wird einen Teil des Lösegelds als Erfolgsprämie für sich und seine Mannschaft beanspruchen wollen. Ohne Geisel, tot oder lebendig, werden seine Leute den Ort der Übergabe nicht verlassen.«

»Das ist doch Korruption«, entfuhr es dem Diplomaten. Chief Superintendent Angelo und Oberst Tan sahen ihn schweigend scharf an. Kronenberg zischte: »Idiot«. Der Diplomat entschuldigte sich für seine Äußerung und zog sich zurück.

»Wissen Sie, solche Leute mögen wir nicht«, bemerkte der Senior Chief Superintendent, nachdem der Diplomat sich entfernt hatte. »Sie haben von unserem Land, seinen Problemen und Möglichkeiten keine Ahnung. Wie die meisten dieser internationalen Gesandten und Hilfsorganisationen, die sich hier herumtreiben. Angeblich, um den Menschen nur das Beste zu tun. Einige Priester der katholischen Kirche nehme ich davon aus. Aber die können wir in diesem Entführungsfall wohl nicht einsetzen, weil die Entführer Muslime sind. Das wäre, als wenn man Öl ins Feuer gießen würde.«

Kronenberg und Vichaj verstanden. Sie vereinbarten, daß sich Oberst

Pedro Tan bei ihnen melden würde, sobald seine Leute mit den Entführern Kontakt aufgenommen haben sollten. Der Oberst verlangte grimmig, den Diplomaten ins erstbeste Flugzeug nach Manila setzen zu lassen.

# HAMBURG / JOHANNISWALL

Schröder verlor fast die Fassung. Sein Gesprächspartner am anderen Ende der Leitung ließ mit ruhiger, sonorer Stimme einen Strom herabsetzender und beleidigender Äußerungen über die Hamburger Sicherheitsbehörden ab. »Inkompetenter Misthaufen« war noch eines der freundlicheren Titulate. Was denn die beiden vom Landeskriminalamt eigenmächtig und voreilig nach Mindanao geschickten Beamten zurückgemeldet hätten, wollte sein Verbalpeiniger aus Berlin schließlich wissen. Es war nach gefühlten dreißig Minuten das erste Mal, daß der Mitarbeiter des Krisenstabs im Außenministerium Schröder die Gelegenheit gab, selbst etwas zu sagen. Der hob zur Selbstverteidigung an, die nach weniger als zwei Sätzen zu einer schneidenden Aufforderung des Berliner Ministerialen führte: »Ich will von Ihnen einen Statusbericht hören, keine Rechtfertigungsarie!«

Schröder schluckte, faßte danach erneut Mut: »Der Verschollene ist entführt worden. Anscheinend von der *Moro Islamic Liberation Front*. Über die Lösegeldforderung wissen Sie Bescheid.«

»Das wissen wir. Was haben die Morde an Hamburger Immobilienmaklern mit der Entführung zu tun?«

»Beide hatten langjährige geschäftliche Beziehungen mit Ostasien, insbesondere mit Thailand und Hongkong. Diese Beziehungen scheinen sich jedoch auf Immobilienanlagen zu beziehen, die weitgehend von dort aus gesteuert wurden. Der Entführte war dagegen offensichtlich mit der Vermarktung eines von ihm erworbenen Patents unterwegs.«

»Was für ein Patent?«

»Werbeaufkleber auf Gepäckbändern in Flughäfen.«

Der Mitarbeiter des Krisenstabs prustete durchs Telefon: »Das meinen Sie nicht ernst, oder?«

»Jedenfalls der Pate nimmt es ernst.«

»Der Pate?«

»Ja, der Pate von Altona. Das ist sein Tarnname. Er scheint der mächtigste Kommunalpolitiker im Wilden Westen Hamburgs zu sein.«

»Wilder Westen, sagen Sie. Die ersten vernünftigen Worte, die ich von Ihnen höre. Scheint ein wahrer Saustall zu sein, in dem die eine oder andere skurrile Figur Hochwohlgeboren spielen darf. Zwischen den Immobilienanlagen und diesen Klebern auf Gepäckbändern gibt es also keine Verbindung, sagen Sie. Gibt es weitere Verbindungen zwischen diesem Paten und der Immobilienszene in Ihrem Wilden Westen?«

»Nun ja, der Entführte ist Mitglied in den lokalen Ausschüssen für Bauen und für Stadtplanung. Dort wird zum Beispiel über Befreiungen vom Baurecht entschieden. Wenn das nicht geht, wird über die Änderung des Planungsrechts befunden.«

»Was heißt das?«

»So weit ich es verstehe, hat kein Bauherr ein Recht auf solche Befreiungen. Sie können in den lokalen Bauausschüssen gewährt oder versagt werden. Wenn das nicht geht, kann in den kommunalen Planungsausschüssen das zugrunde liegende Planungsrecht geändert werden, damit es paßt. Da liegt selbstredend viel Gewinn für Investoren drin.«

»Das klingt in meinen Ohren so, als wenn dort eine Art »Casino« arbeitet.«

»Das mag so sein, aber Verbindungen nach Mindanao sehen wir nicht. In Hamburg gibt es keine Investoren, die sich auf dem philippinischen Immobilienmarkt engagieren.«

»Der Hamburger Immobilienmarkt scheint umgekehrt für Viele auf dieser Erde interessant zu sein, vielleicht auch für Solche aus den Philippinen. Lassen wir es aber mal bei Ihrer Behauptung. Welches andere Handelsgut Hamburgs könnte denn für die Philippinen von Interesse sein?«

»Außer diesen Aufklebern auf Gepäckbändern fällt mir nichts ein.

Hochtechnologie »Made in Germany« können sich die Philippinen wahrscheinlich nicht leisten, jedenfalls nicht Mindanao.«

»Lassen Sie uns an diesem Gedanken arbeiten. Vielleicht wollen die Moros auf Mindanao nicht einfach Lösegeld, sondern etwas, was in Hamburg oder Umgebung produziert wird. Gibt es in Hamburg eine Waffenfabrik?«

»Kommt drauf an, was Sie als Waffenfabrik bezeichnen. Einige Unternehmen sind schon kräftig involviert. Allerdings: Schon in den 1950-iger-Jahren hat Franz-Josef Strauß dafür gesorgt, daß Waffen überwiegend in Bayern produziert werden. Krauß-Maffei in München, Diehl in Nürnberg. Heckler & Koch produzieren auch nicht an der Elbe, sondern am Neckar. Die norddeutschen Wasserstoff-U-Boote sind für die Regierung der Philippinen nach meiner Einschätzung ein paar Nummern zu groß und werden außerdem in Kiel hergestellt. Hier in Hamburg, in Altona, liegt ein Unternehmen, das maritime Elektronik herstellt, sicher auch für Kriegsschiffe. Auch das für die Philippinen wahrscheinlich zu teuer.«

»Für die Regierung schon, aber Piraten haben viel Geld. Immerhin ein Ansatzpunkt. Überprüfen Sie das. Vielleicht hat Ihr Lokalmathador dort seine Finger drin. Bevor wir irrwitzige Lösegelder auf den Rattan-Tisch legen, wollen wir wissen, in welchem Dreck seine Finger stecken.«

Schröder schüttelte den Kopf: »Elektronik liegt außerhalb der Reichweite einer Provinznudel. Selbst wir würden schon am Empfang abgewiesen werden.«

»Ich will umgehend einen Bericht von Ihnen haben«, setzte der Ministeriale aus Berlin nach. »Sie berichten mir über den Lebenslauf dieses Paten und über seine aktuelle Vernetzung. Und zwar *subito*.« Schröder versprach, den Bericht zu fertigen.

# DAVAO / HILL RESTAURANT

Über Mindanao lag eine feuchte, brütende Hitze. Kronenberg und Vichaj vertrieben sich in der kühlen Bar des Marco-Polo-Hotels bei thailändischem Kartenspiel und Skat die Zeit. Beide hatten voneinander gelernt. Höhepunkt der Tage war die Auslieferung der englischsprachigen Presse im Hotel, die sie beim Kaffee ausgiebig lasen.

Nach einigen Tagen meldete sich Senior Chief Superintendent Angelo wieder. Er lud sie telefonisch ins *Hill Restaurant* ein und sandte einen Streifenwagen mit Fahrer, der des Englischen nicht mächtig war. Angesichts des Polizeifahrzeugs auf der Auffahrt erinnerte sich das Hotelpersonal wieder an die Besonderheit seiner Gäste in der zehnten Etage. Zwischendurch waren die beiden Männer wegen ihrer wenigen Kontakte für weniger bedeutsam gehalten worden.

Senior Chief Superintendent Angelo begrüßte Kronenberg und Vichaj an einem bereits reichhaltig gedeckten Tisch mit weitem Blick über das Lichtermeer der Dreimillionenstadt. Er wolle seinen Gästen die Früchte des hiesigen Meeres schmackhaft machen, lachte er. Für den heutigen Abend habe er dafür gesorgt, daß keine der aufgetischten Speisen aus der Bucht von Davao stammte, sondern nachgewiesenermaßen aus der Sulu-See, wo man noch weit vom Strand entfernt den Meeresboden unter dem azurblauen Wasser sehen könne.

Kronenberg und Vichaj waren gerührt ob der kulinarische Fürsorge ihres Gastgebers. Sie griffen tüchtig zu und vertaten sich ab und zu nur beim Abziehen des Fleisches von besonders grätenhaltigen Fischkörpern. Sie wunderten sich, wie schnell ein zubereiteter Fisch skelettiert war, ohne, daß die Mägen das Gefühl der Völligkeit zurück meldeten. Ihr philippinischer Gastgeber wurde umso vergnügter, je mehr Skelette auf dafür bereitgestellten Tellern landeten. Es war ihm daran gelegen, seine Gäste aus fernen Ländern in das wahre Kulinarium Mindanaos einzuführen.

Nach dem reichhaltigen Essen lehnten sich die Drei zurück, um ihre unterschiedlich großen, jedoch jeweils angespannten Bäuche zu entlasten. Senior Chief Superintendent Angelo kam zur Sache: Angesichts einer sehr hohen Lösegeldforderung – 10 Millionen US-Dollar - habe Interpol auch bei ihm angefragt, wer der Entführte eigentlich sei. Man wünsche einen möglichst lückenlosen Lebenslauf des Opfers.

Kronenberg zuckte mit den Schultern: »Alles, was wir wissen, ist, daß er während oder zwischen seiner Funktion für die Ökologisch-Konservativen in Altona kurzzeitig Baudezernent in Selb war. Das ist eine Kreisstadt in Thüringen. Dort hat er nur wenige Monate gearbeitet, bevor mit ihm ein Auflösungsvertrag geschlossen wurde. Angeblich hat er versucht, den städtischen Wohnungsbestand mit Hilfe eines Rechtsanwalts aus Kassel an private Anleger zu verticken. Nach seinem – ich sage das mal so – Rauswurf in Selb kam er nach Altona zurück und spielt dort seither den Mächtigen.«

Vichaj rülpste und legte nach: »Eine von uns befragte Thai in Altona hat mir darüber berichtet, daß der Entführte Anfang des Jahrhunderts unter der Telefonnummer einer »Alex Immobilienberatung« erreichbar war. Offenbar hat er in Altona weiterhin in der Immobilienbranche gearbeitet.«

Senior Chief Superintendent Angelo fragte sie, ob Erkenntnisse darüber vorlägen, daß sich Hamburger Immobiliengesellschaften für Davao, Mindanao oder Sulu interessieren würden. Kronenberg schüttelte den Kopf: »Einige von denen wollten an den Märkten von Bangkok, Hongkong und Shanghai landen. Dabei haben offensichtlich die Nieten die Treffer überwogen. Davao – das kann ich mir nicht vorstellen. Nur Wenige in Hamburg kennen Davao überhaupt.«

»So, wie ich diesen Ort Selb nicht kenne, den Sie eben erwähnt haben?«

Kronenberg nickte und verzehrte unter Wahrung der Contenance als Quasi-Nachtisch den beachtlich großen Arm eines marinierten Oktopus, dessen Saugnäpfe durch eine rötliche Sauce blitzten. Angelo bemerkte es mit Genugtuung: Die Früchte Mindanaos waren die Früchte des Meeres und die Früchte des Meeres waren im Süden des Südchinesischen Meeres unendlich vielfältig. Trotz der dürftigen Informationslage über den Entführten war es für Senior Chief Superintendent Angelo ein rundum zufriedenstellender Abend.

Am nächsten Morgen gab Angelo den anderen Sicherheitskräften Entwarnung. Der Entführte sei eine eher unbedeutende Figur im fernen Deutschland und ein Lösegeld in Höhe von 10 Millionen US-Dollar nicht wert. Oberst Pedro Tan las die elektronisch übermittelte Nachricht und ordnete an, sie dort zu löschen, wo sie noch nicht gelesen worden war.

# BASILAN

Die noch kindlichen Gesichtszüge des Jungen verband der Pate inzwischen mit Schmerz und Folter. Als sie sich wieder über ihn beugten, bäumte sich sein Körper dagegen auf. Der Junge drückte ein Knie auf seine Kehle. Er hielt ihm ein Schriftstück vor die Augen: »*Sign it!*«, zischte der Junge und steckte ihm einen Kugelschreiber zwischen die Lippen.

Der Pate las das in Englisch geschriebene Dokument. Darin sollte er gestehen, Plutoniumdioxid der Stufe VI nach Mindanao geschmuggelt zu haben. Mit dieser wasserlöslichen Form des Giftes sollte die Bevölkerung Djakartas vernichtet werden, soweit sie von den Wasserwerken versorgt wurde.

Seine Kenntnisse der Chemie sagten ihm, daß Plutonium nicht die giftigste Substanz auf dieser Erde ist: Arsen und Zyankali sind für den menschlichen Körper giftiger, reines Koffein fast ebenso giftig wie Plutonium. Ein Kaffeelöffel genügt. Gefährlich ist die Radioaktivität des Plutoniums, deren Abstrahlung die menschliche Haut jedoch normalerweise nicht zu durchdringen vermag. Eingeatmet sammelt sich Plutonium in der Lunge, der Leber und in den Knochen. Um dorthin zu gelangen, mußte plutoniumhaltiges Material aufgewirbelt werden, zum Beispiel durch eine Explosion wie in Tschernobyl. Oder in Flüssigkeiten gelöst werden wie zum Beispiel in Wasser.

In höheren Oxidationsstufen wird Plutonium gefährlich. Die Oxidationsstufen werden von Chemikern mit römischen Zahlen kategorisiert. In Stufe IV ist Plutonium wenig löslich, in Stufe VI dagegen gut geeignet, Wasser zu vergiften.

Der Pate schüttelte den Kopf und ließ den Kugelschreiber aus seinen Lippen fallen. Das Gesicht des Jungen verzerrte sich, nahm fratzenhafte Züge an. Sein Knie drückte weniger auf des Paten Kehle. Dafür zeigte der Junge zwei lange Nadeln.

Der Pate schüttelte erneut mit dem Kopf. Sofort danach spürte er einen derart stechenden Schmerz in seiner Brust, daß der bewußtlos wurde.

Als er wieder zu sich kam, hatte der Junge seinen Kopf zwischen beiden Schenkeln und gab ihm nur einen Arm frei, um zu unterschreiben. Mit seinem Körper drückte er rythmisch auf die von den Nadeln durchstochene Brust.

»*Sign it or die*«, herrschte ihn sein Peiniger an. Trotz des unerträglich stechenden und brennenden Schmerzes weigerte sich der Pate, das unsinnige Dokument zu unterzeichnen. Er preßte ein »*No*« aus sich heraus. Als Massenmörder wollte er sich nicht abstempeln lassen.

Der Junge ging über ihm in die Hocke und zog ein Seil zwischen die großen Nadeln und seiner Haut. Das Seil befestigte er an einem Haken an der Decke des Sanitätsraums und zog den Paten mit aller Kraft, die ihm zur Verfügung stand, nach oben. »*Punishment for traitors in East Africa*«, hörte der Pate, bevor er vor Schmerz brüllend wieder das Bewußtsein verlor. Er empfand sich weder als Verräter, noch befand er sich in Ostafrika.

Als er patschnaß wieder zu sich kam, stand der Junge unter ihm, hielt ihm Papier und Kugelschreiber entgegen und zischte erneut »*Sign it!*«. Unter rasenden Schmerzen in seinem gesamten Oberkörper gab der Pate nach und nickte. Sein Körper fiel krachend auf einen Tisch. Der Junge packte ihn am Hals, zwang seinen Oberkörper nach oben und drückte ihm den Kugelschreiber in die rechte Hand.

Der Pate unterschrieb, daß er in die philippinische Republik eingereist sei, um der islamistischen *Abu Sayyaf* ein Werkzeug für Massenmord abzuliefern. Nach seiner Unterschrift erhielt er einen heftigen Schlag zwischen die Beine, der ihn ins rot flimmernde Dunkel beförderte.

»Plutonium der Oxidationsstufe VI«, las Oberst Pedro Tan langsam und betont aus dem e-FAX vor, das ihn soeben erreicht hatte und das er umgehend an alle ihm bekannten einschlägigen Adressen weiterleiten ließ. Die Entführung wurde so bedeutsam, daß sie weltweit Aufmerksamkeit erregen mußte. Zwar stand das libyische Ghaddafi-Regime nicht mehr – wie im Fall der deutschen Touristen Wallert – für eine Lösegeldzahlung zur Verfügung. Wenn es um die Vorbereitung eines Angriffs islamistischer Rebellen gegen ein westliches Leben oder gegen die Mega-City Djakarta geht, sollte sich jedoch ein anderer Vermittler finden lassen. Senior Chief Superintendent Angelo war ausnahmsweise derselben Meinung und alarmierte sämtliche Polizeiposten der Provinzen Davao und Zamboanga sowie seine Kontaktpersonen in Indonesien. Die philippinischen Behörden Mindanaos an der Front gegen einen besonders perfiden Anschlag radikaler Islamisten auf eine Weltstadt – das wäre eine der besten Schlagzeilen, die man sich denken kann.

»*German proliferates toxic plutonium to islamists!*«, lautete tags darauf die Schlagzeile der **South China Morning Post**. Einen Tag später titelte das Hamburger Abendblatt: »*Spitzenpolitiker aus Altona in Geiselhaft islamistischer Terroristen!*«. Beiläufig wurde erwähnt, daß der Politiker mit einer Ladung wasserlöslichen Plutoniums unterwegs gewesen sein soll, mit dem wesentliche Teile der Bevölkerung Djakartas umgebracht werden sollten. In einem Kommentar bezeichnete der Chefredakteur diese Version als absurd und erinnerte daran, daß die Rebellen im Süden des philippinischen Archipels notorische Entführer und Erpresser seien.

Im Landeskriminalamt war Schröder derselben Meinung: Eine Provinznudel konnte per se niemals eine derartige internationale Bedeutung gewinnen, auch, wenn die Immobilienszene in Altona kräftig aufgemischt worden war. Diese Einschätzung übermittelte Schröder umgehend seinem Staatsrat und dem Krisenstab in Berlin.

# ZAMBOANGA / MINDANAO

Senior Chief Superintendent Angelo meldete sich in aller Frühe am Telefon. »Yep«, schnappte Kronenberg in den Hörer. Er wurde sofort hellwach, als Angelo ihm die neuesten Ergebnisse über den plutoniumschmuggelnden Provinzpolitiker berichtete und erklärte, woher der FAX-Brief mit dem Geständnis kam.

Wie schon vermutet, führte der Anschluß, über den die vom Entführten unterzeichneten Briefe gesendet wurden, kaum zum Ziel: Es war ein Tele-Shop am Lazaro Drive in Lungsod ng Isabela auf der Insel Basilan, der für Jedermann Mails und FAX-Briefe verschickte.

»Aber Basilan!«, stöhnte Angelo.

»Was ist mit Basilan?«, fragte Kronenberg.

»Eine sehr schöne Insel in der Celebes-See, mittendrin ein Nationalpark. Leider ist die Verwaltung dort eine Katastrophe. Die Insel gehört zur Autonomen Muslimischen Region. Bis auf die Hauptstadt Lungsod ng Isabela: Die gehört zur Provinz Zamboanga, ist also eine administrative Insel auf der Insel. Dort muß ich meine Kollegen von der National Philippine Police gar nicht erst um Hilfe bitten. Dort regiert das Militär und der Familienclan der Lobregad.«

»Dann bitten wir Oberst Tan …«

»Bevor ich den bitte, rufe ich Joseph Santiago an.«

»Wen bitte?«

»Joseph Santiago, sozusagen unser Gesandter in der militärisch besetzten Zone von West-Mindanao. Der soll sich mit Cedo in Verbindung setzen.«

»Cedo?«

»Ja, Generalleutnant Eugenio Cedo, Kommandeur der philippinischen Streitkräfte in West-Mindanao. Das Pendant zu Pedro Tan.«

»Tun Sie das bitte und halten Sie uns auf dem Laufenden. Wir wollen so schnell wie möglich diese Provinz Zamboanga besuchen.«

Beim Continental Breakfast erzählte Kronenberg Vichaj die Neuigkeiten. »*Nguu-nguu, plaa-plaa*«, antwortete Vichaj.
»Was bla-bla?«
Vichaj grinste: Das meine, daß man wenig über etwas weiß. Wörtlich übersetzt, heiße das Sprichwort »Schlange-Schlange, Fisch-Fisch.« Es gibt Fische, die wie Schlangen aussehen und Schlangen, die sich wie Fische im Wasser bewegen.
»Biologisch etwas unlogisch, aber Seeschlangen soll es ja geben. Wenn er nicht einen so mächtigen Corpus und den dazu passenden Schädel hätte, würde ich den Oberst zu dieser Gattung zählen.«
»Was mich stört ist, daß die hiesigen Behörden die unglaubwürdige Geschichte mit dem Plutoniumschmuggel so entschieden weiter verfolgen.«
»Zumindest in militärischen Kreisen gewinnen sie dadurch an Bedeutung. Denk mal: Mindanao, der allerletzte Posten, auf den man sich in den Philippinen versetzen lassen kann, plötzlich im Brennpunkt der Aufmerksamkeit interessierter Kreise weltweit. Besser können's sich Manche doch nicht denken. Was ist eine kleine Entführung schon dagegen?«
Vichaj dachte nach: »Seemannsgarn, sagt ihr in Deutschland dazu. Sicher, die Südchinesische See ist reichlich unübersichtlich. Und ein ideales Schmugglergebiet ohnedrein. Wenn ich mir überlege, wie sich ein Polizeipräfekt von Narathiwat fühlen würde, wenn dort plötzlich Plutonium auftauchen würde … . Sie könnten recht haben: Eine von einschlägigen Kreisen lancierte Geschichte.«

\*

Zwei Stunden nach der planmäßigen Abflugzeit hob die Dash 4 der Fluglinie ***Airphil Express*** von der Startbahn des Fransisco Bangoy International Airport ab. Über den Bergen von Mindanao bereitete Senior Chief Suberintendent Angelo seine Gäste auf das vor, was sie nach dem knapp einstündigen Flug erwarten würde.

»Zamboanga ist offiziell die sechstgrößte Stadt der Philippinen. Sie hat angeblich sechshunderttausend Einwohner, tatsächlich sind es wohl 1,5 Millionen. Die Differenz besteht aus Bewohnern von Slums. Darunter sind viele Flüchtlinge vom Land. Ich meine damit nicht die übliche Land-Stadt-Flucht, also die Erwartung eines besseren Lebens in der Stadt. Wie heißt es bei Ihnen in Europa: »Stadtluft macht frei«? Was die Menschen vom Land nach Zamboanga treibt, ist der Bürgerkrieg. Zuweilen bahnt sich dieser Krieg seine Wege leider auch mitten in die Stadt. Zum Beispiel, wenn am Fährhafen ein Schiff explodiert.«

»Sie meinen, daß wir uns am Flughafen kugelsichere Westen geben lassen sollten?«

Angelo lächelte: »Das würde Ihnen kaum etwas nützen. Hatten Sie schon mit Bomben zu tun?«

»Indirekt«, gab Kronenberg zur Antwort und dachte an von Rheinsteins aufgerissenen Oberkörper. »Die tödliche Fracht kam aus dieser Region.«

Angelo war vor der Landung bemüht, auch etwas Nettes über Zamboanga zu erzählen. Die Menschen dort seien wirklich gastfreundlich, schon, weil nicht viele Gäste aus dem Ausland kämen. »Sie nennen ihre Stadt »Die Stadt der Blumen« oder auch »Die Lateinische Stadt Asiens«. Das hat historische Gründe, die in unserer spanischen Vergangenheit liegen. Die Spanier nannten Zamboanga »El Pueblo de Lutao«. Damit meinten sie den Stamm, den sie an dem guten Ankerplatz vorfanden. Der heutige Name der Stadt geht auf die Seezigeuner zurück, die mit ihren Auslegerbooten Fische und fremde Handelsschiffe jagten. Sie heißen Samboangan.«

Kronenberg und Vichaj betrachteten die vom Dschungel kohlartig überformte Bergwelt unter der Dash 4. Sie gewannen den Eindruck, daß der Entführte dort unten kaum zu finden sein würde.

»Und ich muß Ihnen noch etwas sagen«, riß sie Angelo aus ihrer versonnenen Betrachtung. »Die Insel Basilan ist eine Bastion der *Abu Sayyaf*, des radikalen Flügels der *Moro Islamic Liberation Front*. Inzwischen wahrscheinlich die ostasiatische Dependence der *Al Quaida*. Das strahlt auch auf Zamboanga ab. In der Provinz wurden im ersten Halbjahr 150 Morde offiziell registriert. In Metro Manila waren es zwar doppelt so viele, aber Manila hat auch zehnmal mehr Einwohner. Die Zamboanguenos machen für die hohe Fatalitätsrate Kräfte von außen verantwortlich. Ich glaube aber nicht, daß Malaysier oder Indonesier dafür verantwortlich sind.«

»Warum Malaysier und Indonesier?«

»Zamboanga ist nur 700 Kilometer vom malaysischen Kota Kinabalu und vom indonesischen Manado entfernt. Die Seewege werden kaum kontrolliert.«

»Dann macht es schon Sinn, über Davao Kriegsmaterial zu schmuggeln.«

»Warum nicht gleich über Celebes? Von dort aus verkehren unzählige Fähren nach Djakarta, praktisch ohne jede Kontrolle. Islamische Würdenträger werden nicht einmal an den internationalen Grenzen wirklich kontrolliert. Im übrigen haben Sie die europäische Brille auf. Danach steht Davao für ganz Mindanao. Sie werden bald sehen, daß dem nicht so ist. Schon die oft gesprochene Sprache ist in Zamboanga nicht das landesübliche Tagalog. Die Zamboanguenos sprechen Chabacano, eine Mischung aus lokalen Sprachen und Spanisch. Klingt reichlich hart.«

»*Welcome to Zamboanga International Airport. We have just landed on Runway NR-09/27*«, flötete die einzige Stewardess an Bord der winzigen Maschine. Die Richtung der Runway hätte sie nicht erwähnen müssen, denn der Flughafen Zamboanga hatte nur eine. Am Ende des Taxiway stand eine anmutige Ansammlung steiler Hüttendächer aus Beton, auf die man unter freiem Himmel zugehen mußte. Auf dem Apron standen mehrere Militärmaschinen vor Stapeln olivgrüner Container.

In der Empfangshalle wachten Soldaten mit umgehängten, nach unten gedrückten Maschinenpistolen. Im Unterschied zu Davao registrierten sie jede Bewegung der ankommenden Fluggäste aufmerksam. Rauchen und fotografieren waren streng verboten.

»**Welcome to Zamboanga**«, begrüßte sie ein kleiner, reich dekorierter Offizier am Ausgang des Flughafens, an dem ein großer, weißer Toyota stand. »Das Staatsgefährt«, kommentierte Kronenberg vor der kurzen Fahrt in eine Kaserne. Dort wurden sie von Brigadegeneral Raymundo Ferrer begrüßt, der sich vielmals für Unpäßlichkeiten entschuldigte, die seine Besucher erduldet haben mochten. »Es gab keine«, antwortete Angelo trocken.

Der Brigadier lud zu einem Abendmahl mit Celso Lobregad, dem amtierenden Oberbürgermeister der Stadt Zamboanga. Im *»Alvar's House of Seafood«* an der Küstenpromenade Cawa-Cawa-Boulevard wurde **Adobong Hinsponsa Gata** und **Chicken Adobo** in Knoblauch und Soyasauce serviert. Während des Dinners pries Celso die wirtschaftliche Stärke seiner Stadt, die leider in Manila keine ausreichende Würdigung finde. Nicht Manila, sondern Zamboanga sei der bedeutendste internationale Seehafen des Landes.

»Klingt wie Hamburg und Berlin«, kommentierte Kronenberg lakonisch. »Sehen Sie, da haben wir schon etwas Gemeinsames entdeckt«, freute sich Celso. Er ließ es sich nicht nehmen, seine Gäste durch das auf die spanische Kolonialzeit zurück gehende *Fort Pilar* zu führen, das eigentlich *Real Fuerza del Pilar de Zaragosa* heißt. In die meterdicken Mauern des Forts war eine Statue der angeblichen Namensgeberin eingelassen, die nach den Worten Lobregads von allen Einwohnern der Stadt tief verehrt werde. Vichaj bezweifelte dies angesichts der Nöte einer Stadt, in der mehr als die Hälfte der Einwohner ihr Dasein in Slums fristen mußte. Kronenberg verhielt sich diplomatischer: »Ich habe gehört, daß die Mehrheit der philippinischen Bevölkerung tief gläubig ist.«

Unbeirrt führte Celso seine Gäste durchs nahe gelegene Rio-Hondo-Village. Dicht gedrängte Holzhütten stehen auf Holzpfählen über dem Wasser und sind durch Holzbrücken miteinander verbunden. »So müssen Sie sich die erste Siedlung in Zamboanga vorstellen. Bewohnt von Jägern und Fischern, die ihre Siedlung in der See errichteten, um sich nachts gegen wilde Tiere und feindliche Stämme zu schützen.« Kronenberg fand es malerisch, Vichaj fühlte sich an Armutsviertel in Bangkok erinnert, hielt aber seinen Mund.

Die anschließende Fahrt führte durch die Calle Climaco in die Innenstadt. Cesar Climaco sei einer seiner berühmtesten Vorgänger gewesen, Oberbürgermeister in den Jahren 1955 bis 1961 und erneut zwischen 1980 und 1984. Früh sei er zum Gegner des Diktators Ferdinand Marcos geworden. Leider sei er am 14. November 1984 einem Attentat zum Opfer gefallen, meinte Celso bekümmert.

Hinter der Innenstadt lag ihr Nachtquartier, das *Lantaka Hotel* an der Valderroza Street. Im Garten der *Talisay-Bar* nahmen Kronenberg und Vichaj zusammen mit ihren Gastgebern einen Absacker zu sich. Der anschließende Ausblick von den Balkonen ihrer Zimmer auf das schwarz funkelnde Meer und den hell erleuchteten Hafen war derart schön, daß noch eine halbe Flasche *Glenfiddich* dran glauben mußte.

Am Morgen wurden Kronenberg und Vichaj zum tatsächlich recht großen Fährhafen Zamboangas gefahren. Nur neunzig Minuten dauerte die Überfahrt mit der »*Dona Leonora*« der **Basilan Shipping Lines** zum kleinen Hafen von Lungsod ng Isabela auf der Insel Basilan. Die Stadt liegt an beiden Seiten eines schmalen Seewegs zwischen der Hauptinsel und der vorgelagerten Insel Malaeraus. Sie machte im Vergleich zum quirligen Zamboanga einen ruhigen, aber auch schäbigeren Eindruck. Einziger Blickfang hinter einigen Holzhütten am Meer war die riesige Werbetafel über dem Dach eines dreigeschossigen Betongebäudes, die eine weit verbreitete philippinische Fastfood-Kette namens »*Jollibee*« anpries.

An der einzigen Pier erwartete sie der obligatorische weiße Toyota, dessen des Englischen nicht mächtiger Fahrer sie ins *Anson's Hotel* im Stadtteil Sumagdang brachte. An ihnen zog eine endlos erscheinende

Kette blechgedeckter Holzhäuser vorbei. »Es sieht aus wie die kleine Hauptstadt am Ende der Welt«, kommentierte Kronenberg.

Vor dem zweigeschossigen Hotel aus Beton und getöntem Glas stand ein Dutzend Militärpolizisten mit stahlschimmernden Helmen. Im Foyer wurden sie von Generalleutnant Eugenio Cedo erwartet, dem Kommandeur der Streitkräfte im westlichen Mindanao. Seine Begrüßungsworte waren höflich, sein Blick war hart. Ohne Umschweife kam er zur Sache: Er glaube, daß der Entführte im großen Dorf Tuburan festgehalten werde, das mehr als einen Tag Autofahrt von Lungsod ng Isabela entfernt liege. Dann schlug er vor, daß seine Gäste die Suche und die Befreiung seinen Kräften überlassen sollten, es sei denn, sie seien selbst Spezialisten im Kampf gegen Terroristen. Kronenberg und Vichaj verneinten, was den Generalleutnant zu wohlgefälligem Nicken veranlaßte.

»Haben Sie die Betreiber dieses Telecom-Shops am Lazaro Drive nach ihren Kunden befragen können?«

»Ja, das haben wir. Sie waren Anhänger der **Abu Sayyaf**. Nun sind sie tot.«

Kronenberg und Vichaj sahen sich an. Angelo bemerkte es und beschwichtigte mehrdeutig: »Cedos Männer sind absolute Profis. Bauen Sie hier Ihren Kontakt nach Hamburg auf. Das übrige erledigt das Militär. Selbstverständlich sind Sie in diesem Hotel die Gäste der Streitkräfte.«

Eugenio Cedo lud zum Dinner ein und ließ **Siningang na baboy** mit **Kangkong** und **Sapolok** servieren. Während der Mahlzeit erzählte er die Geschichte der Stadt, die nach der spanischen Königin Isabel II. benannt war. Er beschrieb die Artenvielfalt des Nationalparks von Basilan und die Schönheit des weißen Panigayan Beach. Seine Leute würden Kronenberg und Vichaj überall hinfahren, wo sie es wünschten. Es sei im übrigen besser, wenn sie in Begleitung von Soldaten blieben. »**Eine** Entführung ist schon genug.« Er sagte es in einem Ton, der keinen Widerspruch duldete.

# BASILAN

Kurz nach Sonnenaufgang stand ein robuster Jeep mit zwei Uniformierten vor dem Hotel. Beim Frühstück bezweifelte Vichaj, daß die schimmernden Stahlhelme und strammen Uniformen ihrer Begleiter in einem unsicheren Umfeld wirklich Schutz bieten könnten. Auch, wenn die Soldaten offensichtlich G3-Gewehre von Heckler & Koch aus Deutschland bei sich trügen. Ihm wären Begleiter in Zivil angenehmer gewesen.

Seine Uniform sei kein Problem, erklärte der jüngere Soldat mit breitem Lachen auf Englisch. Er stellte sich als Raul vor, sei aus Bongao, einer kleinen Insel der Tawi-Tawi-Gruppe in der Sulu-See zwischen Mindanao und Borneo. Dort sei die Republik der Philippinen eher symbolisch präsent. Die islamische Religion überforme animistische Traditionen, die sich am felsigen Heiligen Berg von Bongao in besonders eindrucksvoller Weise äußerten. Auf dem Weg zur Grabstätte des alten Königshauses der *Anjaotal* werde man von aggressiven Affen begleitet. Die Berührung eines dieser Affen verheiße Geisteskrankheit oder Tod. Als Junge habe er den Affen immer dann Bananen zugeworfen, wenn sie ihm zu nahe gekommen seien. Deshalb sei er noch nicht wahnsinnig geworden.

Auf der Fahrt in den Nationalpark erzählte Raul phantastische Geschichten aus der Inselwelt der Sulu-See, von Fischern und Piraten, die sich keiner fremden Macht beugen wollten. Weder die Spanier, noch die US-Amerikaner hätten es geschafft, die Inselwelt unter ihre Kontrolle zu bringen, die zum Teil näher an Borneo liegt als an Mindanao. Das Verschwinden von Schiffen mitsamt ihrer Besatzungen habe man oft mit dem Aufkommen eines Taifuns und dem von Haien wimmelnden Meer zu erklären versucht. Piraten seien meistens die Taifune und Haie der Sulu-See gewesen, grinste Raul.

Wie er denn als freier Bewohner dieser Heimat von Freibeutern zur philippinischen Armee gekommen sei, fragte Vichaj. Rauls Gesicht wurde ernst: Mitten im weiten tropischen Meer sei der Mangel an Trinkwasser immer bedrohlicher geworden. Selbst fernab der vielbefahrenen Routen der internationalen Schifffahrt sei die Belastung der See durch Schadstoffe und Plastikmüll ständig gestiegen. Ausbeute und Qualität des Fischfangs hätten schnell abgenommen. Dagegen habe die Bevölkerung der kleinen Inselwelten im riesigen Ozean rasant zugenommen. Ausweichen auf städtische Zentren sei nicht möglich gewesen, weil es große Städte südlich von Basilan nicht gibt. Seine Eltern seien in einer Fehde über Fischgründe und Brunnen gestorben. Er habe als Waise Zamboanga erreicht und die Wahl gehabt, als Dieb, Strichjunge oder Soldat weiter zu leben. Das Leben als Soldat habe ihm am meisten zugesagt.

Während Raul über die Sulu-See und sein eigenes Leben erzählte, wurde die Straße ins Innere der Insel merklich schmaler und schlechter. Der Fahrer mühte sich, um größer werdende Schlaglöcher herum oder, wo unvermeidbar, vorsichtig durch Schlaglöcher zu fahren. Die tagsüber weitgehend stille Kulisse des tropischen Regenwalds beidseits der Piste wurde immer höher und begann schon am frühen Nachmittag, Schatten auf den Weg zu werfen.

Raul wechselte das Thema. Im Nationalpark Basilan werde man entlang der Piste kaum auf Tiger oder große Echsen stoßen, die es dort in beachtlicher Zahl gebe. Mit viel Glück werde man neugierige Affen, vielleicht sogar große Primaten sehen. Der Soldat begeisterte sich an der einmaligen botanischen Vielfalt des Berglandes, in das sie eintauchten. Mehr als tausend Orchideenarten gediehen hier: Die elegant geschwungene **Bulbophyllum lobii**, die eher barock wirkende **Amasiella philippinensis** oder die kleeblättrige **Vanda sanderiana**, welche die Einheimischen **Waling-Waling** nennen. Im Nationalpark von Basilan seien Vogelarten zuhause, die nur noch hier vorkämen: **Ptolcichla Mindanensis Basilanica,** zum Beispiel, oder **Pachycephala Philippensis Basilanica**. Der **Zamoanga Bulbu** sei auf Mindanao nicht mehr zu finden, wohl aber auf Basilan.

Erstaunt fragte Vichaj den Soldaten, wie er zu seinen botanischen Kenntnissen gekommen sei.

»Ach, wissen Sie, ich bin in einer solchen Umgebung aufgewachsen und habe in meiner Freizeit genügend Gelegenheit gehabt, mich mit Botanik zu beschäftigen. Für die Vergnügen, die meine Kameraden suchten, hatte ich nie genügend Geld. Mein Sold geht zum Teil an meine Großeltern und Geschwister auf Bongao.«

Für Konzerte, Trinkgelage und die Huren Zamboangas reichte der Rest nicht, deshalb habe er sich mit wenig Geld gebrauchte Bücher gekauft, die sich mit seiner Umwelt befassten. »Bücher sind preiswert geworden, seitdem die meisten Menschen nur noch in den Fernseher oder auf ihr Handy glotzen. Wenn Bücher etwas mitzuteilen haben, ist die Zeit, die man mit ihnen verbringt, wirklich spannend.«

Angesichts des rauen Motorenlärms des Jeeps, der im ersten und zweiten Gang über die schlammige Schlaglochpiste gequält wurde, floh die Welt der Könige des Tropenwalds. Nur die Welt der Pflanzen, Käfer und Mikroben hielt stand. Als die Dämmerung hereinbrach, entließ der Tropenwald ein aufwachsendes Zirpen und Brüllen, das schließlich in vollkommener Dunkelheit zu einem infernalischen Konzert anwuchs.

Kronenberg und Vichaj waren erleichtert, als sie in einsetzendem prasselndem Regen endlich die Lichter der ersten Siedlungen vor der Stadt sahen, die zwischen ausgedehnten Kautschukplantagen liegen. »Das hier gehört offiziell auch noch zum Nationalpark, ist aber besiedelt worden – Umsiedlungsprogramm für ehemalige Moro-Kämpfer«, erläuterte Raul. »Große Teile der Insel wurden in den 1960-iger Jahren von der American Logging Company abgeholzt. Was Sie heute vom Regenwald gesehen haben, ist meistens gerade mal fünfzig Jahre alt.«

»In meinem Land blieb gerodeter Wald gerodet«, antwortete Vichaj trocken.

In den nächsten Tagen wurden sie durch die Kaffee-, Kautschuk- und Dattelplantagen des örtlich bedeutsamen Menzi-Familienclans geführt – »Hans Menzi, das war ein Deutscher«, sagte Raul - und statteten dem noch bedeutenderen Clan der Allanos einen Besuch auf ihrem ausladenden Wohnsitz ab, der Vichaj an die Herrschaftshäuser im Südosten der USA erinnerte. Dort, wo Reichtum durch Sklavenarbeit auf Baumwollfeldern gewachsen war. Die überaus freundlichen Allanos verdienten ihr Geld mit Kraftwerken und mit einer Reederei. Außerdem ließen sie auf einem Teil ihrer Plantagen **Momordica charantia** anbauen, die Balsambirne, der heilende Kräfte gegen HIV nachgesagt werden. Die Preise dieses aus Südamerika eingeführten Krauts waren vor allem in Ostasien in die Höhe geschossen. Deshalb überlegten die Allanos, den Schwerpunkt ihrer Produktion auf Heilkräuter zu verlagern. »**Enduring profit**«, grinste der Chef des Hauses. Der Pharmazie-Gigant Novantisis habe ihn weder kaufen, noch stoppen können, in dieses zukunftsreiche Geschäft der sanften, biologischen Produktion einzusteigen.

Kronenberg mailte Schröder vom Hamburger Landeskriminalamt, daß der Pate wahrscheinlich in der schwer zugänglichen Inselwelt zwischen Mindanao und Borneo festgehalten werde, in die keine zivilisierte Macht dieser Erde je vordringen konnte. Schröder trug diese Nachricht während der nächsten Lagebesprechung vor und mutmaßte, daß Kronenberg und Vichaj bekifft an einem blütenweißen Strand an einem azurblauen Tropenmeer eine Auszeit auf Steuerzahlers Kosten nähmen.

Nur Katharina Esbjerg und der allbekannte Renegat widersprachen und forderten eine detailliertere Berichterstattung. Die rein verfahrensorientierte und mißgünstig an weiße Pazifikstrände denkende Mehrheit pflichtete Schröder dennoch zu.

# BONGAO

Während einer Fahrt zu den gewaltigen Wasserfällen von Buligan nahe des Dorfes Lamitan sackte der schweigsame Fahrer des Jeeps plötzlich in sich zusammen. Direkt über der Nase seines jugendlichen Gesichts bildete sich ein großer, blutroter Punkt, der an das Stirnmal indischer Schönheiten erinnerte. Sein Hinterkopf war durch eine große Austrittswunde zerrissen. Die Windschutzscheibe des Toyota zeigte ein Einschußloch. Raul lehnte sich auf die Fahrerseite, griff das Lenkrad und versuchte hektisch, an die Pedale zu kommen.

Kronenberg und Vichaj starrten fassungslos auf den leblos pendelnden Körper des Fahrers. Endlich an die Pedale gekommen, startete Raul eine wilde Stampede-Fahrt über die Schlaglochpiste, die den Körper des Fahrers mehrfach gegen die Seitenscheibe prallen ließ. »*Insurgents*«, preßte Raul zwischen seinen Lippen hervor.

Kurz darauf durchschlugen Kugeln Kronenbergs rechte Schulter und Vichajs linke Hand. Raul ließ den robusten Motor des Wagens aufbrüllen und fuhr über Stock und Stein. Nach mehreren Minuten bremste er scharf und wechselte die Position, indem er seinen toten Kameraden zunächst aus der Fahrertür warf, dann auf den Beifahrersitz zog. Für einen kurzen Moment trafen sich die Blicke Rauls und Vichajs. Raul hatte Angst in seinen Mandelaugen, die Mandelaugen Vichajs gaben Entsetzen zurück.

Im *Anson's Hotel* angekommen, informierte Raul seine Vorgesetzten. Die Angestellten legten den toten Fahrer auf ein rotes Sofa im Foyer und bedeckten ihn mit einem blütenweißen Tuch.

*

»*Shit happens*«, kommentierte Generalleutnant Eugenio Cedo, als er Oberst Tan von dem Vorfall unterrichtete.

»Halten Sie die Verletzten so lange es geht im Hospital. Wir werden den Fall ungestört erledigen«, antwortete Oberst Pedro Tan. Ein Rachefeldzug gegen die Dörfer Tuburan und Lamitan erübrige sich vorerst. Cedo brummte zustimmend. Einen Rachefeldzug gegen eines der Dörfer seines Militärbezirks hatte er ohnehin nicht vor. Das würde seine Position beim Oberkommando nur beeinträchtigen. Er war sich aber sicher, daß die Geschichte in der lokalen Gemeinschaft Basilans als Raubzug der **Ang Babaeng Nakaputi** weiter leben würde, jener weißen Frau mit weißen Augen in weißem Nachthemd, die viele Autofahrer des Archipels für nächtliche Unfälle verantwortlich machen.

*

»Die wollen uns länger als nötig hier festhalten.« Kronenberg saß – den rechten Arm in der Schlinge – mit Vichaj – die linke Hand bandagiert - auf der Veranda des Hospitals von Lungsod ng Isabela. Während der vergangenen Woche hatte der hämmernde Schmerz nachgelassen, nahm die Langeweile am Rande des tropischen Regenwalds zu. Generalleutnant Eugenio Cedo ließ ihnen zwar täglich englischsprachige Zeitungen zukommen und hatte Sergeant Raul erlaubt, die Gäste jeden Nachmittag zu unterhalten. Kronenberg empfand diese Nettigkeiten zunehmend als Teil einer Taktik, die beiden Gäste aus Europa zu isolieren.

»Jaaa«, antwortete Vichaj gedehnt, »wir sind Eindringlinge in ein System, das sich anders bewegt, als wir es kennen. Wir sind Polizisten, die sind Militärs, ob auf Regierungs- oder Rebellenseite. Klar wollen die nicht, daß wir ihnen in die Karten schauen. Sie dulden uns nur, weil sich Interpol eines international gewordenen Entführungsfalls annimmt. Ich schätze, das macht sie unsicher – und sie fürchten eine schlechte Presse, wenn sie uns rauswerfen.«

Tags darauf fragte Kronenberg Raul ganz unverhohlen, ob er neue Informationen über den Entführungsfall habe. Der Sergeant grinste breit und wies auf eine Schlagzeile in der »*Philippine News*«, die er ihnen eben gebracht hatte: »*Abducted German may be held at Tawi-Tawi!*«, titelte die Zeitung und bezichtigte **Abu Sayyaf**, den Deutschen dort festzuhalten und 10 Millionen US-Dollar Lösegeld zu fordern.

Kronenberg verlangte sofort, mit Generalleutnant Eugenio Cedo verbunden zu werden. Das gelang erst 24 Stunden später. Der Generalleutnant entschuldigte sich damit, daß er einen dringenden Termin in Manila gehabt habe. Auf die Schlagzeile der »Philippine News« angesprochen, tat er die Pressemitteilung als Falschmeldung ab: »***According to our intelligence, the insurgents hold him on Basilan Island, nowhere else.***«

Kronenberg zweifelte nach dem Telefonat an der Aufrichtigkeit des Militärs: »Raul sagte uns, daß die philippinische Republik dort unten auf Bongao oder Tawi-Tawi nur symbolisch vertreten ist. Sollten die Moros den Entführten in ihren Händen halten, dann werden sie ihn doch nicht auf dieser vor Militär strotzenden Insel Basilan festhalten. Je weiter von der Machtbasis des Militärs entfernt, desto sicherer für die Entführer.«

Vichaj nickte: »Raul stammt von dort unten. Außerdem ließ er durchblicken, daß er sozialkritisch eingestellt ist. Fragen wir ihn doch, wie wir möglichst unbemerkt nach Bongao und Tawi-Tawi kommen könnten.«

»Auch wenn er ein netter Kerl ist, bleibt er doch ein Militär.«

Kronenberg fragte den Manager des *Anson's Hotel*, ob er ihm eine Bootstour nach Bongao vermitteln könne. Angesichts der gebotenen Provision – nach Kronenbergs Kalkül das Doppelte eines Jahresgehalts eines philippinischen Unteroffiziers – stimmte der Manager zögernd zu.

Zwei Tage später ankerte ein etwa zwanzig Meter langer Fischkutter unweit des Piers für die Fähren nach Zamboanga. Der Kapitän stellte sich als Onkel des Hoteliers vor und erbat das Dreifache eines Jahresgehalts eines philippinischen Unteroffiziers für die Passage vorab.

Kronenberg ließ sich zur nächsten ATM fahren und hob mehrfach den zulässigen Höchstbetrag ab.

Der Kapitän wies ihnen eine Koje hinter der Kombüse zu. Sollten sie nicht gemeinsam darin schlafen wollen, müßten sie abwechselnd schlafen, grinste er. Die Überfahrt würde ohnehin nur knapp zwei Tage dauern. Kronenberg versicherte, daß er bei den vorherrschenden Temperaturen seinen Kopf lieber auf die Planken des Vorderdecks legen würde.

Während der Überfahrt erzählte ihnen der Kapitän dieselben Geschichten von Taifunen und Haien, die sie zuvor von Raul gehört hatten. Etwas später korrigierte er in gebrochenem Englisch: »*You know, this is a region where typhoons seldom occur.*«

Ob denn auch die Hai-Geschichten erfunden seien, wollte Kronenberg wissen. »*No, no, sharks are abundant here. One drop of blood makes hundreds of sharks thirsty*«, gab der Kapitän lachend zurück.

Kronenberg schlief schlecht auf dem Vorderdeck. Immer wieder attackierten ihn die Bilder aus Stephen Spielbergs Film vom Weißen Hai, der den Bootsführer Quint häppchenweise zerbiß und verschlang. Er war froh, als gegen halb sieben morgens der Himmel graute und die bald aufgehende Sonne ankündigte. Nur das stetig dumpfe Brummen des Schiffsdiesels hatte ihm ermöglicht, immer wieder einzuschlafen. Von einem Hai gefressen zu werden, war für Kronenberg nach dieser Nacht entschieden entsetzlicher, als von einem Tiger gerissen zu werden. Zumal der Hai aus der Tiefe angriff, der Tiger dagegen frontal.

Die See war ruhig und azurblau, als sie sich nach einer weiteren Nacht dem mächtigen Felsblock des **Bud Bongao** näherten. Auf der Fisheries Road am Hafen standen Dutzende von Jeepneys. Der Kapitän empfahl jedoch einen Fußmarsch zu einem der nahe gelegenen Shop-Häuser und meldete sie persönlich bei der beleibten Eigentümerin an. Sie sei eine Nichte und sorge für alles, was sie benötigten, versicherte er beim Abschied. »*You please call for me, when you want to go back.*«

Die Beleibte mit gutmütigem Gesicht führte Kronenberg und Vichaj zu zwei käfigartigen Kammern im ersten Obergeschoß. »Sie schlafen auf der Rückseite, hier ist es morgens ruhiger«, sagte sie auf Englisch mit hartem Akzent. Kaffee und Frühstück seien im Preis inbegriffen. Außerdem könne sie jede Fahrt zu jedem erdenklichen Ort der Inselgruppe organisieren. »*Security guards inclusive*«, setzte sie vielsagend hinzu und ließ ihren Gästen Kaffee bringen.

Außer vielen Moscheen, mehreren Kirchen, einem buddhistischen Tempel und einem Rathaus, das eine bemühte Sparausgabe des Taj Mahal war, hatte Bongao nicht viel mehr als den riesigen, die Stadt überragenden Felsbrocken und einen kleinen Flughafen zu bieten. Vichaj wunderte sich darüber, daß die Strände mit hunderten von auf Pfählen ruhenden Holzhäusern überbaut waren. »*Wenn der nächste Wirbelsturm kommt …*«, dachte er sich.

»Wollen wir uns den aggressiven Affen aussetzen?«, fragte Kronenberg.

»Mit Aaaffen kenne ich mich aus. Geisteskrankheit oder Tod, wo liegt da der Unterschied?«, scherzte Vichaj zurück.

In Begleitung eines jungen Verwandten der beleibten Wirtin stiegen sie eine Schlucht in dem riesigen Felsbrocken hoch. Mehrere Kilogramm Bananen füllten ihre Rucksäcke, verwiesen nach und nach die tatsächlich aufdringlichen Affen auf Wurfweite.

Ihr Führer nickte anerkennend und zeigte ihnen nach zwei Stunden Aufstieg die Grabhöhlen der *Ajotul*-Könige. Zuvor mußten sie sich Nackentücher umbinden, um die Würde der Toten zu wahren.

»Von hier oben aus können Sie Borneo sehen«, zeigte der Junge nach Südwesten. Sie sahen einen grauen Streifen am Horizont. »Malaysia oder Indonesien?« »Malaysia, aber das ist einerlei bis auf die Grenzkontrolle. Die ist in Malaysia für uns strenger. Außer, wenn man muslimischer Geistlicher ist.«

Kronenberg und Vichaj entnahmen diesen Worten des Jungen, daß er wohl kein Muslim war, sondern Christ oder Buddhist. »Jedenfalls kein Insurgent«, grinste Udo Kronenberg Vichaj an.

Als ob er die Konversation in Deutsch verstanden hätte, fuhr der Junge fort: »Hier drüben liegt Simurul-Island, Geburtsort des Islam auf den Philippinen. Dort steht eine Moschee über dem Grab von Karimul Sheikh Mykdum aus dem Jahr 1380. Das älteste erhaltene Gebäude der Philippinen. Wollen sie Simurul besuchen? Kein Problem.«

»Glauben Sie, daß die Moro den Entführten an einem symbolischen Ort festhalten könnten?«, fragte Kronenberg Vichaj.

»Symbole spielen beim religiösen Volk gewiß eine Rolle, warum nicht auch bei islamistischen Terroristen?«, gab Vichaj zurück.

Der Ort werde viel besucht, derzeit jedoch weniger, versicherte ihr Führer. Kronenberg und Vichaj willigten ein.

Selbst die rückwärtigen Räume des Shop-Hauses an der Fischeries Road erwiesen sich als laut. Kronenberg und Vichaj wälzten sich unruhig in ihren Betten. Weit vor Sonnenaufgang begann in der Nachbarschaft ein Hahn beharrlich zu krähen und hielt sie beständig wach. »Ich könnte dem Vieh den Hals rumdrehen«, brummte Kronenberg durch die leichte Wand. »Dann wären wir schon zu zweit«, gab Vichaj zurück. Anstelle des Hahnenmords verständigten sie sich bereits kurz vor sechs Uhr morgens auf ein ausgedehntes Frühstück im Erdgeschoß, das die Beleibte freundlich und reichlich servierte. Kronenberg erkundigte sich, ob sie am Abend einen Hahn verspeißen könnten. Selbstverständlich sei das möglich, gab die Wirtin zurück. »*I mean, your neighbour's cock*«, legte Kronenberg nach. Die Beleibte sah ihn verständnislos an: »*No, a certified piece from the market!*«

Kronenberg gab auf. Nach unendlich erscheinenden zwei Stunden holte sie der Junge ab und führte sie zu einer Reihe bunter Fischkutter an einem der Piers. Er begrüßte einen hageren Grauhaarigen, der für die Überfahrt ein Zehntel eines Jahresgehalts eines philippinischen Unteroffiziers forderte. »Wahrscheinlich ein Onkel oder Großonkel unseres Führers«, kommentierte Kronenberg auf Deutsch.

Nach drei Stunden Überfahrt stolperten sie über halb versunkene

Grabsteine mit arabischen Schriftzeichen rund um ein aus rauem Gestein errichtetes, gedrungenes Minarett. Wie ihr Führer versprochen hatte, waren sie allein auf dem Grabfeld.

»Hier könnte man jeden begraben, sofern man ihn unbemerkt herzubringen in der Lage ist und keinen beschrifteten Grabstein über ihm errichtet«, bemerkte Kronenberg.

»Dann suchen wir mal nach Grabkammern ohne beschriftete Grabsteine«, antwortete Vichaj auf Englisch.

»*You'll find a lot of them*«, gab der Junge an und machte eine Rundumbewegung. Kronenberg und Vichaj suchten jenseits des Gräberfelds nach einem noch so kleinen Gebäude, das wie ein Versteck aussehen würde. Außer der Hütte eines alten Wächters fanden sie nichts von dieser Art.

»War ein interessanter Kulturausflug«, stellte Kronenberg nach zwei Stunden fest. Vichaj nickte: »Eben das und nicht mehr.«

»Mein Problem wird nun sein, die Spesen zu begründen, die wir erzeugt haben.«

»Packen wir doch einfach die Meldung der »*Philippine News*« bei und schreiben, daß wir in einem schwer zu durchschauenden Umfeld auch der kleinsten Spur gefolgt sind, und zwar immerhin gegen den Rat unserer lokalen Partner, die Militärs und nicht Polizisten sind.«

»Sie meinen, daß wir dem Landeskriminalamt unser Mißtrauen gegenüber den hiesigen Militärs offenlegen sollten?«

»Warum nicht? Das zeugt von der überlegenen Unabhängigkeit unseres Denkens und Handelns. Wir können noch hinzu setzen, daß der vergleichbare Fall der Entführung des Ehepaars Wallert nur durch die Intervention der Gaddafi-Regierung gelöst worden ist, und uns diese Problemlösung nicht mehr zur Verfügung steht.«

Kronenberg nickte bedächtig und nahm sich vor, genau das von *Anson's Hotel* aus nach Hamburg zu mailen. Am Abend erwartete sie im Shop-Haus ein gegrillter, zäher Hahn, den die beleibte Wirtin garantiert zertifiziert auf dem Markt erworben hatte.

# HAMBURG / JOHANNISWALL

Schröders siebte Lage traf sich hinter der dunklen Klinkerfassade der Behörde für Inneres am Hamburger Johanniswall, über deren Eingang die überlebensgroße Figur eines Nackten stand, gepaart mit einer ebenso Nackten um die Ecke. Katharina bemerkte vor Beginn der Besprechung, daß diese Figur nach heutigen Maßstäben obszön sei, jedenfalls aber politisch nicht korrekt. Selbst die Genitalien seien ungeschützt dargestellt und sie hoffe, daß kein Lebender die pseudorömische Figur als Ebenbild behaupte und gegen die öffentliche Schaustellung klage. Außerdem gab sie ihrer Hoffnung Ausdruck, daß niemals ein islamischer Würdenträger das Haus besuchen möge, denn dann müßten diese Statuen umgehend verhüllt werden. Seit der Antike sei eben die Prüderie auf dem Vormarsch.

»Auch Sie wären in Celle wohl keine glückliche Beauftragte für Gleichstellung«, flachste ein Kollege und verwies damit auf das vom Rat dieser schönen Fachwerkstadt kritisierte Engagement der dortigen Gleichstellungsbeauftragten zugunsten von Männern. Die Runde erfreute sich des Diskurses und erwartete vom Leiter einen swingenden Übergang. Schließlich hatte der Swing in Hamburg die Nazi-Zeit bis zum Bombenkrieg überlebt.

Schröder nahm die gratis servierte Ouvertüre nicht zur Kenntnis, tat so, als ob er Katharinas Kommentar und die dadurch angefachte Diskussion überhört habe. »Basilan ist ein Urlaubsparadies zwischen Mindanao und Borneo«, gab er sein enzyklopädisches Wissen preis. Er hoffte auf fortwährenden Neid der Kollegenschaft.

»Würden Sie liebenswürdigerweise darüber berichten, was den beiden Kollegen auf der Insel Basilan zugestoßen ist?«, fragte Katharina sarkastisch.

»Sie haben recht, das vergaß ich: Die beiden Kollegen wurden im Dienst verletzt und liegen im Krankenhaus der Inselhauptstadt – die heißt ... so etwa Isabel-City. Ein Soldat in ihrer Begleitung wurde tödlich verletzt.«

Betretene Stille.

»Die Inselwelt dort unten ist verwirrend und scheint außerhalb der Kontrolle staatlicher Autorität zu liegen. Eine ideale Brutstätte des internationalen Terrorismus. *Al Quaeda.*«

Katharina nahm sich vor, Schröder zu verunsichern und begann zu kichern. Schröder starrte irritiert auf sie. »Man soll doch immer querdenken«, erklärte Katharina. »Diese philippinische *Abu Sayyaf* wird mit *Al Quaeda* in Verbindung gebracht. Sofern ich richtig gelesen habe, ist *Al Quaeda* ein Bluff der Amerikaner. Usama bin Laden hat seine Seele beim Eindringen weiblicher US-Soldaten auf die saudische Halbinsel während des ersten Kuwait-Kriegs bei seinem Gott oder beim Teufel abgegeben. Er hatte den Saudis gegen die Amerikaner nur ein paar Ponyreiter aus Afghanistan und einen veralteten Fuhrpark seines Bauunternehmens anzubieten. Die Wahabiten haben ihn deshalb ausgelacht, was ihn tief gekränkt und in sein unseliges Schicksal gewiesen hat. Und nun kommen Sie uns mit einer Räuberpistole über die Entführung eines hiesigen Kommunalpolitikers und oder Immobilienmaklers durch einen entfernten Ausleger der *Al Quaeda!*«

Schröder schnaubte: »Sofern Sie in Altona wesentlichere Erkenntnisse über Verbindungen dieses Falls zum internationalen Terrorismus haben sollten, wäre ich glücklich, wenn Sie diese uns zur Kenntnis bringen könnten. Im übrigen können Sie Ihre Verschwörungstheorie in einem Hörsaal voll linker Spinner vortragen, aber nicht hier.«

Die folgende gespannte Stille, die gierig auf ein Duell zwischen Jens Schröder und Katharina Esbjerg lauerte, gab Schröder die Oberhand: »Wir werden unter allen Umständen vermeiden, daß sich Hamburg in einem solchen Umfeld erneut blamiert. Mohammed Atta und Hintersassen waren genug.«

»Das war in Harburg, nicht in Altona«, bemerkte ein Hinterbänkler trocken.

Schröder ließ sich nicht irritieren: »Unsere Recherchen ergeben, daß die Konten dieses Paten von Altona sowohl auf der Einnahmen-, als auch auf der Ausgabenseite völlig unstrukturiert sind, aber für seine Verhältnisse einen hohen Umsatz aufweisen. Wir reden hier über mehrere hunderttausend Euro innerhalb von fünf Jahren, die weitgehend persönlich eingezahlt und persönlich abgehoben wurden. Das hat der Bezirksabgeordnete ohne deklarierte Nebentätigkeiten niemals verdienen können. Wir vermuten seine Verdienstquellen aus verdeckter Tätigkeit als Immobilienberater. Die Umsätze haben in den vergangenen Monaten deutlich zugenommen. Vielleicht ist es ihm gelungen, in eine Geldwaschanlage einzusteigen.«

»Zugunsten von Islamisten?«, fragte Katharina.

»Das habe ich nicht gesagt. Immerhin scheint er derzeit nicht ganz freiwillig in deren Obhut zu sein. Sollten Sie sich in Altona wieder Ihren eigentlichen Aufgabe widmen wollen, dann ermitteln Sie in seinem persönlichen Umfeld weiter.«

Katharina Esbjerg grinste und setzte eine Stunde später eine SMS an Kronenberg ab, in der sie über die Einzahlungen auf den Konten des Entführten berichtete. Über das Privatleben des Paten hatten sie und ihre Kollegen kaum Erkenntnisse gewinnen können: Gelegentliche Segel-Törns auf der Ostsee und im Mittelmeer auf Kosten Anderer, eine Affäre mit einer Galeristin, ansonsten nur häufige Kontakte mit Vertretern der Immobilienbranche und mit anderen Politikern. Das auffallendste an ihm waren tatsächlich die Bewegungen auf seinen Bankkonten.

»Ein Mann, der nur schwache Footprints hinterläßt«, resümierte Katharina. »Außer seinen populistischen Reden in Altona.«

# SULU-SEE

Pedro Tan griff zum Telefon und verlangte entschieden nach Eugenio Cedo. Nach wenigen Minuten meldete sich der Generalleutnant und bekannte, daß die beiden Polizisten aus Deutschland verschwunden seien. Pedro Tan verlor die Fassung und brüllte Eugenio Cedo seine Verachtung durch die Leitung. Er solle seinen Schweinestall endlich in Ordnung bringen, bevor das gesamte Militär der philippinischen Republik Schaden nähme oder gar »dieser Zivilist in Davao, der den Bürgermeister mimt« seine Todesschwadrone losschicke.

Eugenio Cedo war sich seines höheren Rangs bewußt, allerdings auch der ungleich größeren Macht, über die Pedro Tan informell verfügte. Er wußte auch über die Rolle des Bürgermeisters Rodrigo Duterte Bescheid, der ständig mit seinen Kontakten zur Unterwelt prahlte. Höflich versicherte er, die zwischen dem Paten und den philippinischen Behörden stehenden Personen auszuschalten.

»Und diese beiden Polizisten aus Deutschland will ich umgehend unter Ihrer oder meiner Kontrolle sehen«, setzte Pedro Tan nach. Eugenio Cedo gab zurück, daß die beiden Interpol-Leute jedenfalls digital unter seiner Kontrolle seien. »Digital«, schnaubte Pedro Tan, »real bitteschön, wenn Sie wissen, was ich meine.« Eugenio Cedo wußte nie, was Oberst Tan wirklich meinte. Außer sadistische Schweinereien, Intrigen und Mord. Eben das, was *Special Forces* im Bürgerkrieg so produzierten – mit Ausnahme seiner eigenen *Special Forces*. Er wußte, daß Pedro Tan die Polizisten aus Hamburg lieber tot als lebendig sehen wollte.

*

Der Pate erwachte aus dem dunkelroten Nichts. Seine Brüste zogen und schmerzten. Erst langsam wurde er seiner Umgebung gewahr:

Kein Dach mehr über dem Kopf, kein Sanitätskasten in Blickweite. Er lag am Rand einer staubigen Piste, die von mächtigen, lianenbehangenen Bäumen gesäumt war. Über seinen Oberkörper krabbelten Käfer und Fliegen. Seine Handgelenke waren auf dem Rücken gefesselt. Die heiße Luft schien über ihm zu stehen, ihn zu erdrücken. Kein Blatt regte sich. Seine Peiniger hatten ihn an irgendeinem Straßenrand abgelegt. Die Straße war nicht einmal befestigt, bestand nur aus zwei Spuren rötlichbraunen Lehms. Mühsam rappelte er sich in Sitzposition.

»Vielleicht kommt bald ein Jeepney vorbei und nimmt mich auf«, fieberte der Pate über seine Chancen am Wegesrand. Die Alternative dazu mochte eine Nacht im Dschungel sein, in dem die Jäger und Räuber erst nach Eintritt der Dunkelheit aktiv wurden und nur diejenigen Wesen Überlebenschancen hatten, die sich ihrer Haut wehren konnten. Auf den Spuren aus rötlichbraunem Lehm kam kein Jeepney vorbei.

*

Die beleibte Wirtin auf Bongao meldete sich bei Kronenberg und Vichaj schon vor Sonnenaufgang. Ein Vetter, der bei der örtlichen Hafenbehörde arbeite, habe ihr berichtet, daß das philippinische Militär nach zwei verschollenen Polizisten aus Deutschland fahnde.

Kronenberg bestätigte, daß sie die beiden Polizisten aus Deutschland seien und erläuterte seiner Gastgeberin den Grund ihres Besuchs. Die Wirtin hörte aufmerksam zu, nickte schließlich: »*You are good men, but you better be careful. You won't find him alone*«, antwortete sie. »*Everybody is an insurgent here, except them.*«

»Them?«

»*Them – the military and the traitors.*«

»Unsere Wirtin ist nett, aber sicher nicht staatstreu«, kommentierte Kronenberg.

*

Am nächsten Tag lag das Boot für die Rückfahrt nach Isabela City pünktlich am Pier. »Das sind verläßliche Leute«, kommentierte Vichaj. Versonnen sahen er und Kronenberg auf den mächtigen Felsberg, der langsam hinter der azurblauen See versank. Der Kapitän versicherte ihnen, daß der Wetterbericht ruhige See erwarten lasse. Nur die Haie seien eben all überall, lachte er. Eigentlich könnten die Haie nicht hören, kommentierte er. Aber die Schallwellen würden sie wahrnehmen und die würden sie schon vertreiben oder zur Jagd auf kleinere Fische verleiten, die unter den Schallwellen mehr litten als die Räuber.

»Können die nicht mal von etwas anderem reden als von diesen verdammten Haien?«, knurrte Kronenberg. Er fürchtete den nächsten Albtraum auf einem Fischerboot in der Sulu-See.

Udo Kronenberg legte sich auf die Planken des heißen Vorderdecks, während sich Vichaj bald in die Koje hinter der Kombüse verzog. Der gleichmäßig dröhnende Dieselmotor wirkte einschläfernd.

Es kam ihm vor wie wenige Minuten danach: Ein Schwall warmen Salzwassers übergoß Kronenbergs Körper. Er wollte aufspringen, glitt auf nassem Holz aus und fiel der Länge nach hin. Das Blut, das aus seiner Nase lief, bemerkte er erst später.

Die Nacht war bereits angebrochen. Der Kapitän winkte ihn aus dem beleuchteten Steuerhaus herein. Auf allen Vieren kroch Kronenberg bis zur Treppe des Steuerhauses, hangelte sich hoch. Wieder und wieder trafen ihn Brecher. Als er die Tür des Steuerhauses endlich erreicht hatte, öffnete ihm der Bootsjunge und zog ihn nach drinnen. Kronenberg wunderte sich über die Kraft des schmalen Kerlchens.

Tropfnaß blieb er auf dem heftig schwankenden Boden liegen und verschnaufte. Vor sich sah er die gespreizten Beine Vichajs, blickte an ihm hoch und sah in ein kreideweißes Gesicht. Die Mandelaugen des Thais waren angstgeweitet, seine Pupillen blickten starr auf die Frontfenster des Steuerhauses, deren Scheiben ständig mit hereinbrechendem und ablaufendem Wasser bedeckt waren.

Der Kapitän umklammerte das Steuerrad. Mit einem kurzen Seitenblick auf Kronenberg verzog er seinen Mund zu einem Grinsen: »*The weather-report was bullshit. Local storm. No problem for my boat.*« Kurz danach zersplitterten die luvseitigen Scheiben des Steuerhauses. Das Wasser stand sofort knöchelhoch. Kronenberg richtete sich an einer fest verankerten Bank auf, setzte sich keuchend. Das Heulen des Sturms nahm infernalische Ausmaße an. Er bemerkte, daß der Bootsjunge hektisch wurde. Der Kapitän legte dem Jungen kurz beruhigend einen Arm auf die Schultern, bevor er das Steuer wieder mit beiden Händen umklammerte.

Eine gewaltige Welle erfaßte das Boot. Das Boot legte sich auf die Seite. Kronenberg rutschte von der Bank über den Boden gegen Vichaj, der bereits an der Seitenwand lag. Über ihm baumelten die Beine des Kapitäns, der sich immer noch am Steuerrad festhielt, neben ihm schrie der Bootsjunge. Das Steuerhaus lief schnell voll. Kronenberg ergriff Panik. Zu ertrinken war so häßlich wie der Tod durch Ersticken.

Der Schiffsdiesel war nicht mehr zu hören. Nur noch das Gebrüll des Taifuns und des Wassers.

Schnell war der Kapitän neben ihm, stülpte ihm einen signalfarbenen Rettungsring über. Er zeigte auf die zerborstenen Frontscheiben, schob ihn dort durch. Kronenberg hätte nie zuvor geglaubt, daß der Aufprall von Wasser so hart sein könnte. Das Tosen der aufgewühlten See raubte ihm fast die Sinne. Über, unter und neben sich sah er die ebenfalls in Rettungsringe gezwängten Körper Vichajs und des Bootsjungen. Bald sah er nichts mehr als weiße Gischt auf Wasserwänden, die sich von dem Dunkel des Himmels kaum abhoben. Er dachte an unter ihm lauernde, angriffslustige Haie, an den Schmerz beim ersten Biss, der mit Sicherheit seinen Beinen gelten würde.

Als der Morgen im bleiernen Himmel graute, hatte sich der Sturm gelegt. Kronenberg sah etwas entfernt zwei leuchtfarbene Rettungsringe. Benommen schwamm er in ihre Richtung. Vichaj war in keiner besseren Verfassung als er selbst. Der Bootsjunge paddelte mit seinen Armen, vermutlich auch mit seinen Beinen.

»*Where is our captain*«, fragte ihn Kronenberg.»*We had only three rings*«, antwortete der Junge. Kronenberg schwieg betroffen. »*But we have a GPS-based water-proof warning-signal*«, fuhr der Junge fort. »*They will find us.*«

»*Who will find us?*«, fragte Kronenberg. »*Our friends, fellow-fishermen, or our enemy, the coast-guard*«,antwortete der Bootsjunge.

Kronenberg dachte schon wieder an die Haie, konnte diese plagenden Gedanken nicht abschütteln, so sehr er sich bemühte. Ein unangenehmes Gefühl durchfuhr seinen Unterleib. Ein mit riesigen Reißzähnen bewaffnetes Maul würde ihn zuerst an seinen strampelnden Beinen packen. Vielleicht würde das Biest danach seinen Körper in der Mitte durchbeißen. Es wäre ja möglich, daß der Schock des ersten Bisses so groß war, daß er gar nichts davon fühlen würde. Und so tödlich, daß es ein kurzes Sterben sein würde. Kronenberg hoffte, daß ihm für den Fall des Falles der Anblick der starren, liderlosen und mitleidlosen Augen über dem aufgerissenen Maul erspart bleiben würde. Dieses Bild war wohl das fürchterlichste daran, in der Sulu-See zu Tode gerissen zu werden.

Eine gefühlte Ewigkeit später brummte ein Flugzeugmotor über ihren Köpfen. Eine nächste Ewigkeit später näherte sich ihnen die graue Silhouette eines Schiffs der Küstenwache und zog sie an Bord. »*The enemy*«, flüsterte der Bootsjunge. Kronenberg blickte in das harte Gesicht eines etwa vierzigjährigen Marineoffiziers, bevor er in einen tiefen Schlaf fiel.

Wieder aufgewacht, hörte Kronenberg im Raum nebenan Gebrüll und gequälte Schreie. Er fuhr auf, stürmte in den Nachbarraum. Der Bootsjunge saß gefesselt auf einem Holzstuhl, mehrere Marinesoldaten standen um ihn herum.

»Ihr Schweine, er hat uns gerettet«, brüllte Kronenberg die Soldaten auf Deutsch an, die ihn verständnislos anglotzten. Einer von ihnen, der Silber in Eichenlaub auf seinen Schulterklappen trug, trat auf Kronenberg zu. Außer sich vor Wut stemmte ihn Kronenberg weg, ging auf den Stuhl zu und wollte die Fesseln lösen. Einer der Soldaten riß ihn zurück, ließ jedoch sofort von ihm ab, als der Silberlitzierte einen barschen Befehl gab.

»***You are lucky to be under protection of General Cedo***«, blaffte der Offizier ihn an. Kronenberg knurrte auf Deutsch zurück: »Bastarde!« Die Augen des Silberlitzierten blitzten ihn feindlich an. Er verstand die Beschimpfung auf Deutsch auch auf Englisch und ließ Kronenberg einsperren.

# HAMBURG / JOHANNISWALL

Verschollen während eines privaten Törns!«, rief Schröder am Anfang seiner achten Lagebesprechung am Johanniswall. Katharina hatte von Kronenberg und Vichaj seit dem Tag nichts mehr gehört, an dem sie sich nach Bongao abgemeldet hatten. Sie war beunruhigt. Die Sulu-See schien ein besonders tückisches Gewässer zu sein. Es verschlang offensichtlich Menschen, die sich dort aufhielten. Oder hatte Schröder mit seinen Phantasien über enge Beziehungen zwischen *Abu Sayaff* und *Al-Quaeda* recht? Obwohl *Al-Quaeda* doch nur ein von den US-Amerikanern konstruiertes Feindbild zu sein schien, das nach dem Untergang der Sowjetunion die ungeheuren Militärausgaben der USA rechtfertigen mußte?

Jedenfalls waren Kronenberg und Vichaj nicht erreichbar, irgendwo zwischen Borneo und Mindanao verschollen. Sollte das aus den Räumen des Johanniswalls sickern, wäre es ein gefundenes Fressen nicht nur für die lokale Presse: »*Hamburger Kommissar und sein Thai-Trainee von Islamisten in der Südsee entführt!*« oder vielleicht sogar »*ermordet!*«. Oder: »*Hamburg schickt Polizisten in den Tod!*« Das dürften die sich wiederholenden Schlagzeilen über nächtlich brennende Autos oder Messerstecher auf der Reeperbahn toppen.

Schröder war ratlos, gab dennoch den Entschiedenen: »Erst einmal müssen wir dafür sorgen, das Schicksal unserer beiden Kollegen in der Sulu-See aufzuklären. Ich gehe davon aus, daß sie leben. Sorgen Sie dafür, daß ich immer auf dem laufenden gehalten werde. Meinerseits halte ich die Kontakte nach Berlin und nehme Verbindung zur philippinischen Botschaft auf. Sollte das alles nichts fruchten , schicken wir ein weiteres Ermittlungs-Team in diese … Sulu-See.«

»Dann erklären Sie das mal der Senatskanzlei. Die sind nämlich für Kontakte zu Botschaften zuständig. Vielleicht haben wir bei der nächsten Lagebesprechung einen von denen unter uns. Wäre wirklich gewinnbringend«, ätzte Katharina.

»Sparen Sie sich diese Bemerkungen und überlassen Sie das mir«, gab Schröder ungehalten zurück.

# BASILAN

An der Pier warteten Dutzende Militärpolizisten. Unter ihren blanken Helmen starrten den Geretteten teilnahmslose Gesichter entgegen. Die Uniformierten bildeten einen Pulk um Kronenberg, Vichaj und den Bootsjungen, den Kronenberg mit der Bettdecke umhüllt hatte. Beim Versuch eines Polizisten, den Jungen wegzuzerren, knurrte Kronenberg: »*Not in my presence*«.

Sie wurden auf den Rücksitz eines bereit stehenden Jeeps gedrückt, der sofort losbrauste. In einem Augenwinkel sah Kronenberg, daß eine große Kamera auf sie gerichtet war, vor die sich ein Uniformierter stellte. »Die haben Angst vor der Öffentlichkeit«, bestätigte Vichaj trocken, daß auch er die Kamera gesehen hatte. »Also haben mich meine Augen nicht getäuscht«, antwortete Kronenberg. »*The enemy of the enemy*«, flüsterte der Bootsjunge..

Udo Kronenberg lehnte sich im Fahrtwind zurück und dachte darüber nach, wie er das Abenteuer und die bevorstehende Ausweisung aus den Philippinen in Hamburg erklären könnte. Bestenfalls würden sich die Kollegen lachend und krachend auf die Schenkel schlagen. Ihrem Auftrag waren sie mit dem Ausflug nach Bongao keinen Millimeter näher gekommen.

Vor **Anson's Hotel** erwartete sie ein weiterer Pulk aus Militärpolizisten und der Manager des Hotels. Neben dem Empfang stand Eugenio Cedo höchstpersönlich. Er breitete die Arme weit aus: »*You see, this would not have been necesssary. Why did you endanger your lifes, and the lifes of my fellow-countrymen?*«

Kronenberg und Vichaj blickten verständnislos in die kalten Augen des Generalleutnants. Dann blickten sie in das gleißende Licht neben einer Fernsehkamera. Eugenio Cedo umarmte jeden von ihnen, selbst den in eine Decke gehüllten Bootsjungen. Er stellte sich strahlend vor ein ihm vorgehaltenes Mikrofon und redete einige Sätze auf Tagalog.

»Die machen auf erfolgreiche Rettung eines Interpol-Teams«, bemerkte Vichaj.

»Wenn es unserem jungen Freund hier das Leben retten sollte, ist mir das egal«, gab Kronenberg leise zurück.

»Uns beiden wird es nichts nützen, wenn die das international vermarkten. Sie werden uns als unbedarfte Abenteurer darstellen, die unprofessionell in der Sulu-See herumsegeln«, fürchtete Vichaj.

Kronenberg überlegte kurz und wandte sich dann ungefragt an die das Mikrofon haltende Reporterin: »*We are investigating the case of an abducted German politician who allegedly is held hostage on a remote island in the Sulu-Sea*«.

»*Abducted by whom?*«, fragte die lächelnd ihre perfekten Zähne zeigende Reporterin. Kronenberg bemerkte eine nervöse Bewegung des neben ihm stehenden Generalleutnants. »*We presume, by Abu-Sayyaf.*« Die Reporterin haspelte einige Sätze auf Tagalog ins Mikrofon, wovon Kronenberg nur den Namen des vor Jahren entführten deutschen Ehepaars Wallert verstand. Eugenio Cedo entspannte sich und legte seinen Arm um Kronenbergs Schultern. Genau diesen Kommentar hatte er erwartet. »*Together, we shall solve this case*«, gab er sich leutselig. Das grelle Licht neben der Kamera erlosch.

Eugenio Cedo bot ihnen – selbst dem Bootsjungen – einen Whisky an. »*Fishermen always drink hard liquor*«, kommentierte er das Angebot an den Minderjährigen. Der Junge rührte das Glas nicht an. »Sie haben für ihn geschleimt, was Sie konnten«, wisperte Vichaj Udo Kronenberg zu. »Manchmal muß man gegen seine Überzeugung handeln, um erfolgreich zu bleiben«, wisperte Kronenberg zurück und prostete dem Generalleutnant zu.

Er bedankte sich bei Cedo für die Rettung auf See und fügte an, daß die Ereignisse der philippinischen Armee eine gute Presse bescheren könnten. »*You name it*«, bestätigte der Generalleutnant. »*And at the moment, it saves the life of this insurgent*«, deutete er auf den Bootsjungen.

Die Abendnachrichten des philippinischen Fernsehens bejubelten die Rettung eines Interpol-Teams in der aufgewühlten Sulu-See östlich von Bongao. Der Vorgang beweise, daß die Streitkräfte auch im fernen Südwesten der Republik das Heft fest in der Hand hielten. Die Polizisten aus Europa seien bisher erfolglos der Spur eines von den Islamisten entführten Politikers gefolgt, an dessen Aufenthalt das Militär näher dran sei als Interpol. Das Königreich Thailand habe der philippinischen Republik ausdrücklich für die Rettung eines seiner besten Polizisten gedankt, der momentan eine anspruchsvolle Aufgabe in Hamburg wahrnehme. Die Sprecherin hob dieses Zeugnis guter Nachbarschaft in Südostasien hervor.

»Ich höre Hunde bellen«, kommentierte Vichaj sarkastisch und schlug Kronenberg vor, sich im weiteren Verlauf der Nacht zu betrinken. Kronenberg lehnte ab. Er besprach mit dem Hotelmanager für alle Fälle einen »Entführungsplan« für den Bootsjungen. Danach formulierte er eine e-mail an das Landeskriminalamt, um allen üblen Gerüchten am Johanniswall zuvor zu kommen.

Der Hotelmanager führte Kronenberg in das Internet-Café des Hauses. Dort zeigte er ihm auf einem Fernsehkanal der MILF eine völlig andere Version der Rettung von zwei Polizisten der Interpol auf der Sulu-See. Die philippinische Marine habe das Unglück orchestriert und die Europäer in einem Hotel in Langsud ng Isabela interniert. Kronenberg versicherte dem Manager, daß die Armee seines Landes keine Unwetter erzeugen könne.

\*

Der Schiffsjunge war aus dem Hotel verschwunden. Niemand hatte etwas gehört, gesehen, bemerkt. Er war einfach weg. Kronenbergs Empörung stieß auf gleichgültige Blicke und Worte des Bedauerns.

»***Rhizotoma pulmo***, eingelegt in Sesamöl, Sojamarinade und ***Shichimi Toragashi***«, lächelte der Chef des *Anson's Hotel*. Er pries Kronenberg und Vichaj das erste ausgedehnte Abendmahl seit Tagen an. Kronenberg blickte völlig ratlos in Vichajs Augen.

»Ich komme nicht aus dem Süden Thailands und habe von Meeresfrüchten weniger Ahnung als ein Hamburger«, gab sich Vichaj ahnungslos.

Beider Augen richteten sich auf den Hotelier, der professoral erläuterte: »Nun sehen Sie, ich mache mir Gedanken über die Nahrung der Zukunft. Die Meere sind überfischt, aber nur, wenn man die bisherigen maritimen Nahrungsmittel betrachtet, die Fische. Auf den Trawlern werden die meisten gefangenen Fische wieder in die See geworfen, weil sie zu klein sind. Nur sind sie dann tote Masse. Was für eine Verschwendung! Angesichts des Klimawandels nimmt aber eine andere Art maritimer Lebensmittel deutlich zu: Quallen.«

»Sie meinen, daß Sie uns jetzt Quallen servieren wollen?«, fragte Vichaj angeekelt.

Der Hotelier lächelte noch breiter: »**Shichimi Toragashi**, gewürzt mit Sesamöl, Sojasauce und dazu Reis und Gemüse der Saison. Der Schirm der Qualle, die Sie, glaube ich, Blumenkohlqualle nennen, ist bei uns eine Delikatesse: Frei von Cholesterin und gesättigten Fetten, arm an Kalorien, reich an Protein. Zusammengenommen: ein unglaublich gesundes Lebensmittel, mit Gewürzen lecker aufbereitet. Teuer ist es im Einkauf übrigens auch. In Japan zahlt man umgerechnet 25 US-Dollar für das Kilo. Bei uns ist es ein wenig preiswerter, weil die Qualle auch in der Sulu-See gefangen wird. Dennoch bezahle ich dafür mehr als für fast jedes andere Nahrungsmittel.«

»Ich will das nicht«, schüttelte sich Kronenberg.

»Sie werden es über kurz oder lang wollen müssen. Wenn schon die Meeresfrucht der Zukunft, dann diese. Diese Quallen kommen auch im Mittelmeer vor, zunächst als ihre engen Verwandten **Rhopilenia Esculentum**. Oder weltweit als Seeanemonen bekannt, die seit langem in Apulien eine Delikatesse sind. Also: Gewöhnen Sie sich an das Essen der Zukunft. Ich biete Ihnen ein Spitzenprodukt davon.«

Kronenberg konnte sich nicht daran erinnern, je einem Gastwirt begegnet zu sein, der seine Speisen mit lateinischen Begriffen angeboten hätte. Sein Mißtrauen wuchs.

»Ist die Qualle giftig oder kann sie zwischendurch giftig gewesen sein?«

»Diese nicht, aber viele andere schon. Deshalb legen unsere Fischer die Quallen noch an Bord in eine Mischung aus Salz und Alaunpulver, um Wasser zu entziehen und giftige Nesszellen unschädlich zu machen. Diese Delikatessen werden rund drei Wochen intensiv bearbeitet, bevor sie auf den Tisch kommen. Das macht sie im Einkauf so teuer.«

Vichaj verstand und nahm die erste Gabelportion. Seine Augen wurden größer und stimmten den Anpreisungen des Hoteliers zu: »**Aroy! Delicious**«, meinte er.

»Sagen Sie mal, ist das Essen dieser maritimen Nahrungskette nicht doch gefährlich?«, fragte Kronenberg den Wirt. »Ich meine, im Radio gehört zu haben, daß Seetang besonders viel Arsen enthalten soll. Den Tang fressen Quallen und Fische und Japaner.«

»Das enthalten sie. Viele Pflanzen im Meer produzieren Arseno-Zucker. Ihre Fresser scheinen diesen Zucker so zu verdauen, daß daraus Arseno-Liptide werden, die für den nächsten Fresser in der Nahrungskette, auch den Menschen, leicht abbaubar zu sein scheinen. Sehen Sie, die Japaner, die besonders viel Fisch und Quallen verspeisen, werden durchschnittlich viel älter als die Bevölkerung jeder anderen Nation auf der Erde. In ihren Körpern tragen sie dieselbe Arsenkonzentration wie Schafe, die auf den Inseln von Nordschottland Seetang statt Gras fressen. Arsenlipide sind offensichtlich unschädlich für ihre Fresser, und der Fisch- und Quallenfraß der Japaner ist in der Bilanz gesünder als Ihr Fleischfraß in Europa.«

Vichaj wandte sich auf Deutsch an Kronenberg: »Ich glaube, die Antwort auf Ihre Frage von vorhin zu haben, die nach der lateinischen Anpreisung dieser Mahlzeit. Der Wirt ist möglicherweise Biologe. Damit würde er das Schicksal vieler Akademiker auf den Philippinen teilen. Sie sind gebildet, finden aber keine Arbeit für angemessene Bezahlung. Dann werden sie eben Wirte, Zocker, Matrosen oder sonst was. Intelligenz wird hier verschwendet.«

»Verschwendet? Angesichts dieses Abendessens finde ich das gar nicht«, gab Kronenberg zurück.

»Denken Sie einmal darüber nach, wie es sich anfühlt, mit einem abgeschlossenen Hochschulstudium als Betreiber eines Imbisses zu landen. Oder als Taxifahrer. Oder als Hotelier im hintersten Winkel der Erde.«

»Die Iraner, deren Medizinstudium in Deutschland nicht anerkannt wird. Kenn ich schon.«

»Denken Sie einmal darüber nach, was wäre, wenn Sie selbst so etwas erleiden müßten.«

# LAMINTAN / BASILAN

Die vier Träger keuchten in der nassen Hitze. Vor ihnen ging ein fünfter Mann und schnitt ihnen mit seiner Machete den Weg frei. Es ging langsam durch das Halbdunkel des tropischen Regenwalds. Über Schlammlöchern und Wildwassern schoben sie die Bahre auf querliegenden Baumstämmen entlang, selbst knietief im Modder und im reißenden Wasser watend. Lasten waren im Urwald schwer zu transportieren, sofern sie nicht in einen Rucksack paßten. Außerdem trug jeder von ihnen ein Gewehr quer über dem Rücken.

Auf einer Lichtung angekommen, setzten sie die Bahre ab und atmeten tief durch. Der Machetenträger zog eine flache Flasche aus seiner Seitentasche, nahm einen kräftigen Schluck und gab sie weiter. »*Ayas ang lahat*«, grunzte er und die anderen nickten. Sie hatten es geschafft.

Am Westrand der Lichtung stand unter mehreren riesigen Narra-Bäumen eine Bambushütte auf Pfählen. Vor der Stirnseite der Hütte lag eine große, ebenfalls aufgeständerte Terrasse, über deren Geländer Tücher, Blusen und Hemden zum Trocknen hingen. Aus dieser Richtung kamen ihnen mehrere kleine Mischlingshunde bellend entgegen gesprungen. Eine junge, hübsche Frau erschien in der Tür und rief die Hunde zur Ordnung, die sich jedoch nicht beirren ließen. Zu selten kamen hier Menschen vorbei. Da die Männer nicht aggressiv reagierten, umtanzten die Hunde sie mit wedelnden Schwänzen. Nur die ruhig auf der Bahre liegende Last machte sie mißtrauisch. Im Spiel näherten sie sich immer wieder vorsichtig der Masse und zogen sich dann sofort knurrend zurück. Die Männer lachten über dieses Spiel.

»*Salaam aleicum*«. »*Aleicum salaam*«. Lucy streifte sich ihre langen, schwarzen Haare aus dem Gesicht über das Kopftuch und fragte den Mann mit der Machete, welche Fracht er ihr denn nun wieder andienen wolle. Es sei ein Europäer, den sie an der Straße nach Lamintan gefunden hätten, bekam sie zur Antwort.

Sie könne keinen Kranken pflegen, gab Lucy entschieden zurück. Woran der Mensch denn leide.

An allgemeinen Erschöpfungszuständen und mangelnder Ernährung, mutmaßten die Männer. Außerdem hätten sie ihm eine massive Dosis Beruhigungsmittel gespritzt, die, wie man sehen könne, immer noch ihre Wirkung entfalte.

Lucy stemmte ihre Fäuste in ihre schmale Hüfte und schüttelte den Kopf. Sollte der Europäer erkrankt sein, dann sei ihre Hütte die falsche Adresse. Ansonsten wolle sie ihn behalten, bis Lösegeld bezahlt sei. Einer der Männer müsse jedoch bei ihr bleiben. Sie zeigte auf den Jüngsten, der noch keine 18 Jahre alt war.

Die Männer nickten und hoben die Bahre auf die Terrasse. Lucy bereitete ihnen ein spartanisches Mahl aus Reis und Wildfleisch. Sie servierte ihnen dünnen, heißen Tee aus Orchideen-Blüten.

Obwohl Lucy von außerordentlicher, grazieler Schönheit war, warf keiner der Männer einen begehrlichen Blick auf ihren schlanken Körper. Für sie war Lucy die Tochter eines angesehenen **Datuk**, der einer der großen Führer der Moro National Liberation Front gewesen war und die Witwe eines ihrer Kameraden, den die philippinische Armee zu Tode gefoltert hatte. Kein Kämpfer, kein ordentlicher Muslim würde diese Frau lüstern ansehen oder gar unziemlich berühren wollen. Trotz ihrer Jugend war sie auch den Hartgesottensten unter ihnen wie Khadidscha, die Hauptfrau des Propheten Mohammed. Obwohl sich Lucy zuweilen ihre Männer für eine Nacht selbst aussuchte. Das nahmen sie wie selbstverständlich hin. Kaum eine andere Frau durfte sich in dieser ländlichen Gegend solche Freiheiten nehmen, vom tief katholischen Rest der Philippinen ganz zu schweigen. Lucy hatte in ihrem bisherigen Leben derart viele Opfer für die gemeinsame Sache erbracht, daß sie für sich jedes Opfer Gleichgesinnter einfordern durfte.

Am frühen Nachmittag verabschiedeten sich vier der Männer und ließen ein mitgebrachtes Handy zurück, das Verbindungen nur über einen nicht registrierten Festnetzanschluß zuließ.

# ALTONA / PALMAILLE

An der Palmaille steckten sie die Köpfe zusammen. Die Mittelallee der ehemaligen Prachtstraße Altonas, die zeitweise dem Handwerk der Seilmacher gedient hatte und deshalb auch Altona's Reeperbahn genannt wurde, warf ihre Schatten auf die kleinteiligen klassizistischen oder in diesem Stil nachgebauten Bürohäuser auf der nördlichen Straßenseite, auf deren kupfernen Firmenschildern die Eigentümer und Mieter zurückhaltend angepriesen wurden. Die Palmaille war gut für 40 Prozent der Schiffsfinanzierer Europas. Das Geschäft mit geschlossenen Fonds, die Zahnärzten oder Rechtsanwälten gewaltige Steuernachlässe bescherten, war schwierig geworden. Mancher Fond hatte das Geld seiner Anleger einfach nur verbrannt.

»Zehn Millionen US-Dollar«, krähte einer der jungen Finanzberater, der wie alle anderen in dunkelblauen Zwirn gekleidet war, aus dem ein blütenweißes Hemd strahlte. »Was ist uns der Kerl wirklich wert?«

»Nun, er hat uns das ungewöhnlich hohe Maß der baulichen Nutzung an der Stresemannstraße beschert. Die erzielte Geschoßflächenzahl von fast 8,0 ist so etwas von hoch, daß wir sein Honorar dafür durchaus aufstocken könnten,« antwortete einer seiner Kollegen.

»Sie vergessen, daß an diesem Deal auch andere Politiker der Bezirksversammlung Altona beteiligt waren. Das vervielfacht die Summe«, erwiderte ein anderer Blaugewandeter.

»Die stehen momentan nicht zur Debatte. Wir besorgen ein paar Flaschen Schnaps für sie.«

Der geschäftsführende Gesellschafter setzte sich in dem überwiegend von jungen, bleichgesichtigen Männern geprägten Kreis durch sein Alter, seine weiße Haarmähne, sein spitzes, aber entschiedenes Kinn und eine edle Brille mit schwarzem Rand ab. Er hatte bisher schweigend zugehört. Angesichts des Geplänkles seiner jugendlichen Mannschaft unterbrach er diese Zeitverschwendung:

»Lassen wir einmal diese personifizierende Diskussion und analysieren wir zur Sache. Einer unserer Schiffsfonds – der mit philippinischer Beteiligung – ging insolvent. Das ist nichts Ungewöhnliches und wir haben keinen Anlaß, das zurück zu holen.

Dieser Fond war jedoch sehr speziell. Er wurde nicht für einen Container- oder Massengutfrachter aufgelegt, sondern für Schiffe, welche die philippinischen Gesellschafter selbst betreiben wollten. Das ist eher ungewöhnlich, hat aber dazu geführt, daß unser Unternehmen die Risiken unterbewertet hat.

Die philippinische Seite hat ihre Anteile über einen Treuhänder eingebracht. Dieser Treuhänder ist jetzt tot und sein Nachfolger wurde umgebracht. Wahrscheinlich in diesem Zusammenhang haben wir es jetzt auch noch mit einem Entführungsfall zu tun. Das ist nun alles andere als gewöhnlich. Irgendjemand dreht hier durch. Und zwar jemand, der keine Angst vor der hiesigen Justiz zu haben scheint.

Nach unseren Unterlagen, die ich eben genau durchging, haben die philippinischen Gesellschafter sich mit genau 10 Millionen US-Dollar beteiligt. Unter den Treugebern fand ich nur den Namen »Cobero«, keine weiteren Namen und keine weiteren Unterschriften.«

»Warum ist das denn so ungewöhnlich?«, fragte einer der jungen Schlipsträger.

»Weil ich in unserem Länderprofil keinen superreichen »Cobero« auf den Philippinen entdecken konnte. Nun aber weiter: Bisher nicht völlig gesichert ist die Information, daß sich »Cobero« am geplanten geschlossenen Immobilienfond Stresemannstraße beteiligen will. Klar ist mir bisher nur, daß dieses Grundstück im Eigentum von drei stadtbekannten albanischen Brüdern liegt, die damit möglicherweise ihre vielleicht nicht so ganz legalen Einnahmen waschen wollen. »Cobero« will sich möglicherweise über den Immobilienfonds verlorenes Geld wieder beschaffen.

Und jetzt steht eine Lösegeldforderung im Raum, die sich exakt auf diese 10 Millionen US-Dollar bezieht. Hier im Raum herrscht hoffentlich Übereinstimmung darüber, daß wir angesichts der momentan schlechten Reputation unserer Branche alles tun müssen, um weder in Verbindung mit dem Albaner-Clan gebracht zu werden, noch gar in die Nähe von Mordfällen. Was tun also?«

»Die bestellten und meines Wissens gebauten Schiffe an die philippinischen Gesellschafter übergeben?«

»Nun ja, Sie sind der Jüngste in unserer Runde. Ihr Vorschlag ist schlecht, weil unbezahlbar. Die Finanzierung dieser Schiffe ist mit zwei Dritteln kreditiert. Im Zweifelsfall landen sie also bei der kreditgebenden Bank zur Versteigerung.«

»Gar nichts tun. Schließlich haben wir weder mit den Morden, noch mit der Entführung etwas zu tun.«

»Ein guter Vorschlag. Er wird uns in informierten wirtschaftlichen und politischen Kreisen leider nur wenig nützen.«

»Das Lösegeld bezahlen und aus dem Immobilienfond Stresemannstraße refinanzieren.«

»Schwieriger Vorschlag, aber bisher der beste. Schwierig deshalb, weil wir dadurch mit den Albanern doch in Kontakt kommen und uns darüber hinaus Zahlungsempfängern ausliefern, die möglicherweise vor Mord nicht zurückschrecken.«

»Das haben Lösegeldfälle so an sich.«

»Richtig. Ausgehend davon, daß wir uns aus einem Immobilienfond wahrscheinlich refinanzieren können, sofern das Maß der baulichen Nutzung stimmt, bin ich dafür, daß wir dieses Lösegeld zahlen. Zumal wir mit dem dann Erlösten ein hohes Nutzungsmaß bereits im Sack hätten.«

»Haben Sie ein Empfänger-Konto?«, fragte der Geschäftsführer seine Finanzbuchhalterin und Beauftragte für die innere Revision. Die Dame mit strengen Gesichtszügen schüttelte den Kopf.

»Dann schauen Sie in Ihren Unterlagen nach und erfragen im benachbarten Bezirksamt die genaue Identität des Entführten«, schloß der Alte mit bestimmtem Ton die Sitzung. »Und vergessen Sie nicht, die Einlösung des Sichtrechts für mein Wohngrundstück zur Elbe anzumahnen. Das Bezirksamt schlampt damit seit Monaten herum.«

Die Dame mit den strengen Gesichtszügen nickte. Während ihrer vielen Berufsjahre waren ihr zwar viele Patriarchen vorgesetzt gewesen. Eine derart skrupellose Person war ihr jedoch noch nicht unter gekommen. Große Bäume abhacken zu lassen war ihr zutiefst zuwider. Wußte sie doch, daß eine alte Eiche um ein Mehrfaches älter sein konnte als sie selbst. Ihrer Meinung nach war keine Elbsicht den Tod solcher Bäume wert. Sie nahm sich vor, nicht den höchsten Beamten im benachbarten Bezirksamt anzurufen, sondern jenen im häßlichen Technischen Rathaus an der nicht minder häßlichen Jessenstraße. Der saß wenigstens in Rufentfernung zum Polizeikommissariat.

»Sie meinen, daß Ihr Chef für den vermissten Vorsitzenden der Ökologisch-Konservativen Fraktion 10 Millionen US-Dollar Lösegeld bereitstellen will?«, fragte der Baudezernent perplex. Der Dame entglitten die strengen Gesichtszüge: »Bitte, das habe ich eben nicht gesagt. Ich rufe Sie nur wegen seines Wunsches an, vor seiner Villa Bäume am Elbhang entfernen zu lassen.«

»Das habe ich schon verstanden. Gut, wir werden einen solchen Antrag, sollte er bei uns eingehen, nicht wohlwollend behandeln. Sollte Ihr Chef allerdings die Variante wählen, die Bäume klammheimlich abholzen zu lassen, können wir dagegen wahrscheinlich nichts machen.«

Die Dame mit den strengen Gesichtszügen war fassungslos: »Meinen Sie damit, daß er legal keine Chance hat, illegal aber machen kann, was er will?«

»Das ist unsere Erfahrung. Nehmen Sie die Elbchaussee 192-z. Seitdem dieses Mehrparteienhaus errichtet wurde – das war im Jahr 2002 – werden auf öffentlichen Grünflächen davor regelmäßig Bäume abgehackt. Wir pflanzen regelmäßig welche nach, aber nach zwei, drei Jahren sind die auch wieder weg. Wir wissen natürlich, daß der oder die Baumfrevler in der Nummer 192-z hocken. Nur, wer von ihnen das ist, das können wir nicht beweisen. Es gibt in diesem Land schließlich keine Sippenhaft für Wohneigentümergemeinschaften, wäre ja noch schöner. Das Übel sind solche Wohnungseigentumskonstruktionen, die den vornehmen oder angeblich vornehmen Einzeleigentümern an der Elbchaussee nachfolgen. Da ist kaum mehr Anstand drin, oft nur die hemmungslose Gier. Diese Gier ist das wahre Erbe, das die früheren Einzeleigentümer hinterlassen.«

»Mein Chef ist aber keine Wohnungseigentümergemeinschaft und seine Erben haben sich noch nicht über sein Vermögen hergemacht.«

»Auch dann würden wir beweisen müssen, daß er selbst oder ein eindeutig von ihm Beauftragter die Bäume abgehackt hat. Sie werden verstehen, daß wir nicht neben jeden Baum am Elbhang 24 Stunden am Tag, 364 Tage im Jahr einen Wächter stellen können.«

»Sie meinen damit also doch, daß illegal eher zum Ziel führt als legal?«

»Ich glaube, daß wir beide fest an den Rechtsstaat glauben. Der Rechtsstaat hat seine Basis darin, daß alle ordentlichen Bürger sich daran halten, nur einige Parias nicht. Nach meiner Erfahrung sitzen die Parias in allen Schichten der Gesellschaft. Dazu bedarf es noch nicht einmal mafiöser Verhältnisse. Verstehen wir uns?«

»Nein. Was Sie sagen, grenzt an Blasphemie. Von einem leitenden Beamten hätte ich mir andere Antworten erwartet.«

»Dann sage ich das mal so: Sollte Ihr Chef die illegale Variante wählen, wäre es gut, wenn uns ein Zeuge dafür benannt werden könnte. Sollte der Zeuge bei seiner Aussage bleiben, dann wird es Ihren Chef eine Menge Geld, vielleicht auch Prestige kosten. Sollte es keine Zeugen geben, kostet es ihn ein Lächeln. *C'est la vie, Madame.*«

Die Dame mit den strengen Gesichtszügen legte den Hörer auf die Gabel und nahm sich vor, im Zweifelsfall selbst Zeugin zu werden.

Sie stand auf und ging zur gegenüberliegenden Wand. Dort hängte sie die Kopie der »Roten Rehe« von Franz Marc ab, zu der sie ab und zu empor sah, wenn der Alltag zu hart zu werden drohte. Die Eleganz der Natur, die der bayerische Maler nachgebildet hatte, beruhigte sie schon nach kurzer Betrachtung. Franz Marc war 1916 als Soldat im menschengemachten Inferno vor Verdun gefallen. Auch das gab ihr Halt, denn sie erkannte, daß ihr Lebensweg zwar nicht zu den kreativen, aber keineswegs zu den tragischen zählte.

Hinter dem Bild lag der Erfahrungsschatz des Unternehmens in einem Wandtresor. Sie konnte sich genau erinnern, daß ihr Chef mit dem von ihm im übrigen nicht sonderlich geschätzten Paten bereits einmal in geschäftlicher Beziehung gestanden hatte. Damals ging es um irgendeine Immobiliengeschichte, die nur über eine baurechtliche Befreiung gangbar gemacht werden konnte. Sie hatte eine Provision an einen Makler zu überweisen gehabt, der einen Teil des Geldes an den Paten weitergeben sollte. Sie war sich ziemlich sicher, daß sie eine Kopie des Belegs unter dem Namen des Maklers von Rheinstein abgelegt hatte.

Im Aktenfach mit dem Namen des Maklers stieß sie auf einen erstaunlich hohen Betrag, der auf ein Konto des Finanzmaklers *Maples and Caledonia* auf den Cayman-Inseln überwiesen wurde. Die Adresse kannte sie: Im Ugland-House in Georgetown auf den Cayman-Inseln hatten 18.000 Finanzgesellschaften ihren Hauptsitz – eine Geldwaschanlage, derer sich ihr Chef oft bediente. Hinter dem Beleg stieß sie auf eine US-Dollar-Überweisung des Herrn von Ribbenstrop auf die Philippinen, versehen mit dem Verwendungszweck »Cobero«.

Damals ging es um diese seltsame Schiffsfinanzierung, für die über den Treuhänder von Ribbenstrop auf einen Schlag 10 Millionen US-Dollar eingingen. Von deutschen Anlegern wurden im Fond 20 Millionen US-Dollar investiert. Den großen Rest kreditierte die HSH-Nordbank. Ausschüttungen aus dem Fond betrugen in den ersten Jahren jeweils 3 Millionen US-Dollar, also die den Anlegern zugesagten 10 Prozent. Nach Fertigstellung der Schiffe im koreanischen Pusan forderte die Bank jedoch ihren Kredit zurück. Die Bereederung der Schiffe floppte, weshalb der Kredit nicht zurückgezahlt werden konnte. Plötzlich war der Fond pleite, was jedoch, wie ihr Chef zurecht gesagt hatte, nicht ungewöhnlich war. Die Fondinhaber hatten größtenteils geglaubt, daß sie wie bei offenen Fonds ihre Anteile jederzeit wieder veräußern könnten. Erst mit der Pleite realisierten sie, was ein geschlossener Fond bedeutet: Mit gefangen, mit gehangen.

In der Akte »von Ribbenstrop« lagen neben dem unterzeichneten Gesellschaftervertrag Überweisungen von jeweils einer Million US-Dollar in die Philippinen und die Rückforderung der Ausschüttung der vergangenen Jahre. Von Ribbenstrop hatte schriftlich festgehalten, die Rückforderung an seine Treugeber weiter geleitet zu haben. Auf den letzten beiden Seiten fanden sich nur der Ausschnitt eines Zeitungsartikels über den Tod des Herrn von Ribbenstrop und eine notarielle Bestätigung, daß Herr von Rheinstein die Treuhänderschaft übernommen hatte. Für einen gefloppten Fond? *Valdivia Altona-Sulu1-Sulu2.* Phantasievoll waren die Namen meistens.

»Merkwürdig«, murmelte sie. »Die beiden Herren sind jetzt tot. Diese 10 Millionen kann ich doch nicht einfach auf das Konto eines Toten überweisen, schon gar nicht auf diese Konten auf den Cayman-Inseln.« In derselben Sekunde fand sie die Idee, das Geld für einen Toten zu überweisen, außerordentlich spannend, wählte das Zielkonto mit dem Verwendungszweck »Cobero« und telefonierte mit einer Freundin bei der HSH-Nordbank. Über ihre strengen Gesichtszüge huschte ein Lächeln. Es war ihr, als schmiegten sich die eleganten Hälse der Rehe an der Wand gegenüber enger aneinander. Sie mochte von den Herren ja als alte Jungfer mit faltigem Hals betrachtet werden, eine dumpfe Befehlsempfängerin war sie aber nicht.

# LAMINTAN / BASILAN

»Narra-Bäume«, sinnierte Pedro Tan, als er sich wieder beruhigt hatte. Den majestätischen Nationalbaum hatte er im *Pasonanca*-Park fünf Kilometer vor Zamboanga gesehen. Der Baum hatte ihm bedeutet, daß sein Leben im Zyklus der Natur unbedeutend war. Das Leben seiner Artgenossen war ihm allerdings in diesem Moment noch unbedeutender erschienen.

»Ermitteln Sie, wo auf Basilan die größte Konzentration von Narra-Bäumen liegt«, wies er den ihm am nächsten stehenden Soldaten an. »Und wenn wir das nicht wissen?«, fragte der zurück. »Dann wissen wir es innerhalb der nächsten 24 Stunden«, antwortete Pedro Tan barsch.

Es war ein Waldstück rund um eine Lichtung unweit des Dorfes Lamintan. »Reiner Dschungel, bisher kein Verdachtsgebiet«, meldete der Sergeant.

»Eben deshalb Verdachtsgebiet« bellte Pedro Tan zurück. »Drei Gunships, Mannschaften in voller Ausrüstung!«

\*

Lucy erhielt die Nachricht vom bevorstehenden Angriff und schleppte mit dem Jungen den hageren Europäer in eine Erdhöhle, einen Kilometer entfernt. Die Blackhawks schwebten über der Lichtung, ihre Besatzungen verwandelten die Hütte mit der vorgelagerten Veranda in eine Feuerhölle. Darin mußten sie noch nicht einmal nach menschlichen oder tierischen Überresten suchen. Dennoch mähten die Besatzungen mit ihren Maschinengewehren den Waldsaum ab, bis die ersten mächtigen Bäume brennend umfielen.

Lucy telefonierte ins Festnetz: »Die haben mein Zuhause zerstört. Jetzt zerstört ihr sie und verschafft mir ein neues, verläßliches Domizil.«

»Ist der Gefangene noch am Leben?«

»Was denkt ihr denn? Der Junge und ich haben ihn weg geschleppt. Er ist uns sicher einige Millionen Dollar wert. Das war das erste und letzte Mal, daß ich einen Vorschuß erbracht habe. Holt ihn ab, ich will nichts mehr damit zu tun haben.«

»Du hältst dort aus, wo du dich befindest.«

Lucy betäubte den Europäer mit pflanzlichen Mitteln und wartete mit dem jungen Moro auf ein Abholkommando, das nie kam. Ihr dämmerte langsam, daß sie verraten worden sein könnte.

# HAMBURG / JOHANNISWALL

Polizeioberrat Schroeder hatte vor der zehnten Lage seinen Adrenalinspiegel künstlich gesenkt. Er war unendlich wütend darüber, daß von verschiedenen Seiten Seilenden angedeutet wurden, ohne, daß auch nur der Versuch unternommen wurde, die lose baumelnden Enden miteinander zu verbinden. Diese Erkenntnis bestärkte ihn darin, sich selbst als den unersetzlichen Koordinator zu sehen, dem keiner das Wasser reichen kann. Auf der Toilette schaute er sogar noch einmal nach den richtigen Sitz seiner Krawatte, was er noch nie zuvor getan hatte.

Als er den Besprechungsraum betrat, schenkte ihm fast niemand Beachtung. Die Anwesenden schwatzten und scherzten, als ob es der Vorabend der Sommerferien sei. Schroeder klopfte mehrmals mit dem Flaschenöffner an das leere Wasserglas vor ihm, nahm sein ganzes diplomatisches Geschick zusammen, das er zuweilen selbst nur als die übliche Teilnahmslosigkeit und Unentschiedenheiten ministerieller Bürokratie erfahren mußte.

»Neben den Todesfällen in Altona und der Dokumentenvielfalt im Haus des von Rheinstein haben wir die Berichte unserer beiden Kollegen auf Mindanao. Diese Berichte scheinen mir zunehmend fernöstlich mysteriös zu werden. 10 Millionen US-Dollar sollen dort angefordert sein, um den Paten loszukaufen. Die Zahlung solle durch eine Fondgesellschaft in Hamburg geleistet werden – sagt das Bezirksamt. Was wohl ausschließt, daß andere Handelsware als Schiffe oder Immobilien irgendeine Rolle spielt. Allerdings haben wir ebenfalls die Nachricht erhalten, daß das Entführungsopfer bisher nicht frei gekommen ist. Das läßt drei Schlüsse zu:

1. Das Lösegeld hat die Entführer nicht erreicht. Das halte ich angesichts der Berichte für unwahrscheinlich.

2. Das Lösegeld ist nicht hoch genug. Nach unseren Unterlagen haben wir es mit einer Forderung in Höhe von 10 Millionen US-Dollar zu tun.
3. Das Lösegeld stammt womöglich weder aus der Quelle, welche uns angedeutet wurde, noch löst es damit eine andere, uns unbekannte Forderung oder Schuld.«

Die Teilnehmer der Lagebesprechung waren still und warteten auf seine Antworten. Schroeder ärgerte sich und hatte keine.

»Vielleicht treffen alle drei Annahmen zu«, unterbrach Katharina die Stille.

»Dann hätten wir über die ohnehin verwirrende Lage hinaus eine weitere Gemengelage, die wir in Hamburg kaum weiter bearbeiten können. Wer hat gezahlt und wer müßte bezahlen? Wir können doch nicht die Konten aller Immobilienentwickler und Schiffsfinanzierer überprüfen!«

»Wahrscheinlich könnte eine solche Überprüfung Licht ins Dunkel des ersten Mordfalls an der Elbchaussee bringen«, meinte Katharina.

»Dieser Fall interessiert mich momentan am wenigsten. Darüber hinaus stellt sich das Problem, daß ein Lösegeld für etwas anderes erwartet werden könnte, als das, wofür gezahlt wird. Ich habe keine belastbaren Anzeichen, wofür. Bis jetzt wissen wir also nichts über die wahren Hintergründe der Entführung. Die in Berlin übrigens auch nicht. Sie fordern Berichte ab, tragen aber zur Sache nichts bei. Jetzt haben wir auf Mindanao möglicherweise die Situation, daß die Entführer gewechselt haben. Wer wen abgewechselt hat, wissen selbst unsere Kollegen dort unten nicht. Sie liegen ja auch angeblich im Krankenhaus. Vielleicht haben die einen Entführer ihr Lösegeld erhalten und haben danach ihr Paket an die zweiten Entführer weiter gegeben, die eine weitere Forderung stellen. Das könnte eine Erklärung sein. Womit das Opfer der Entführung in mehrere fernöstliche Geschäfte verwickelt wäre. An diesem Fall wird man irre!«

Am folgenden Morgen wurden Dutzende Büros in Altona tätiger Immobiliengesellschaften von Hunderten Polizisten gestürmt und durchsucht. Ein Team, das sich die Palmaille vornahm, meldete eine nicht näher begründete Überweisung in Höhe von 10 Millionen US-Dollar an ein US-Dollar-Konto in den Philippinen. Die leitende Finanzbuchhalterin habe ausdrücklich auf einen Beleg hingewiesen, der auf ihrem Schreibtisch lag.

Bei einigen anderen Unternehmen seien Buchungen ohne nähere Zweckbestimmung festgestellt worden. Diese Fälle seien wegen wahrscheinlich fehlender Relevanz für den vorliegenden Fall an das Wirtschaftsdezernat abgegeben worden.

Schröder schüttelte mit dem Kopf und hängte sich ans Telefon. Das Wirtschaftsdezernat oder die Finanzbehörde mochten zwar Letztadressaten sein, aber Buchungen ohne nähere Zweckbestimmung müßten zunächst Gegenstand einer Mordsache sein. Sein Gesprächspartner im Wirtschaftsdezernat ging darauf nicht ein und fragte: »Wie viel Abgeltungssteuer bezahlen Sie auf die Erträge Ihres Barvermögens?«

»25 Prozent.«

»Gut, das stimmt genau. Vermögen, die in Schiffsfinanzierungen eingebracht sind, werden jedoch nur mit der Tonnagesteuer von maximal 5 Prozent versteuert. Herr von Ribbenstrop hat genau das beantragt und durchgesetzt. Er hatte dennoch Pech. Der Fond ist nach unseren Informationen insolvent. Das ist in dieser Branche allerdings nicht unüblich. Bei einer Werft in Pusan liegen jetzt drei fertiggestellte Schiffe ohne Abnehmer.«

Schröder schnaufte: »Das hat ihm und seinem Nachfolger wohl das Leben gekostet.«

»Selbstmord ist unter erfolglosen Anlegern nicht unüblich. Leider. Wissen Sie, ich habe über 200 insolvente Schiffsfonds auf dem Tisch.«

# LAMINTAN / BASILAN

Es war dunkel und naß. Die Glieder schmerzten, sein hagerer Körper war eingezwängt zwischen naßkühlem Lehm. Etwas krabbelte an der Lende, am Oberschenkel, am Fuß. Der Pate spürte Atemnot. Er versuchte, befreiend tief und systematisch zu atmen. Stickiger Modder trat ihm in die Nase.

*»Nur jetzt keine Panik«*, redete er sich ein und begann doch, zunehmend hektisch zu zucken. Der Erstickungstod war – in welcher Ausprägung auch immer – eine der grausamsten Formen des Zwischenraums zwischen Leben und Tod, im grauenvollen Bett zum ewigen Nichts, das lyrisch oft als Sterbebett verklärt wurde. Er lag in einem schlammigen Sarg, der ihm den Atem nahm. An seinem Körper krabbelten die Verwerter vergangenen Lebens, Käfer, Larven, Bazillen, Mikroben. Der schleimige Lehm ließ ihm nicht einmal Raum für körperliches Schaudern, geschweige denn für eine befreiende Bewegung. Fast war er schon das Aas, das biologisch abgebaut wurde und die Grundlage neuen, nicht menschlichen Lebens bildete. Dieses auf ihm krabbelnde Leben kannte nur das Schicksal des Fressens und Gefressenwerdens. Das Futter war in diesem Fall er selbst.

Den Gefahren dieses entsetzlichen Zwischenraums war nicht durch herkömmliche Waffen zu begegnen. Käfer, Larven, Bazillen und Mikroben waren weder durch scharfe Worte, noch durch das Schwert, noch durch Pistolen zu bekämpfen. Sie freuten sich sogar über die Ergebnisse solchen Gemetzels, bot sich ihnen dadurch doch der ideale Nährboden, ihr Paradies auf Erden sozusagen.

Man müßte eine Substanz einnehmen können, die den eigenen Körper für dieses krabbelnde Viehzeugs ungenießbar machen würde. Er konnte sich nicht daran erinnern, je von einer derart universell wirkenden chemischen Formel gehört zu haben.

Ein Sonnenstrahl blendete seine Augen. Schemenhaft bewegten sich

Schatten vor dem Strahl. Die Griffe nach seinen Schultern schmerzten. Bellende Laute drangen an seine Ohren, die sofort danach von Knien in die Zange genommen wurden. Hände zogen an seinem Körper. Der Schmerz paarte sich mit der Erleichterung, der nagenden Gier von Käfern, Larven, Bakterien und Mikroben entkommen zu können. Für jede Bewegung menschlicher Intervention war er dankbar.

Der Pate lächelte gequält, wisperte »*Thank you*«. Das spöttische Gelächter, das selbst durch die an seine Ohren gepreßten Knie zu hören war, nahm er nicht als spöttisch wahr. Menschliches Lachen konnte so befreiend sein.

»*It's your personal Resurrection Day*«, strahlte ihn ein schmutzbedecktes Gesicht mit leuchtenden Mandelaugen an. Gewiß, die stechenden Schmerzen seiner Glieder waren einem leisen, bohrenden Druck und Zug gewichen. Sein Körper schwitzte, obschon der Schatten des Dschungels über ihm lag. Während des Tages zirpte und gackerte es im Wald nur verhalten.

Der Mandeläugige wusch ihm mit einem nassen Lappen das Gesicht, warf ein Handtuch über seinen Körper. »*We take you from the cross*«, grinste er und gab ihm einen leichten Klaps hinter die Ohren

Der Pate begann über diese Symbole zu sinnieren. Warum das christliche Symbol ein Mordwerkzeug des Römischen Reichs war, jenes der Mohammedaner dagegen eine astronomische, himmlische Dimension zeigte, darüber hatte er noch nie nachgedacht. Überhaupt hatte ihn der religiöse Raum noch nie besonders interessiert. Die Ökologisch-Konservative Partei, deren konservativer Teil sich sehr christlich gab, schien ihm damals, als er sich in die Politik bewegte, nur die ideale Startbasis zu sein: In der Opposition seit Jahrzehnten, zwangsläufig auf der Startrampe für eine schnelle Machtübernahme ohne ausreichende personelle Decke in Hamburg. Nur in einer solchen Situation konnte einer wie er Einfluß und Macht gewinnen. Seine Gaben waren Wortgewandtheit, Schlagfertigkeit, Frechheit und Skrupellosigkeit. Mit dem blaugewandeten, zurückhaltenden, sich seriös gebenden

Hanseatischen hatte er nichts gemein. Ein Hund auf den Stufen des Geldadels blieb ein Hund, selbst, wenn er nach dem feinen Zwirn der Herren schnappen konnte.

Er hatte schnappen dürfen und einige der Feingezwirnten hatten sich zu ihm herab gebeugt. Nein, sie hatten sich vor ihm **ver**beugt, um einige ihrer Pfründe vertiefen und verbreitern zu können

Eigentlich ist der Halbmond das intelligentere Symbol, dachte sich der Pate. Die Araber waren lange Zeit Meister der Astronomie gewesen. Sie hatten die heute noch gebräuchlichen Zahlen aus Indien übertragen, wirtschaftlich aber nicht wirklich genutzt.

Warum haben die Christen als einzige große Religion ein Folterwerkzeug als ihr Symbol gewählt? Nur, um die Erlösung nach der Kreuzigung als einzigen Ausweg aus dem irdischen Elend zu versprechen? Vielleicht, um irdisches Elend als Voraussetzung für den Eingang in den Himmel zu erklären? Vielleicht, um dem einfachen Volk mit Gott zu drohen, wenn es wagen sollte, sich gegen seine irdischen Unterdrücker wenden zu wollen? Wenigstens lockte der Glaube mit der Auferstehung. *Resurrection Day*, hatte der gesagt, der ihn ausgegraben hatte.

»*Take a drink with us!*«, unterbrach der Mandeläugige sein fiebriges Sinnieren. Er drückte ihm einen Flaschenhals zwischen die Lippen. Flaschenhals, dachte der Pate, ja, Flaschenhals wollte er immer werden und war es geworden. Ohne ihn lief fast nichts in Altona. Er hatte die Blaugewandeten daran gewöhnt, auf Knieschonern in sein Büro zu rutschen, bevor sie sich zur Baugenehmigungsbehörde begaben. Es war ein Erfolgsmodell, das kein Unternehmensberater je erdenken oder gar empfehlen hätte können. Ein Business-Plan, der allen anderen, teuer zu erkaufenden Plänen weit überlegen war.

Kreuz und Halbmond, Halbmond statt Kreuz. Die meisten Kreuzfahrer waren im Mittelalter nicht mehr in die Heimat zurück gekehrt. Sie waren wohl dem falschen Symbol gefolgt. Sie hatten das christliche Konstantinopel geplündert und waren in Jerusalem gescheitert.

**In**, nicht **vor** Jerusalem. Der Halbmond stand über diesem als heilig bezeichneten Land lange, nachdem die Kreuze der Römer, an die Juden auch Juden nageln ließen, längst abgezogen worden waren. Der Halbmond stand über allen Ländern und Ozeanen der Erde, phantasierte er.

Der Pate nahm einen tiefen Schluck. Erst danach bemerkte er, daß seine Befreier Uniformen trugen.

# LUNGSOD NG ISABELA / BASILAN

Der Tag begann für Kronenberg und Vichaj am Mittag mit einem gemeinsamen Brunch. Breakfast and Lunch brachten den ersten Tag des Jahres auf einen konzentrierten Anfang.

»Ich habe über den möglichen mentalen Zustand des Entführungsopfers nachgedacht. Wir wissen nicht, wer es wo und weshalb gefangen hält und ob es überhaupt noch lebt«, faßte Vichaj über kaltem Schweinebraten, Schinken, Ei und gerösteten Maiskölbchen zusammen.

»Zu welchem Schluß sind Sie denn über Nacht gekommen?«, mampfte Kronenberg über seinem Rinderfilet in Kokos-Sautée.

»Heisenbergsches Unschärfetheorem.«

Kronenberg blieb das Filet hinter der Zunge stecken. »Was? Haben Sie sich für das neue Jahr vorgenommen, völlig abzudrehen? Wollen Sie wirklich ein Philosoph werden?«

Vichaj blitzte ihn schmaläugig an: »**Physik**, nicht Philosophie. Die Theorie wurde zweihundert Kilometer südlich Hamburgs in Göttingen erdacht.«

»Das macht es auch nicht besser. Was meinen Sie damit auf unseren Fall bezogen?«

»Nicht ich meine, sondern Werner Heisenberg erklärte: Entweder ist der Zustand eines Teilchens bekannt, oder es ist der Ort, an dem es sich befindet. Ist der Zustand des Teilchens bekannt, kann das Teilchen zeitgleich an verschiedenen Orten sein.«

Kronenberg hatte Vichaj exzentrische buddhistische Haltungen zugetraut, aber nicht diese Erklärung aus der Quantentheorie, die in Europa erdacht wurde. Der Zustand seines Trainees aus Thailand irritierte ihn. Schwebte sein Kollege auf einer gedanklichen Ebene, die nicht nur ihn, Kronenberg, überforderte?

»Nehmen wir einmal an, das Teilchen sei unser Entführungsopfer. Was sagt uns Werner Heisenberg dazu?«

Vichaj lachte über das ganze Gesicht. Wenn Thais wirklich und fröhlich lachen, dann verändern sich alle Gesichtszüge. Europäer könnten auch den Eindruck gewinnen, daß sie sich verzerren. Denn Europäer denken bei ostasiatischen Gesichtern schnell an Masken.

»Er gibt uns eine Idee, eine Inspiration. Natürlich besteht der Mensch aus einer großen Menge von Molekülen, die genauer beobachtbar sind als Elektronen oder Protonen oder Quarks. Was wissen wir über den Zustand des Entführten? Wissen wir, warum er gekidnappt wurde, was er ausgefressen und zu verbergen hat, wissen wir, welchen Schatz er mit sich trägt? Wissen wir, welche Motive seine Entführer haben? Nehmen wir einmal an, wir wüßten es: Wegen Mithilfe zu einer gescheiterten Immobilienspekulation an der Elbchaussee zum Beispiel. Vielleicht haben seine Mittäter nicht geliefert oder die Immobilie ist eine Ruine, die einmal ein Palast war. Nehmen wir an, daß der Kaufinteressent für erwartete Leistungen schon eine beträchtliche Anzahlung geleistet hat. Damit könnten wir in Alternativen den Zustand unseres Teilchens bestimmen: Gegen seinen Willen festgehalten – ob wegen Geldgier oder wegen Rachsucht seiner Entführer, oder wegen beidem. Bleibt also der Ort.

Sollten wir den Zustand des Teilchens genauer bestimmen können, bliebe sein Ort unscharf. Wir beide suchen das Teilchen aber hier in der Südchinesischen See, genauer gesagt auf der vergleichsweise kleinen Insel Basilan. Da wir den Entführten hier suchen, ist uns sein Zustand unbekannt – oder nicht? Tot, lebendig als Gefangener, lebendig als fürstlich Entlohnter?«

»Na und, was jetzt?«, schnappte Udo Kronenberg.

»Wir beobachten das philippinische Militär und suchen unseren Bootsjungen. Der ist wahrscheinlich unsere einzige Verbindung zu **Abu Sayyaf**.«

Kronenberg und Vichaj zeichneten eine dreidimensionale Matrix. Die erste Dimension nannten sie »Ort«, die zweite »Tätergruppe« und die dritte »Motiv«. »Motiv« war immer noch mit zu vielen Möglichkeiten besetzt, reichte vom geplatzten Immobiliengeschäft bis zum Waffenschmuggel. »Tätergruppe« enthielt die Worte »Clans oder Militär oder Insurgenten«, wobei sich »Militär« noch nicht genau fassen ließ. Unter »Ort« war »Basilan, genauer ...« aufgeführt.

»Unser Problem sind diese Oders, oder?«, kommentierte Vichaj. »Die müssen wir zusammenfügen oder auflösen, oder?«

Udo Kronenberg nickte verdrossen. »Besuchen wir Raul.«

# LUNGSOD NG ISABELA / TABUK BARRACKS

Der Hotelier besorgte ihnen ein klappriges Taxi und erläuterte den Weg zur Kaserne der 15. Luftlandekompanie. Am Schlagbaum machte der Fahrer kehrt und bedankte sich für das großzügige Trinkgeld auf seinen großzügig bemessenen Fahrpreis. »Das kenne ich aus meiner Heimat, aber was wollen wir machen?«, murrte Vichaj mit herabgezogenen Mundwinkeln.

Die Soldaten am Schlagbaum wollten sich auf keine Diskussion einlassen. Sie forderten Kronenberg und Vichaj auf, sich sofort auf den Rückweg zu begeben. Einer der jungen Kerle fuchtelte Vichaj mit seinem Gewehr vor der Brust herum: »*You! Go back! No entry here for civilians!*«

Kronenberg wurde sehr bestimmt und herrschte die Soldaten an, den »*Officer in Charge*« herbei zu bringen. »*We are international police officers.*«

»*Cops!*«, ließ einer der Soldaten verächtlich fallen und spuckte seitlich auf den Boden. Dennoch ging er ins Wachhaus und telefonierte. »*I want to talk to Sergeant Raul Cobero!*«, rief ihm Kronenberg hinterher. »*Staff Sergeant Cobero*«, bellte der Soldat zurück.

Den beiden Polizisten war es wie eine halbe Ewigkeit, bis Raul erschien. Er begrüßte sie lachend mit Handschlag. Schlagartig wandelten sich daraufhin die Mienen der wachhabenden Soldaten. Auch sie begannen zu lächeln. Der Mann, der Vichaj zuvor mit »*You!*« angeherrscht hatte, schlug ihm auf die Schulter und sagte: »*Sorry for that!*«.

Vichaj akzeptierte die Entschuldigung. »Denen muß eine Menge Angst in den Knochen stecken, wenn sie Fremde so behandeln.«

»Angelo würde uns sagen, daß sie alle verachten außer diejenigen, die so sind wie sie selbst«, antwortete Kronenberg.

Ohne weitere Kontrolle führte Raul die beiden in ein einfachst gehaltenes Büro, an dessen Decke eine nackte Leuchtstoffröhre flackerte. Er brachte drei Tassen und eine Kanne Kaffee, fragte dann, was er für sie tun könne.

Nachdem Kronenberg und Vichaj ihm ihren Wunsch vorgetragen hatten, in die Suche nach dem Vermissten aktiv eingebunden zu werden, lehnte Raul sich zurück. Er wolle ganz offen mit ihnen sprechen, leitete er ein. Sie könnten sich vielleicht denken, daß ihr Ausflug in die Sulu-See von der Armee als Affront empfunden werde. Soweit er informiert sei, habe Oberst Tan in Davao getobt und Generalleutnant Eugenio Cedo mit schweren Konsequenzen für dessen Nachlässigkeit gedroht. Der habe umgehend ein Patrouillenboot in Fahrt gesetzt.

»Das Boot, das uns aus dem Meer gefischt hat?«

Raul nickte: »Das von Ihnen gemietete Fischerboot hatte tatsächlich ein funktionierendes GPS an Bord. Es war nicht schwer, Sie zu finden.«

»Was ist mit dem Bootsjungen passiert, der uns gerettet hat?«.

»Der sitzt hier ein. Seinen Kapitän hätte man vielleicht erschossen, wenn er nicht ertrunken wäre. Ihn hat man nur eingesperrt. Er wird verdächtigt, mit **Abu Sayaff** zusammen zu arbeiten.«

»Hat er gestanden?«

»Er hatte nichts zu gestehen, ist einfach nur ein Bootsjunge. Außerdem ist er ein Cobero, ein weitläufiger Verwandter von mir. Wissen Sie, die Familien auf den Philippinen sind groß.«

»Cobero«, echote Kronenberg und wandte sich an Vichaj: »So heißt doch die Polizei-Inspektorin, die immer mit Senior Chief Superintendent Angelo in Davao auftauchte. Außerdem ist der Nachname von Dolores, der Haushaltshilfe von Ribbenstrops, derselbe.«

Raul verstand zwar kein Deutsch, wohl aber den englischen Titel des Polizeichefs von Davao und den Namen Dolores: »Wie ich sagte, ich will offen zu Ihnen sein. Der Name Cobero ist zwar auf den Philippinen weit verbreitet. Die Inspektorin ist aber tatsächlich eine Verwandte und eine Dolores ist nach Hamburg gegangen, um dort als Dienstmädchen zu arbeiten.«

»Dieser Besuch hat sich schon jetzt gelohnt«, nickte Kronenberg Vichaj zu. Sich Raul zuwendend, wiederholte er die Bitte, Kontakt mit Tan oder Cedo aufnehmen zu dürfen, um endlich aus Lungsod ng Isabela heraus zu kommen: »Hamburg bezahlt uns nicht ewig dafür, daß wir hier rumsitzen.«

»Ich glaube nicht, daß Sie entlassen werden«, antwortete Raul. Auf Kronenbergs fragenden Blick setzte er nach: »Offiziell sind Sie von Rebellen verwundet worden und auf See knapp dem Tod entronnen.«

»Das stimmt ja auch. Und weiter?«

»Offiziell liegen Sie im Krankenhaus, nachdem Sie dramatisch gerettet wurden.«

»Dann wäre nach so vielen Tagen wahrscheinlich schon ein Vertreter der deutschen Botschaft erschienen.«

Raul grinste über beide Backen: »Angeblich war auch einer in Davao. Jedenfalls erhielten wir Order, daß Sie in einem Militärkrankenhaus liegen und Zivilisten jeder Zutritt verboten ist. Man hat Sie momentan begraben. Daran ändert hier unten auch Interpol nichts.«

»Warum erwähnen Sie jetzt Interpol, Raul?«

Raul grinste noch breiter bis hinter beide Ohren: »Dieser Senior Chief Superintendent aus Davao hat versucht, Sie nach Ihrem Ausflug nach Bongao auf Basilan zu suchen. Er ist genau bis an den Schlagbaum geraten, vor dem Sie eben standen. Seine nächste Station war allerdings nicht dieses Büro, sondern ein Helikopter zurück nach Davao. Er durfte keine Gelegenheit haben, hier weiter herum zu schnüffeln. Sonst hätte er Sie vielleicht im »Anson's« gefunden. Und vielleicht wäre er dabei gestorben.«

»Wissen Sie, warum uns Oberst Tan oder Generalleutnant Cedo hier begraben wollen?«

Raul sah Kronenberg ungläubig an: »Das müßten Sie als Kriminalpolizist aber selbst beantworten können.«

»Wegen unseres unerlaubten Ausflugs in die Sulu-See?«

»Ich habe Ihnen doch angeboten, offen mit Ihnen zu reden. Also tun **Sie** das bitte auch!«

»Wegen des Entführungsopfers, das wir aktiv suchen wollen?«, übernahm Vichaj. Raul nickte: »Der ist in geschäftlichen Dingen unterwegs, nicht als Tourist. In solche Geschäfte mischt man sich besser nicht ein.«

»Wissen Sie, wo der Mann ist?«, platzte Kronenberg dazwischen. Der Thai stieß ihm einen Ellenbogen in die Seite, stand auf und wanderte in dem Büroraum auf und ab. Dann legte er eine Hand unter sein Kinn, sprach gegen die weiß getünchte Wand: »Entweder ist er in der Hand des Militärs oder in jener der MILF. Wäre er in der Hand der Moros, dann bräuchte das Militär Zeit, ihn zu finden. Das würde erklären, warum wir hier vorübergehend begraben liegen. Wäre er in der Hand des Militärs, dann wüßte ich nicht, warum man uns hier begraben hält. Vielleicht, um vollendete Tatsachen zu schaffen? Oder vielleicht, weil man sich über die Verteilung des Lösegelds noch nicht einig ist?«

Raul blickte ins Leere: »Militär ist nicht gleich Militär. Außerdem gibt es immer noch die früheren Mitglieder der ehemaligen Philippine Constabulary. Also diejenigen, die nach wie vor beweisen wollen, daß es falsch war, sie abzuschaffen. Und dann gibt es Ihren Hoteldirektor. Ich weiß, daß er Ihnen den Wunsch erfüllte, nach Bongao zu fahren. Das hier ist eine kleine Stadt, verstehen Sie. Der Direktor hat noch eine Schuld abzutragen.«

»Welche Schuld denn?«

»Er hatte sich geweigert, Dolores Cobero anzustellen, obwohl sie nicht wußte, wie sie ihre Familie ernähren sollte. Deshalb ist Dolores ausgewandert. Wir fürchteten zunächst, daß sie in Arabien als Sklavin gelandet ist. Erst später haben wir erfahren, daß sie in Hamburg Arbeit fand.«

»Also hat er uns aus Dankbarkeit geholfen?«, frage Kronenberg Vichaj.

»Sagen wir mal, weil er auch eine Nettigkeit von Ihnen erwartet«, gab Vichaj zurück.

»Welche Nettigkeit erwarten Sie von uns, wenn Sie uns helfen, hier heraus zu kommen?«, fragte Kronenberg Raul.

»Erstens weiß ich nicht, ob ich Ihnen dabei helfen kann. Zweitens will ich keine Nettigkeit, weil ich davon kaum etwas behalten würde. Wie Sie wissen, bin ich nur ein Sergeant. Aber ich werde versuchen, in die Nähe von Generalleutnant Eugenio Cedo zu gelangen. Er ist im Grunde ein anständiger Mann, lebt aber unter Zwängen.«

»Welchen Zwängen denn?«

»Das kann ich nicht überblicken. Zum Beispiel, daß Oberst Tan seinen Militärbezirk einschließlich mir übernehmen will. Das kommt vielleicht davon, daß der Generalleutnant Hemmungen hat, puren Mord anzuordnen oder die Bevölkerung systematisch zu terrorisieren. Zum Beispiel, daß er Hemmungen hat, einen Bootsjungen sofort exekutieren zu lassen, nur, weil der zwei ausländische Polizisten bei einem unerlaubten Ausflug begleitete.«

Raul ging mit Kronenberg und Vichaj bis zum Schlagbaum und ordnete an, die beiden mit einem Jeep ins **Anson's Hotel** zurück zu fahren. Danach telefonierte er.

# BASILAN / ANSON'S HOTEL

Katharina schrieb Kronenberg und Vichaj einen ausführlichen Bericht der letzten Lagebesprechung in Hamburg, nicht, ohne Schröders Ergebnisse intensiven Aktenstudiums und seine Bemerkung über Irrlichter in der Sulu-See zu erwähnen.

»Wissen Sie, wir Frontschweine – »*Guinea Pigs*« – haben nicht so viel Zeit wie die Ministerialen. Wir stehen unter ständigem Ermittlungsdruck. Deshalb fällt es manchmal schwer, Strukturen zu erkennen, die gründliche Recherche voraussetzen. Da hat ein solcher Ministerialfuzzi natürlich Vorteile.«

Vichaj sah Kronenberg fragend an. »Na ja, gründliches Denken erfordert Zeit«, setzte Kronenberg nach.

Vichaj nickte: »Ich verstehe. Ich saß lange vor einer Pflanze im Gewächshaus von »Planten un Blomen«, bevor ich verstand, daß diese Pflanze Fliegen fangen kann, bis die den Befruchtungsakt an ihr vollzugen haben. *Aristologia arbosea*, wir haben ja nun etwas Latein gelernt. Sie gaukelt den Fliegen Licht vor und hält sie dann fest..«

Kronenberg blickte Vichaj entgeistert an.

»Na ja, in den Kräften der Biologie schlummert oder lauert etwas, das uns gesunden läßt, das uns magisch anzieht, oder das uns tötet.«

»Und woher wissen wir, was uns heilt oder tötet?«

»Durch langes, mühsames Experimentieren. Wenn wir die Kräfte jedoch in kleinen Maßen testen, dann können wir es herausfinden. Lassen Sie uns das einmal auf unsere Arbeit anwenden, sofern es noch unser Fall sein sollte.«

Kronenberg bemerkte, daß Vichaj inzwischen der Subtilität der deutsch-bürokratischen Sprache mächtig war: »**Sein sollte**«, hatte Vichaj gesagt.

»Also gut, wie kommen wir an Eugenio Cedo ran?«

»Über Raul. Nach eigenem Bekunden ist er ein Parteigänger von

Eugenio Cedo. Er hat uns auf verschiedene Fährten gesetzt, aus seiner Loyalität aber keinen Hehl gemacht. Wenn ich über seine Rolle nachdenke, ist er der operative Arm von Cedo auf Basilan. *Officer in Charge*. Was hieße, daß er unseren Entführten in seinen Fängen hält.«

»Möglicherweise haben Sie soeben das Diplom in Kriminalistik bestanden«, nickte Kronenberg anerkennend. »Wir müssen vermuten, daß Eugenio Cedo sich irgendwas andrehen ließ, das seine Versprechen nicht einlöste und ihn wahrscheinlich eine Stange Geld kostete.«

»Eine Villa an der Elbchaussee, die gar nicht existiert oder etwas Virtuelleres – Finanzanlagen, die wertlos waren oder wertlos wurden, oder die Beteiligung an etwas, das es gar nicht gibt.«

»Wie finden wir das heraus?«

»Eugenio Cedo wird es uns nicht selbst erzählen.«

»Wir sollten nach dem richtigen Ort suchen. Unsere Matrix weist darauf hin, daß wir den Ort, an dem der Entführte festgehalten wird, noch genauer bestimmen müssen. Der Grund, weshalb er festgehalten wird, hat auch einen Ort.«

»Sagte Katharina etwas über die Gründe?«

»Sie redete über geschlossene Fonds für Schiffsfinanzierungen, die momentan floppen. Nein, nicht nur floppen, sondern von ihren Anteilseignern zusätzlich Geld fordern. Ich meine, zusätzlich zu dem Geld, das sie schon verloren haben. Ich meine so etwas wie Geld in ein Loch schütten zu sollen, aus dem nichts mehr raus kommt. So ein Loch liegt an der Palmaille in Altona.«

»Ein Faß ohne Boden, sagt man auf Deutsch. Die toten Makler und der Entführte waren demnach im Vertrieb von Anteilen an Schiffen tätig, die schon Schrott waren, bevor sie aufgelegt wurden?«

»Die Makler waren vielleicht selbst Opfer, die den Schrott noch rechtzeitig verkaufen konnten.«

»Was bedeuten würde, daß ein Käufer in den Philippinen Opfer der Opfer wurde. Eine ganz schön gewagte These, aber nicht unmöglich. Wir müßten demnach herausfinden, ob Cedo Anleihen oder Fondsanteile gekauft hat. Und zwar über Mittelsmänner, die inzwischen entweder tot oder entführt worden sind.«

»Soweit es die Europäer unseres Falls betrifft, dürfte das zutreffen. Soweit es Asiaten betrifft, tappen wir noch im Morgengrauen.«

»Nicht ganz. Immerhin kennen wir den Schlüsselnamen Cobero. Raul ist einer dieser Coberos und hat uns wahrscheinlich mehr gesagt, als er durfte. Der Bootsjunge ist in der Haft – ich meine, der Obhut – des hiesigen Militärs. Vielleicht befindet er sich in einer Art Schutzhaft. Schutz vor uns und unseren Fragen. Das dritte Mitglied dieses Familienclans, das wir kennen, ist die Mitarbeiterin von Senior Chief Super Intendent Angelo. Laden wir den doch mitsamt seiner Adjudantin ins *Anson's* zum Dinner ein.«

»Wie sollten wir das tun, ohne, daß Pedro Tan oder Eugenio Cedo davon Wind bekommen?«

»Wir telefonieren einfach und bestellen das Essen erst, wenn sie angekommen sind. Damit hat der Hotelmanager keine Chance, vorher Raul oder Cedo termingenau alarmieren zu können. Angelo wird Pedro Tan von unserem Treffen auf keinen Fall informieren, denn er hasst ihn. Vielleicht informiert er Eugenio Cedo, was uns nur recht sein kann.«

\*

Udo Kronenberg erreichte den Senior Chief Superintendent auf erstes Verlangen über das Festnetz. Angelo wehrte die Einladung ins Ansons's Hotel mit dem Hinweis darauf ab, daß er momentan unabkömmlich sei.

Kronenberg nahm die gesamte Höflichkeit zusammen, derer er fähig war, und bestand darauf, sich für die Einladung zu den Festessen in Davao revanchieren zu wollen. Er beschrieb Angelo die kulinarischen Genüsse, die er vorbereiten ließ: Rheinischen Sauerbraten mit Kartoffelklösen und Apfelmus. Für den Senior Chief Superintendent war das unbekanntes Terrain; das Rezept klänge jedoch etwas kurz, bemerkte er. Kronenberg erwiderte, daß er nicht alle Kräuter der Provence und italienischen Weinessige zitieren könne, die dabei verwendet werden. Das Rheinland, vor allem dessen Hauptstadt Köln, gelte jedoch als die Levante Deutschlands und dementsprechend sei nicht nur das Ausmaß an Korruption, sondern auch die Reichhaltigkeit der Küche. Dann wiederholte er ein chinesisches Kompliment, das ihm Vichaj zu zischte und das auf Mandarin als Einladung zum Essen und als wohlmeinender Gruß benutzt wurde: »*Ni pang lè*«.

Der Senior Chief Superintendent schwieg einen Moment. »Wenn Sie mir erlauben, in Begleitung meiner Adjudantin zu erscheinen?«

»Selbstverständlich sehr gerne, ich freue mich außerordentlich darauf«, schleimte Kronenberg ins Telefon. »Wann darf ich Sie beide erwarten?«

»Ich werde kommen, wenn es eine Lücke in meinem Terminplan erlauben wird. Nehmen Sie es als Überraschung und sagen Sie bitte dem Hotelpersonal nichts darüber.«

»Ich fragte nur, weil der Sauerbraten zuvor in alle möglichen Essige und Öle gelegt werden muß. Aber da werde ich schon eine Lösung finden. Ich werde beim Küchenchef für mich und meinen Kollegen die vierfache Portion bestellen und tiefgefroren vorhalten lassen.«

»Wenn es der Chef beherrscht, daraus beim Auftauen keinen Matsch werden zu lassen, ist das keine schlechte Idee«, gab Angelo zurück und legte auf.

Kronenberg erläuterte dem Hotelmanager seinen Wunsch und begründete die zeitliche Unschärfe damit, daß er sich in Köln erst noch über den genauen Termin des Rosenmontags informieren müsse. »*Carnival, you know?*«

Der Manager versicherte beim Namen seiner Großmutter, daß sein Chef aus schockgefrorenem Seefisch jederzeit eine köstliche Mahlzeit bereiten könne. Dasselbe müßte auch bei Sauerbraten möglich sein. Welches Fleisch es denn sein solle. Kronenberg war ratlos und antwortete einfach »Rind«. Welches Teil des Rinds es denn sein solle. Kronenberg war wieder ratlos und antwortete einfach »Lende«. Er war sich fast sicher, daß wenigstens eine seiner beiden Antworten falsch war und hoffte im Sinne von Schadensbegrenzung, daß es die zweite war.

Als der Manager ihn fragte, welchen gewünschten Geschmack denn das Apfelmus haben solle, wurde er Kronenberg langsam lästig. »Zimt« antwortete er, aber das könne auch der Kunst des Küchenchefs überlassen bleiben.

»Wissen Sie eigentlich, was Sie vorhin dem Senior Chief Superintendent auf Chinesisch gesagt haben?«, fragte Vichaj Kronenberg.

»Das, was Sie mir eingeflüstert haben.«

Vichaj übersetzte: »Du bist dick geworden.«

»Andere Länder, andere Werte«, kommentierte Kronenberg lakonisch.

»Sie haben recht. Auf Chinesisch ist es ein Kompliment.«

\*

Senior Chief Superintendent Angelo und seine Adjudantin kamen unangemeldet mit der Fähre aus Zamboanga an dem Pier von Basilan an, über dem nächtens die *Jollibee*-Werbung flammte. Im Foyer des Hotels wechselte Angelo einige Sätze auf Tagalog mit der Empfangsdame. Inspektorin Cobero setzte das liebreizendste Lächeln auf, dessen sie fähig war. Trotz ihrer schönen, ebenmäßigen Gesichtszüge war das nicht eben viel.

Weder die Empfangsdame, noch der Hotelmanager mochten Polizisten der Republik der Philippinen. Sie konnten die Polizei instinktiv riechen und waren gewohnt - soweit zeitlich noch möglich - alles Werthaltige in erreichbarem Umfeld in Sicherheit zu bringen. Angelos Hinweis, auf Einladung der beiden Gäste aus Europa gekommen zu sein, bedeutete ihnen jedoch, daß es sich um einen sowohl diskreten, als auch offiziellen Besuch handeln mußte, um etwas Internationales.

Deshalb wunderte sie auch nicht, daß Angelo zwei Zimmer haben wollte. Es steigerte im Gegenteil sein Ansehen, weil es ihn von den Offiziellen abhob, die gelegentlich aus Mindanao auf Schäferstündchen nach Basilan kamen.

Angelo, Cobero, Kronenberg und Vichaj trafen sich in der Lobby des Hotels auf einen Begrüßungstrunk. Kronenberg informierte den Hotelmanager darüber, daß am selben Abend der Sauerbraten serviert werden möge. Der Manager fragte zurück, ob heute denn Karneval sei. Kronenberg stutzte, denn es war Donnerstag. »Nein, wir haben das Essen vorverlegt. Heute ist im Rheinland »Weiberfastnacht«, der Tag, an dem die Frauen das Regiment führen.«

»Ich sehe nur **eine** Frau, die muß ja sehr bedeutend sein«, lächelte der Hotelmanager. »*Ist sie wahrscheinlich auch*«, dachte sich Kronenberg und lächelte zurück.

Ob er für die Gesellschaft einen Ausflug ins berühmte Naturschutzgebiet von Basilan organisieren könne, fragte der Manager. Angelo wehrte lachend ab. Er habe in Davao das Kommando, nicht aber auf dieser schwierigen Insel.

Sie verabredeten sich zum Dinner auf der Terrasse des Hotels. Die Terrasse war mit einer Vielzahl von Fackeln festlich erleuchtet, der mit weißem Leinen bedeckte Tisch war viel zu lang für vier Personen, für jeden der vier Stühle hielten sich wenigstens zwei Kellner bereit. Auf dem Tisch waren zylinderförmige Flaschen mit kaltem Wasser symmetrisch arrangiert, dazwischen die doppelte Zahl Flaschen mit chilenischem Cabernet Sauvignon, je Platz zwei Teller und Gläser. Kronenberg kam sich in seinem T-Shirt deplaziert vor und verschwand für kurze Zeit auf sein Zimmer, um wenigstens mit Hemd und Sacco bekleidet wieder zu erscheinen. Auf seine einladende Geste nahmen die Anderen Platz.

Nicht die pikant gewürzte Tomatensuppe mit Croutons, sondern das erste Glas Sauvignon lockerte die zunächst formelle Atmosphäre. Was den Sauerbraten und die schock –gekochten Kartoffelklöse betraf, hatte der Küchenchef hervorragende Arbeit geleistet. Das Apfelmus wurde als »*Compote de Pommes de la Mer Sulu*« mit gekochten Garnelen serviert. Das eingeblendete Gewürz konnte Kronenberg nicht bestimmen, jedenfalls war es nicht Zimt. »*Cinnamon*« wäre auch eine gute Wahl gewesen, bemerkte Angelo. Den gab es im anschließend gereichten Eisbecher.

Senior Chief Superintendent Angelo nickte anerkennend. Dafür, daß die nördlichen Gefilde der Erde nicht den natürlichen Reichtum der Tropen besäßen, sei das Mahl doch recht gut gelungen. »Nicht so einen Steak-and-Burger-Matsch, den die Amerikaner wie einen Teppich über die Gastronomie dieser Erde gelegt haben.«

Das lokale Preis-Leistungsverhältnis sei viel besser als jenes, das vom Ausland importiert werde, leitete Kronenberg zum eigentlichen Ziel seiner Einladung über. Angelo nickte mampfend und schätzte, daß der Ausländer in den Wochen seines Aufenthalts auf dem Archipel offensichtlich dazu gelernt hatte.

»Auch, wenn einige Ihrer Kollegen mit der Zeit fast unermeßlichen Reichtum angehäuft haben.«

Angelo nickte erneut, bevor er den Blick Kronenbergs auf seine Adjudantin bemerkte. Sofort bog er bei: »Solche Einnahmen werden bei uns von oben nach unten verteilt, das stabilisiert das System.«

»Wenn es nun einen Kanal von unten nach oben gäbe?«

»Ausgeschlossen. Alles kommt zuerst oben an.«

»Verzeihung, Sie sind doch auf Mindanao oben, oder nicht?«

»Ich habe Ihnen bereits gesagt, daß sich »Oben« hier unten auf viele Schultern verteilt: Das Militär, das Militär, das früher die Constabulary war und die Polizei. Vor allem aber die Politik.«

»So, wie in Altona«, wisperte Vichaj auf Deutsch.

»Was meinten Sie eben?«, fragte Angelo Vichaj mit durchdringendem Blick.

»Nun, Sir, ich bestätigte, daß das mit der Politik auch in Deutschland nicht anders sei.«

Angelo grunzte zufrieden: »Ostasien ist Ostasien, wo immer Sie sich befinden. Politik ist die Kunst der Anpassungsfähigkeit. Das sehen Sie in der Volksrepublik China ebenso wie in der Republik der Philippinen. Bei uns herrschen immer dieselben Clans, in China bilden sich momentan welche heraus. Bei uns ist Kommunismus des Teufels, in der Volksrepublik China sollten Sie besser ein Atheist sein. In beiden Fällen müssen sie über eine Obsession für Geld verfügen. Am besten sinnentleert und keinesfalls mit Werten behaftet.«

»Nach meinen Informationen sind vor kurzem 10 Millionen US-Dollar aus Hamburg nach Manila überwiesen worden.«

»Kann sein, bei diesen Wallerts war es ein ähnlich hoher Betrag. Der kam damals aus Libyen und ging direkt an **Abu Sayyaf**. Insofern könnte das Lösegeld damals wertbehaftet gewesen sein – ich meine, daß ein Muslim an Muslime gezahlt hat.«

»Dieser Muslim ist inzwischen von anderen Muslimen gestürzt worden.«

»Das ist der Unterschied zwischen Libyen und hier. Wer in den Philippinen stürzt, der fällt weich, selbst, wenn er wie Ferdinand Marcos in den USA auf's letzte Goldbrokat gebettet wird. Und der Marcos-Clan lebt in Baguio-City auf Luzon lustig weiter. Sein Sohn wird eines Tages vielleicht sogar zum Präsidenten gewählt werden.«

»Als Verwendungszweck der 10 Millionen US-Dollar wird ein Herr oder eine Frau Cobero genannt.«

»Coberos gibt es in diesem Land zu Hunderttausenden. Sie meinen, daß meine Adjudantin einen Volltreffer in der Lotterie gemacht haben könnte?« Angelo kicherte.

Kronenberg bemerkte, daß das ständige Lächeln auf den ebenmäßigen Gesichtszügen der Inspektorin verloschen war. Ihren Blick hielt sie gesenkt. Ihr Zug am Wasserglas war nervös und kräftig.

»Wir wurden vor wenigen Tagen von Leuten begleitet, die ebenfalls den Namen Cobero tragen«, setzte Kronenberg nach. »An unserer Rettung aus Seenot waren Coberos beteiligt.«

»Aus Seenot gerettet? Ja, das wurden Sie wohl. Seien Sie froh, nicht von Haien zerfleischt worden zu sein. Wissen Sie, das ist besonders schrecklich, weil diese Bestien gewöhnlich zuerst nach den zappelnden Beinen schnappen. Von unten aus der dunklen Tiefe. Die Rettungsaktion für Sie scheint sehr gut organisiert worden zu sein.«

»Eben!« Kronenberg und Vichaj durchdrangen Inspektorin Cobero mit ihren Blicken.

»Ja«, sagte sie, »meine Leute haben Sie gerettet.«

»Meine Leute, was heißt denn das?«, fragte der Senior Chief Superintendent irritiert.

»Meine Familie, die in der Sulu-See kaum mehr von Fischfang leben kann, deshalb teilweise in der Armee dient und in Hamburg als Putzfrau zu überleben versucht.«

»Sie sagen es«, setzte Kronenberg nach. »Der Name Cobero war für uns die erste Verbindung in die Philippinen. Mit Dolores' Dienstherren hatte das erst einmal wenig zu tun. Als dann ein nur in Altona bekannter Politiker auf Mindanao entführt wurde, kam bei uns der Verdacht auf, daß uns der hier viel verbreitete Name Cobero weiter helfen könnte. Auch, wenn wir uns als völlig Fremde wie in einem Haifischbecken wähnen. Sagt Ihnen der Name von Ribbenstrop etwas?«, wandte sich Kronenberg an Inspektorin Cobero.

»Es war die Adresse, die sie uns gab.«

»Von Ribbenstrop wurde ermordet, weil er faule Investments auf die Philippinen verkaufte. Zum Beispiel Beteiligungen an neuen Schiffen, die keiner braucht.«

»Davon verstehe ich nichts.«

»Wer könnte solche faule Beteiligungen auf den Philippinen gekauft haben?«

Polizeiinspektorin Cobero konterte: »Wir sprachen bereits über die paar reiche Clans, die hier ewig zu regieren scheinen.«

»Das mag sein. Es gibt jedoch auch solche, die erst noch reich werden wollen«, setzte Kronenberg entgegen.

»Sie meinen den Obersten Pedro Tan?«

»Nein, den meine ich nicht. Pedro Tan kämpft verbissen mit allen Mitteln – auch wenn es nicht die meinen wären – für Werte. Zum Beispiel für die Vorherrschaft der katholischen Republik über die Muslime von Mindanao. Diesen Kampf hat er fast verloren, weil die Politik endlich Frieden schließen will. Desillusionierung könnte allerdings ein Motiv sein, da haben Sie recht. Wer könnte aus Ihrer Sicht sonst Empfänger von 10 Millionen US-Dollar Lösegeld sein?«

Vichaj setzte nach: »Von Lösegeld haben wir bisher gar nicht gesprochen. Aber sagen wir mal, von oben nach unten gedacht, Eugenio Cedo, Raul Cobero und viele weitere Hintersassen. Ich meine ein ganzes Netzwerk. Für Asiaten sind die Familienbande das haltbarste Netzwerk. Die Coberos, die Fischer sind, haben von der Republik der Philippinen keine Unterstützung gegen die Vernichtung ihrer Fischgründe erhalten. Raul Cobero ist Eugenio Cedo für immer verpflichtet, weil der ihn aus der Gosse geholt hat. Seine Verwandte in Hamburg arbeitete für einen Makler, der mit dem entführten Deutschen in einer geschäftlichen Verbindung stand. Wenigstens ein Teil des Geschäfts bestand aus dem Verkauf von Beteiligungen an Seeschiffen, die inzwischen nichts mehr wert sind. Wenn Ihre Familie nicht reich genug ist, solche Beteiligungen zu kaufen, dann waren es doch die Cedos, Allanos, Ampatuans oder wie die Reichen dieses Archipels sonst noch heißen mögen.«

»Die Verbindung zu Ampatuan verbitte ich mir. Gegen diese Gang habe auch ich persönlich gekämpft.«

Senior Chief Superintendent Angelo blickte Kronenberg und Vichaj regungslos an: »Und wenn es so wäre, wenn die Coberos als Mittelsleute Cedo's und anderer Größen auf Mindanao gedient hätten? Was würden Sie denn dann machen?«

»Nun, wir hätten dem Obersten Pedro Tan ein Festessen bereiten können. Wie Sie sehen, haben wir uns stattdessen bemüht, I h n e n ein Festessen zu geben. Wir wollen einfach unseren Fall dort gelöst sehen, wo er ausgelöst wurde. Der entführte Deutsche soll, über welche Kanäle auch immer, umgehend frei gelassen werden. Dann sind Sie, Raul und Inspektor Cobero uns los. Wir wollen weder Ihnen, noch Eugenio Cedo, noch irgendwelchen Rebellen an den Kragen, mit denen er eventuell und partiell kollaboriert. Wir wollen uns in die inneren Angelegenheiten der Philippinen – nein, Mindanaos und der Sulu-See – nicht einmischen. Lösen Sie unseren Fall und wir erlösen Sie von weiteren Fragen oder gar Enthüllungen.«

»Und was ist mit den Mordfällen, die Sie in Ihrer Heimat zu lösen haben?«

»Die sind ja nun wohl gelöst. Jedenfalls, was die Auftraggeber betrifft. Wer die Aufträge ausgeführt hat, wird uns vielleicht auf immer verborgen bleiben.«

Vichaj warf eine Warnung ein: »*Yaa ti toon pai goon kai*!«

»Ja und?«, fragte Kronenberg zurück.

»Gehen Sie nicht über die Brücke, bevor Sie sicher sind, am anderen Ende auch anzukommen«, übersetzte Vichaj auf Deutsch.

Polizeiinspektorin Cobero richtete sich kerzengerade auf: »Sie können es auch so sehen: Einige nicht unwichtige Leute auf Mindanao wollten über die Beteiligung an Schiffsfonds die Bedeutung des Seehafens Zamboanga mehren. Warum sollen in dieser Region nur Singapur und Port Klang in Malaysia eine wesentliche Rolle spielen? Ein Teil des Geldes sollte also in die lokale Wirtschaftsförderung fließen, in den lokalen Arbeitsmarkt. Diese Chance ist jetzt vielleicht schon verspielt. Verspielt worden an der Palmaille in Hamburg-Altona.«

»Und ... war es die Morde und die Entführung wert?«

»Aus Sicht der Menschen, die im zukünftigen Container-Port und Fischereihafen Zamboanga eine würdige Arbeit gefunden hätten, möglicherweise.«

Senior Chief Superintendent Angelo war irritiert, warf sich dennoch helfend in die Bresche: »Meine Kollegin meint selbstverständlich, daß Mord niemals gerechtfertigt werden kann. Sie vertritt wie ich christliche Werte. Ganz im Unterschied zu irgendwelchen Moslems, die meinen, für die Tötung von Ungläubigen unmittelbar in's Paradies einziehen zu können. Was auch nicht der reinen Lehre des Korans entsprechen mag.«

»Jaa«, antwortete Vichaj, »zumal dieses Paradies nur eine Fiktion monotheistischer Religionen ist, sozusagen ihre Peitsche. Das Paradies der Gläubigen ist das Entkommen aus der Hölle, nicht wahr? Zwischen Paradies und Hölle scheint es nichts zu geben.«

\*

Am nächsten Morgen verabschiedeten sich Angelo und Cobero. Sie nahmen die reguläre Fähre »*Dona Leonora*« nach Zamboanga. Beim Lunch sinnierten Kronenberg und Vichaj darüber, ob es klug war, mit den beiden so offen geredet zu haben.

»Ihr Kommentar über Oberst Tan war klug. Sie haben ihn damit aus der Schußlinie genommen. Das glaubt jetzt wahrscheinlich auch Angelo, oder er glaubt, daß wir das glauben. **Tin ti tää puak süa puak.** Heißt so viel wie Tiger- und Krokodilbecken.«

»Tiger und Krokodile in einem Becken? Hmm – immer noch besser als Haifischbecken«, grinste Kronenberg.

»Vielleicht schon, weil sich Tiger und Krokodile eher gegenseitig fressen als Haifische untereinander, womit wir Menschen seltener auf der Schlachtplatte auftauchen.«

»Dieses »**Gung Ho**«-Messer geht mir nicht aus dem Sinn. Es verbindet den Mord an von Rheinstein mit dem Obristen. Hier wie dort hat es symbolischen Charakter: Auf dem Schreibtisch von Pedro Tan ohnehin, bei von Rheinstein kam es vor seinem Tod als letzte Warnung.«

»Außerdem mag Oberst Tan zwar für Werte kämpfen. Aber das mit allen Mitteln. **Kii chaang jap tag-ga-töön.** Heißt so viel wie: Mit Kanonen auf Spatzen schießen.«

»Das spräche dafür, daß die Briefbombe von ihm veranlaßt wurde, wozu auch das *Gung-Ho*-Messer passen würde. Aber warum machte er das, wenn er in Altona sonst nichts zu tun gehabt hat.«

»Denken wir über mehrere Ecken: Cedo will sein aus seiner Sicht gestohlenes Geld zurück haben. Er schickt einen Unterhändler zu von Ribbenstrop. Der Unterhändler erfährt, daß von Ribbenstrop keine Kompensation zahlen will, im Gegenteil die Rückzahlung von Ausschüttungen aus dem Fond verlangt, und die Verwaltung des Fonds an einen anderen Makler weitergereicht hat. Dieser Unterhändler erhängt von Ribbenstrop – vielleicht, um ein aus seiner Sicht erfolgreiches Ergebnis vorzeigen zu können – und fliegt umgehend zurück auf die Philippinen.

In den Tiefen des Archipels verzweigen sich die Möglichkeiten: Entweder hatte der Unterhändler Beziehungen zu Tan, der einen Mord in Nienstedten seinem Rivalen Cedo anhängen will. Unwahrscheinlich, aber möglich. Oder Cedo wurde so wütend, daß er den ferngesteuerten Mord an von Rheinstein in Auftrag gab. Cedo wußte, daß Oberst Tan in Verbindung mit dem Paten stand. Als dieser Tölpel wiederholt in Davao auftauchte, ließ er ihn entführen.«

»Sie meinen, daß Cedo und Tan voneinander wissen, obwohl sie verfeindet sind?«

»In den Führungsetagen ist auch dieser weite Dschungel eine kleine Welt. Es könnte immerhin sein, daß beide an dem Hamburger Fond beteiligt sind. Oder, daß Tan das wirtschaftliche Mißgeschick Cedos für seine Zwecke nutzen will.«

»Welche Zwecke wären das?«

»Oberst Tan ist kein Händler, sondern ein Handelnder. Nehmen wir an, daß Cedo für die Entführung *Abu Sayyaf* eingespannt hat, mit der er Kontakte pflegt. Dann würde *Abu Sayyaf* einen Teil des Lösegelds erhalten. Genau das will Tan verhindern, nebenbei das Lösegeld selbst kassieren, um damit zum Beispiel Waffen kaufen zu können.«

# ENDE EINER ENTFÜHRUNG

Wenige Stunden später stand Staff-Sergeant Raul Cobero vor ihnen: »Gentlemen, wir haben Ihren Entführten gefunden.«

»Unser Gespräch mit Senior Chief Superintendent Angelo und Inspektorin Cobero hat damit Früchte getragen?«

»Eine faule Frucht, wenn ich das bemerken darf. Ihr Herr – ääh, ich kann diesen Namen nicht aussprechen – ist auf dem Weg nach Zamboanga.«

»In welchem Zustand?«

»Nun, jedenfalls ist er nicht tot.«

»Dann wollen wir ebenfalls so schnell wie möglich dort hin. Können Sie uns dabei unterstützen?«

»Ich werde versuchen, einen Helikopter für Sie zu organisieren.«

»Bevor Sie das tun, habe ich noch zwei Fragen.«

Raul Cobero sah Kronenberg erwartungsvoll an.

»Sind Sie verwandt mit der Assistentin des Polizeichefs von Davao?«

Raul nickte.

»Weiß Generalleutnant Cedo von Ihrer Verwandten in Hamburg?«

Raul zuckte mit den Achseln und ging.

»So ergeben, wie der seinem Kommandeur ist, so überflüssig war Ihre zweite Frage«, kommentierte Vichaj.

»Was hätten Sie ihn denn gefragt?«

»Vielleicht, wie sie so plötzlich den Entführten gefunden haben. Und wo.«

»Für solche Fragen bleibt immer noch Zeit.«

»Ich fürchte, nicht was Raul betrifft.«

Am Abend landete eine Sikorsky MH-60 »Blackhawk« auf dem Rasen hinter *Anson's Hotel*. Keine Reihe glänzender Stahlhelme baute sich auf. Nur der Pilot und sein Ko-Pilot stiegen in der international üblichen, unförmigen Fliegerkluft aus. Sie hätten den Auftrag von

Brigadegeneral Raymundo Ferrer, zwei Polizisten aus Deutschland nach Zamboanga zu bringen. Kronenberg und Vichaj bestätigten, die beiden Polizisten zu sein. Der Pilot blickte Vichaj schräg an: »*This one too*?« Kronenberg bestätigte.

Vichaj und Kronenberg packten in aller Eile ihre Sachen zusammen. Nach kurzem Abschied vom herbei geeilten Hotelmanager kletterten sie in den Hubschrauber, flogen in einen wunderschönen, gelb, später violett glänzenden Sonnenuntergang, dann über die stockdunkle Celebes-See.

# ZAMBOANGA / MINDANAO

Nach zwanzig Minuten tauchten die Lichter der Hafenstadt auf. Der Helikopter drehte nach Nordosten ab und landete am Rand des Zivilflughafens. Mit einer knappen Geste bedeutete ihnen der Pilot, sitzen zu bleiben. Selbst stieg er aus und ging auf einen Hangar zu. Wenig später hielt ein weißer Toyota neben dem Flugzeug. Er solle sie ins **Garden Orchid Hotel** bringen, sagte der Fahrer und hievte ihr Gepäck in den Kofferraum.

»Treffen wir dort den Brigadegeneral?«

Der Uniformierte wiederholte den Befehl, den er bekommen hatte und ergänzte »*I don't know.*«

Brigadier Ferrer erwartete sie in der Bar des Hotels. Wie schon beim ersten Treffen, entschuldigte er sich für Unpäßlichkeiten, die sie gehabt haben mögen. Diesmal war es an Kronenberg, solche Unpäßlichkeiten in Abrede zu stellen. Nur das plötzliche Ende eines langen Aufenthalts auf Basilan sei sehr überraschend gekommen.

»Sie wissen, daß wir den von Ihnen gesuchten deutschen Touristen gefunden haben?«

»Er soll hier in Zamboanga sein.«

Der Brigadier nickte und lud sie auf ein Glas *Glenfiddich* ein.

»Wo haben Sie ihn gefunden?«

»Nicht in Tuburan, wo wir ihn vermuteten. Aber das tut auch nichts zur Sache.«

Kronenberg verbiß sich den Widerspruch. Auf Mindanao hatten sie das zu akzeptieren, was ihnen höhere Militärs an Informationen boten – oder der Pate, sofern er aussagen konnte oder wollte.

»Ist er vernehmungsfähig?«

»Das müssen Sie morgen die Ärzte fragen. Soweit ich weiß, leidet er an Dschungelfäule und Fieber. Zunächst mußten sie ihm einige Blutegel entfernen. War wohl nicht in allen Fällen einfach.«

»An einem Gespräch mit Generalleutnant Cedo wäre uns auch gelegen.«

»Das kann ich Ihnen nicht versprechen. Der Kommandeur hält sich zur Zeit in Davao auf. Er will in zwei Tagen zurückkehren. Wenn Sie so lange unsere Gäste sein wollen, könnte es möglich sein.«

Er hob das Glas und wünschte eine gute Nacht. Kronenberg und Vichaj brüteten noch lange über den Fragen, die sie dem Paten stellen wollten.

Kronenberg und Vichaj wurden im Dienstwagen des Brigadier Ferrer zum National Hospital gefahren, das von der Regierung betrieben wurde. Vor einer der vielen Türen in der zweiten Etage langweilten sich zwei mit Maschinenpistolen bewaffnete Uniformierte, die den Fahrer offensichtlich gut kannten. Sie traten in ein verdunkeltes Krankenzimmer, in dem nur ein Bett stand.

Kronenberg sprach den Patienten mit seinem Namen an. Dieser drehte den Kopf in seine Richtung: »Sind Sie von der deutschen Botschaft?«

»Nein. Sie kennen uns doch – jedenfalls meinen Kollegen, Polizeileutnant Bangramsan.«

Mit fiebrigen Augen sah der Pate Vichaj an: »Ja, ja, das Milchgesicht aus Thailand. Immer noch so naseweiß?«

»Eine Menge klüger, Sir«, antwortete Vichaj höflich.

In diesem Moment betrat ein Uniformierter zusammen mit einer Krankenschwester das Zimmer. Er stellte sich als Militärarzt von »***Barangay Cobunbata***« vor.

»Von was, bitte?«, fragte Kronenberg.

»Der ***Fourth Special Forces Riverine*** auf Basilan, Sir. ***Counter Insurgency***, Sir.«

»Sie haben unseren Landsmann hergebracht und untersucht?«

»In umgekehrter Reihenfolge, Sir. Er wurde offensichtlich gefoltert. Eiternde Wunden an den Unterarmen und an der Brust. Das mit den Unterarmen können wir uns immer noch nicht erklären. Dschungelfäule. Ich habe kurzzeitig an eine Amputation gedacht. Momentan behandeln wir das aber mit starken Antibiotika. Außerdem leidet er unter Dengue-Fieber. Für uns eher eine Routinebehandlung.«

»Wo haben Sie ihn gefunden?«

»Ich habe ihn nicht gefunden, er wurde zu mir gebracht, Sir.«

»Von wem?«

»Na, von Kameraden der **Fourth Special Forces**, von wem denn sonst?«

»Untersteht diese Einheit Generalleutnant Eugenio Cedo?«

»Natürlich, Sir. Wir sind seine Eliteeinheit.«

»Dürfen wir den Patienten verhören?«

»Hören Sie, hier verhört niemand außer der Armee. Aber ich erlaube Ihnen, zehn bis fünfzehn Minuten mit ihm zu sprechen.«

Kronenberg wandte sich wieder dem Paten zu: »Wir müssen uns jetzt konzentriert miteinander unterhalten. Keine Ausflüchte oder Geschichten, bitte. Denken Sie daran, daß Sie hier noch nicht außer Gefahr sind. Verstehen Sie das?«

Der Pate nickte: »Schießen sie los.«

»Geschossen haben auf Basilan Andere. Zum Beispiel auf uns. Auch wir waren Patienten in einem Hospital. Wir wurden beide angeschossen, weil wir damit beauftragt sind, **Sie** zu finden. Bedenken Sie das bei Ihren Antworten.«

Der Pate nickte erneut.

»Von wem wurden Sie entführt?«

»Das weiß ich nicht. Ich weiß nur, daß ich in Davao entführt wurde. Danach wachte ich in einem Gefängnis im Dschungel auf.«

»Wer war Ihre letzte Kontaktperson, bevor Sie entführt wurden?«

»Die Eigentümerin eines Gasthauses in Davao.«

»Wie heißt dieses Gasthaus?«

»Weiß ich nicht.«

»Entschuldigung, Sie haben dort eingecheckt. Sie müssen doch Adresse und Namen des Etablissements kennen.«

Der Pate schüttelte schwach den Kopf: »Ich kann mich wirklich nicht erinnern. Glauben Sie mir, dort sah alles gleich aus und der Laden lag schräg gegenüber von einem Frühstückscafé. Dessen Wirtin hat mir das Gasthaus empfohlen.«

»Sie sagen uns, daß Sie nach Davao kamen, in irgendein Café gingen und von dort eine Absteige schräg gegenüber empfohlen bekamen? Wenn Sie ein zwanzigjähriger Backpacker wären, würde ich Ihnen das gerade noch durchgehen lassen. Sie sind jedoch älter als ich und ganz gewiß kein Backpacker.«

Der Pate lachte, hustete und schwieg.

»Nun gut. Nach dem Grund Ihrer Entführung brauche ich dann gar nicht zu fragen. Den kennen Sie wohl auch nicht. Waren Sie immer in der Hand derselben Entführer?«

»Nein, die haben gewechselt. Zuerst lag ich in irgendeinem Betonbunker, danach in einer Sanitätshütte.«

»Ihre Entführer wollten Sie vor was immer auch retten?«

»Nein, dort hat mich Einer gefoltert.«

»Wer ist »Einer«?«

»Derselbe, der mich zuvor in diesem Bunker maltraitiert hat. Ein junger Kerl mit zerschlissenen Jeans.«

»Und weiter?«

»Ich wurde bewußtlos. Danach lag ich an einer unbefestigten Straße. Ja, Straße, wenn man das so nennen will. Ich verlor wieder das Bewußtsein.«

»Und dann?«

»Ja, dann war ich in einer Dschungelhütte. Eine junge Frau wohnte dort mit einigen Männern. Sie begruben mich in einem Erdloch. Das war extrem eklig, aber ich glaube, daß sie mich beschützen wollten.«

»Beschützen vor was?«

»Mir war danach, als ob ich Schüsse, Bomben oder Granaten hörte. Die Erde bebte. Irgendwie klang das nach einem militärischen Angriff.«

»Ja, und weiter?«

»Nix und weiter. Ich wurde angesprochen, verspottet und wachte danach in einer Sanitätsstation auf. Dort stand d e r .« Der Pate wandte seinen Kopf dem Militärarzt zu.

»Gut. Sie wurden von der philippinischen Armee aus einem Erdloch befreit, in das Sie jemand Anderes zum Schutz vor dieser Armee vergraben hat?«

»Vielleicht wollten die mich auch nur verstecken?«

»Sie haben faule Schiffsfinanzierungen auf die Philippinen vermittelt, stimmt das?«

»Was reden Sie da für ein Zeug? Davon verstehe ich nichts.«

»Reden Sie keinen Quatsch. Wir haben in Hamburg die Beweise dafür, daß Sie einige vermögende Personen auf Mindanao betrügen wollten.«

»Ich ein Betrüger? Da müssen Sie sich anderswo umhören.«

Der Militärarzt drängte, das Gespräch zu beenden.

»Hier und jetzt holen wir aus **d e m** wahrscheinlich nicht mehr heraus«, bemerkte Kronenberg an Vichaj gewandt.

Auf der Fahrt zurück zum Hotel resümierte er das Verhör: »Er wurde von Unbekannt entführt. Unbekannt wollte in Deutschland investiertes Geld zurück, das unser Entführter verdaddelt hat. Oder irgendeiner, mit dem er zusammen hängt. Seiner Schilderung folgend, haben die Entführer jedoch gewechselt. Die Armee entdeckte ihn erst bei der zweiten Gruppe von Entführern.«

»Vielleicht war es dieselbe Bande, nur an wechselnden Orten mit wechselndem Personal«, gab Vichaj zu bedenken.

»Ja, vielleicht wurden die tatsächlich gejagt und mußten die Verstecke wechseln. Wenn wir die Tatsache mit einbeziehen, daß die Jäger verschiedene Fraktionen der Armee sein könnten, potentiert sich die Zahl der Möglichkeiten sofort. Erst recht, wenn wir ein Zweckbündnis zwischen der Armee und den Rebellen unterstellen. Auch, wenn der Cobero-Strang auf diese Region und ihren Oberkommandierenden zeigt. Die plötzliche Befreiung nach unserem Gespräch mit Angelo und seiner Inspektorin Cobero – wahrscheinlich glühten die Telefondrähte zwischen Zamboanga und Basilan.«

»Dengue-Fieber ...«, sinnierte Vichaj.

»Was ist mit diesem Fieber?«

Vichaj grinste: »Es wird übertragen von der **Aedes aegypti** – einem Moskito genannt Tigermücke. Das muß ich jetzt loswerden, weil wir schon so oft über Tiger gesprochen haben.«

## ZAMBOANGA / MINDANAO

Generalleutnant Eugenio Cedo ließ ihnen eine Einladung ins Haus des Bürgermeisters zukommen. Dort werde ein ausgedehntes Mahl der Früchte des Meeres serviert.

»Aha, diesmal keine Wahl. Wir haben hier allerdings auch nichts mehr zu tun, nicht wahr?«, kommentierte Kronenberg.

»Was wollen wir Cedo denn entlocken?«

»Entlocken – das ist wirklich gut! Es stellt sich doch eher die Frage, was er uns anbieten will.«

»Wir sollten ein Ziel haben.«

»Daß er gesteht, den Paten entführt haben zu lassen? Wir glauben doch beide nicht wirklich, daß er es hier in seinem Revier nötig hat, ein solches Geständnis abzulegen, oder?«

»*Paa kii rin hoo toong*. Ich meine, daß man den Inhalt des Buchs nicht nach seinem Umschlag beurteilen sollte. Wenigstens wollen wir von ihm über Zusammenhänge aufgeklärt werden. Wenn wir Glück haben, dann wird er uns etwas über internationale Verbindungen sagen. Wenn wir noch mehr Glück haben, wird er uns sagen, wie belanglos ein Mord in Altona sein kann. Jedenfalls aus hiesiger Sicht.«

»Vichaj, bitte keine Traumtänzereien.«

»Schattenspiele würden mir genügen.«

Eugenio Cedo empfing sie mit breitem Lächeln auf der Terrasse des Bürgermeisterhauses von Zamboanga an einem überladenen Tisch. Er stellte ihnen die für hiesige Verhältnisse große Frau des Bürgermeisters vor, deren Brustweite, die sie nicht versteckte, Vichaj beeindruckte. Allerdings fand er das Ausmaß ihrer Schminke absurd überladen.

Ihr Gemahl lasse sich entschuldigen. Er sei noch in Verhandlungen mit dem Ausschuß für Sicherheit des Stadtrates gebunden. Es gehe darum, ob bewaffnete Bürgermilizen offiziell zugelassen werden sollten.

Eugenio Cedo machte eine wegwerfende Handbewegung. »Abschiede müssen gefeiert werden, man weiß nie, ob und wann man sich wieder sieht. Setzen wir uns. Was Sie hier sehen sind Seeschnecken, die frisch auf dem **Dampa**, dem lokalen Markt, gekauft wurden. Das da sind Muscheln verschiedener Sorten, **Halaan** und **Tuwaj**, die gut zum Brokkoli und **Kang Kong** passen. Das Gemüse ist mit Knoblauch, Essig und Pfeffer gewürzt. Dort liegt gebratener Thunfisch.«

»Sein Mund lächelt, seine Augen nicht«, wisperte Vichaj Kronenberg zu. »Kennen wir bereits«, wisperte Kronenberg zurück. »**Paak waan goon priao**«, setzte Vichaj hinzu. Kronenberg wollte die Übersetzung nicht hören.

Während des üppigen Mahls räusperte sich der Generalleutnant: »Es tut mir leid, daß Sie so lange auf mich warten mußten. Ich hatte in Davao schwierige Verhandlungen mit dem **Bangsamoro Islamic Freedom Movement** zu führen. Das ist die bedeutendste Organisation, die sich den Friedensbemühungen der Regierung widersetzt. Einen Frieden mit derart vielen und vielfältigen Verhandlungspartnern zu vereinbaren, ist eine außerordentlich schwer zu lösende Aufgabe.«

»Auf der Regierungsseite gibt es sicher auch Fraktionen.«

»Oh ja, da haben Sie recht. Es gibt einige, die nicht so differenzieren, wie es erforderlich wäre.«

»Oberst Tan sprach uns gegenüber vom »Insurgenten-Pack«, das es insgesamt auszulöschen gelte.«

»Ja, Pedro Tan ist ein tüchtiger Kämpfer, der schlägt, bevor er sieht.«

»Was gäbe es denn da zu sehen?«

»Auf der einen, der unseren Seite, zum Beispiel die Tatsache, daß auf Mindanao nicht einfach die katholische Republik die Muslime in die Minderheit drängen will. Als im Jahr 1515 Prinz Sharif Kabungsuwan hier an der Westküste Mindanaos landete, war die Insel weder ein Hort des Islam, noch gar ein Hort des Christentums. Die meisten der fast sechzig Stämme waren animistischen Glaubens. Sie sprachen übrigens fast genauso viele Sprachen, die wenig miteinander zu tun haben. Seine **Umma** mußte der Prinz mit Gewalt durchsetzen. In den Städten wurde die Urbevölkerung versklavt, soweit sie sich nicht in's Landesinnere zurück gezogen hatte. Wie überall, wo Araber als Eroberer auftraten, haben sie die Unterlegenen als Sklaven genommen oder verkauft.«

»Das taten die Römer und die Christen auch. Was lernen wir daraus?«

»Zum Beispiel: Nicht alles, wo »Islam« drauf steht, enthält auch »Islam«. Selbst vor der Einwanderung aus den übrigen Provinzen der Philippinen war Mindanao keine islamische Einheit, sondern etwas sehr Diverses, von Großfamilien Geprägtes. Die MILF bezieht ihren Namen aus dem spanischen *Moors*, was auf die Herrschaft der arabischen Marokkaner in *Al Andalus* zurückführt, also auf die europäische Geschichte. Ist nicht gerade etwas Einheimisches, nicht wahr?

Einige unserer Gesprächspartner sind schlicht **Warlords**. Da soll man mit einer religiös argumentierenden Bewegung verhandeln, und weiß, daß auf der anderen Seite auch – ich meine a u c h – reine Gangster sitzen. Diese Melange muß man dann auseinander dividieren.«

»Ich kann mir lebhaft vorstellen, daß Oberst Tan dabei nicht hilfreich ist.«

»Ich kann Ihnen sagen …. . Nein, das ist er nicht!.« Der Generalleutnant seufzte.

»Umso mehr sind wir Ihnen dankbar, daß Sie ganz nebenbei unser Problem lösen ließen.«

»Ja, ich habe in Davao mit einigen meiner Verhandlungspartner darüber gesprochen. Ein Kontakt nach Lanso del Sur war besonders hilfreich.«

»Unser Entführer wurde wahrscheinlich von einer Gruppe an eine andere Gruppe weiter gereicht. Das vermutet er jedenfalls.«

»Das ist mir bekannt. Ohne diesen Transfer wäre Ihr Mann wahrscheinlich bis heute nicht frei gekommen.«

»Haben Sie eine Ahnung, warum er entführt wurde?«

»Warum werden wohl auf Mindanao jährlich Dutzende von Menschen entführt?«

»Um Lösegeld zu erpressen, vermute ich«, antwortete Kronenberg.

»Damit haben Sie Ihre Frage selbst beantwortet. Wenn meine Leute Ihren Mann nicht befreit hätten, dann wäre es an mir, Ihnen eine Frage zu stellen: Wer würde ein Lösegeld warum zahlen wollen? Ist es nicht so?«

»Aus Hamburg haben wir erfahren, daß von dort aus 10 Millionen US-Dollar in die Philippinen überwiesen wurden.«

»Das kommt wahrscheinlich nicht selten vor. Hamburg hat einen großen Hafen mit Beziehungen in alle Kontinente.«

»Da haben Sie völlig recht. Es ging um Schiffsfinanzierungen, allerdings um solche, die keine Rendite erwirtschafteten, sondern sogar Nachforderungen stellten.«

»Um welche Summe geht es? 10 Millionen US-Dollar und eine Nachforderung darauf?«

»Ja, das ist, was wir ermittelt haben.«

Generalleutnant Eugenio Cedo begann zu grinsen: »Hören Sie, die HongKong and Shanghai Banking Corporation wurde kürzlich von den US-Finanzbehörden zu einer Strafzahlung von 1,9 Milliarden US-Dollar für Geldwäsche verurteilt. Die Banker haben viel mehr Milliarden südamerikanischer Drogenkartelle und solche des Terror-Regimes im Sudan gewaschen. Was sind 10 Millionen US-Dollar dagegen? Vielleicht aus Hamburg nach Manila und dann an eines unserer Spielcasinos überwiesen, die dunkles Geld regelmäßig waschen? Das passiert wahrscheinlich mehrere Male im Monat. Machen Sie sich nicht die Mühe, danach zu fahnden. Sie werden nichts mehr finden. Fragen Sie Senator Sergio Osmena, der sich seit Jahren vergeblich darum bemüht, das Casinogeheimnis zu lüften.«

»Immerhin scheinen zwei Morde in Hamburg damit zusammen zu hängen.«

»Allein hier in Zamboanga City werden jährlich 150 Menschen ermordet, in Mexiko wahrscheinlich 150 am Tag. Verstehen Sie, wie wenig mir Ihre Dimensionen bedeuten?«

»Dennoch haben Sie sich persönlich für die Freilassung unseres Entführten verwendet.«

»Ja, das habe ich. Die Entführung hat unsere Verhandlungen gestört, weil sie internationale Bezüge hat und der Republik insgesamt, vor allem aber dem Wirtschaftsstandort Mindanao schaden könnte. Deshalb mußte der Fall bereinigt werden. Ich darf Ihnen bitte einige Grundlagen des Guerilla-Kampfs mit nach Europa geben:

Erstens sind keine konventionellen militärischen Taktiken anzuwenden. Entführungen von Zivilisten gehören manchmal zu den Mitteln, die man anwenden muß.

Zweitens ist die Legitimität überlebenswichtig. Korrupte und nachlässige Regierungen hatten und haben deshalb nur Anhänger unter denen, die sie begünstigen. Und nur so lange, wie sie sie begünstigen.

Drittens glaubt das Volk nur denen, von denen es glaubt, daß sie auch übermorgen noch regieren. Jedes Regime will das Volk glauben machen, daß seine Herrschaft immer währt. Das Volk weiß es aber besser, weil es die Konsequenzen falscher Loyalität fürchtet. Sehen Sie sich Afghanistan an.

Viertens entscheidet sich der Kampf gegen Insurgenten nicht durch deren Stärke im Ausland, sondern durch ihre Unterstützung im Inland. Vielleicht ist dies das Schicksal des tibetischen Volks.«

»Sie meinen, daß die **Moro Islamic Liberation Front** keine Chance hat?«

»Zu schnell gesprungen, mein Freund. Auf Mindanao hat sie dort Chancen, wo der Islam noch die Mehrheit hat und wo die MILF ordentlich für öffentliche Ordnung sorgen kann, ohne gleich mit der Scharia zu drohen. Anderswo und andernfalls hat sie das nicht.«

»Entführungen und Mord werden auch hier toleriert?«

Generalleutnant Cedo lächelte milde:«So lange es nicht um Kombattanten oder ihr weites familiäres Umfeld geht, natürlich nicht. Das widerspräche Regel Nummer vier. Der islamistische Terror scheint das nicht begriffen zu haben. Scheint, sage ich. Es mag sein, daß in diesem Fall seine Wertschätzung im Ausland seine Position im Inland stärkt. Jedenfalls, solange die Saudis oder die Perser über viele Petrodollars verfügen.«

»Und die MILF?«

»Die MILF ist ein wild zusammengewürfelter Haufen, teilweise finanziert aus dem benachbarten Ausland, vor allem aus Malaysia, wie ich vermute. Damit hat auch Thailand seine liebe Not. Eigentlich hätten Sie nach *Abu Sayyaf* fragen müssen. Die sind zwar wild, aber nicht ganz so zusammengewürfelt. Der junge, radikale Flügel, wie so oft auf dieser Erde. Nun, *Abu Sayyaf* hat positive Erfahrungen mit Entführungen gemacht, warum sollten sie es nicht nochmals versuchen?«

»Woher haben Sie die zuvor zitierten Regeln?«

»Kennen Sie Vo Nguyen Giap?«

Udo Kronenberg schüttelte den Kopf.

»Sie meinen den berühmtesten General Nordvietnams, der sowohl die Franzosen, als auch die Amerikaner besiegte?«, sprang Vichaj ein.

»Na ja, gesiegt haben seine motivierten Truppen, nicht er alleine. Aber genau den.«, antwortete Eugenio Cedo anerkennend.

»Und Ho Chi Minh?«

»Der war kein Militär. Vergessen Sie ihn!«

Während der Rückfahrt ins Hotel sprachen Kronenberg und Vichaj lange Zeit nichts. »Dieser Cedo ist eine Nummer zu groß für uns«, unterbrach Vichaj schließlich die Stille. Kronenberg nickte: »Er deutete sogar an, wohin das Lösegeld geflossen sein könnte. Im gleichen Atemzug sagte er uns, wie hoffnungslos es sein würde, nach den paar wenigen Millionen zu suchen. Offener geht es kaum.«

»*Naam chiao yaa kwang rüa.*«

»Was heißt?«

»Fahre nicht durch's Wasser, wenn die Strömung zu stark ist.«

Am nächsten Mittag verließen Kronenberg und Vichaj Zamboanga an Bord der kleinen Dash 4 der privaten Fluglinie *Airphil Express*. In Manila mailten sie der deutschen Botschaft die Kontaktdaten des Paten in Zamboanga, verbunden mit der Bitte, ihn nach Deutschland zurück zu führen, sobald er transportfähig sei. Mit separater e-mail informierten sie Katharina Esbjerg, verbunden mit der Anmerkung, daß die deutsche Kriminalpolizei für Einsätze in Bürgerkriegsregionen eher weniger geeignet sei. Schröder könne sie allerdings mitteilen, daß seine Kontakte zu einem Krisenstab in Berlin nicht mehr erforderlich seien.

# MANILA / PHILIPPINEN

Kronenberg konnte in der Nacht vor dem Abflug nicht schlafen. Der in Manila ständig tosende Verkehrslärm drang durch die mit Lüftungsschlitzen versehenen Fenster des Hotels im »International Village« nahe des Flughafens, in das er und Vichaj einquartiert worden waren. Zweimal bebte die Erde leicht, ohne, daß dies irgendeine Reaktion in- oder außerhalb des Gebäudes hervor rief. Die Schocks waren wohl nicht stark genug.

»Ja, ja, ich weiß, dieses Archipel liegt im Feuergürtel der Erde. Der Pinatubo steht nicht weit von hier«, murmelte sich Kronenberg im Spiegel des geräumigen und sauberen Badezimmers zu. Der mächtige Vulkan Pinatubo war ihm bereits beim Sinkflug auf Manila aufgefallen. Rings um den Bergriesen waren Ebenen, Hügel und Täler mit hellgrauer Asche überdeckt. Eine der Postkarten vom Tag nach der Eruption, die am Flughafen für Touristen feil gehalten wurden, zeigte eine Kirche, von der nur noch der First des Kirchenschiffs und ein Teil des Turms aus der grauen Asche ragten. Die dortigen Indigenen, deren Vorfahren 700 Jahre lang an den Hängen des Vulkans gelebt hatten, flohen beim infernalischen Ausbruch wie gewohnt in die Höhlen des Bergs, erzählte ihm die Verkäuferin. Dort seien ausnahmslos alle an giftigen Gasen erstickt.

»Die Hölle«, fragte Kronenberg in den Spiegel, »die Hölle ist hier auf Erden?«

»Könnte man manchmal meinen, sind aber Kunstprodukte: Bosch's Triptychen oder Dante's Inferno oder die Umgebung des Pinatubo sind irdischer Natur«, antwortete sein zerknittertes und zerzaustes *Alter Ego* im Spiegel. »Die Hölle ist nur die Drohung im Angesicht des Paradieses. Allerdings kennst Du die galaktischen heißen Nebel von Andromeda noch nicht. Der Galaxie, die auf uns zurast.«

»Macht nichts, wir Erdlinge würden diesem heißen Gas nicht einmal Lichtjahre entfernt lebend nahe kommen.«

»Habt Ihr Euch deshalb die Erde zur Hölle gemacht und sucht nach – wie sagt Ihr dazu? – Exo-Planeten, auf denen Ihr es Euch eines fernen Tages gemütlich machen könnt?«

Kronenberg sah sein Spiegelbild entgeistert an: »Wir in der aktiven Rolle des »Kriegs der Welten« – red' doch keinen solchen Sch …«.

Es pochte gegen die Tür. Kronenberg stand regungslos im Badezimmer, starrte sich selbst an. Die Tür krachte unter kräftigen Fußtritten ein. Flatternde rote Punkte an der Wand des Zimmers verrieten ihm, daß automatische Gewehre im Spiel waren.

Im Spiegel erschienen zwei unförmige Gestalten in Kampfanzügen, die Sichtklappen ihrer Helme heruntergeklappt: »Mister Kronenberg, Sir?«

Kronenbergs Herz begann kräftig zu pochen. Er spürte die Blutstöße in seinen Schläfen: »***Police Captain Kronenberg, Homicide Division of Hamburg, Germany***«, stieß er verkrampft hervor.

»***Follow us***«, antwortete einer der Unförmigen. Kronenberg krallte sich am Waschbecken fest. Der Unförmige bellte dasselbe nochmal, bevor er blitzschnell eine Dose aus seiner seitlichen Hosentasche zog und Kronenberg in's Gesicht sprühte.

Das ebenmäßige, selten einer netten Regung fähige Gesicht der Inspektorin Cobero war seinen Augen sehr nahe. Die Inspektorin lächelte, ihre Augen waren jedoch kalt: »***Sir, I am sorry for this, Sir***«, hauchte sie ihn an. Erst danach erkundigte sie sich nach seinem Befinden.

Er fühle sich miserabel und wolle umgehend mit der deutschen Botschaft sprechen, antwortete Kronenberg. Das sei leider momentan nicht möglich, lächelte Cobero: »Sie wissen doch, offiziell liegen Sie noch im Krankenhaus von Lungsod ng Isabela«.

»Wir haben nach Deutschland gekabelt. Wie können Sie nur so ungeschickt sein, mich hier zu überfallen und festzuhalten?«

»Gekabelt haben Sie? Nun, Ihre Nachricht haben wir abgefangen, vernichtet. Wie können Sie nur so ungeschickt sein, von einem Hotel aus eine e-mail zu senden? Sie sollten sich nach unserem Rendezvous über *Rootkits* informieren. Die sind hier in allen wesentlichen Etablissements aufgespielt, Sir. Und sie haben eine eingebaute Weiche.«

Kriminalhauptkommissar Kronenberg wurde deutlich, daß das Chaos und die einfachen Verhältnisse tropischer Länder vom weltweiten Netz und seiner Beherrschung durch private und staatliche Stellen überlagert wurden. Wie hatte er nur annehmen können, daß seine Nachricht nach Hamburg unbemerkt abgesetzt werden konnte?

»Wir arbeiten für Interpol. Sie werden uns nicht einfach verschwinden lassen können.«

»Wie kommen Sie darauf, daß ich Sie verschwinden lassen will? Wir sind nicht Ihre Feinde, Sir. Nur Teilnehmer am weltweiten Roulette. Diese hier wird Ihnen nun eine Beruhigungsspritze geben«, zeigte Cobero auf eine behaubte Krankenschwester. Kronenberg verspürte einen Stich im rechten Oberarm und versank im flimmernden Dunkelrot.

Als er wieder erwachte, lag er im gleißenden Licht der Sonne auf einer Terrasse an Manilas Ocean Drive. Vor sich die glitzernde Manila-Bay, in der Schiffe auf Reede lagen, hinter sich gläserne Schiebetüren eines Luxusapartments. Mühsam stemmte sich Kronenberg aus der Liege hoch und ging schlaftrunken in den geräumigen Wohnraum. Auf einer gläsernen Tischplatte fand er ein Flugticket und 1.000 US-Dollar vor.

Das Telefon funktionierte nicht, sein Handy war verschwunden. Der livrierte Portier wußte von nichts, wiederholte nur ständig die Anrede »Sir« und bot ihm an, ein Taxi zu bestellen.

Kronenberg fühlte sich in dieser wildfremden Stadt allein, hilflos und zornig zugleich. »Zur Epifanio de los Santos«, herrschte er den Portier an. Eingeschüchtert wählte der Livrierte eine Nummer.

»Sind Sie sicher, daß Sie dorthin wollen?«, fragte der Taxifahrer.

»Darauf können Sie wetten«, quittierte Kronenberg knapp.

Vor dem Hauptquartier der philippinischen Polizei angekommen, gab Kronenberg dem Fahrer 1.000 Pesos. Auf angebotenes Wechselgeld verzichtete er großzügig. Entschiedenen Schritts durchquerte er die Eingangshalle des Polizeipräsidiums zum Information-Desk, stellte sich als Polizist im Namen von Interpol vor und verlangte nach einer Inspektorin Cobero oder hilfsweise nach dem Senior Chief Superintendent Angelo.

Die Uniformierte am Information-Desk bemühte sich lange und redlich. Hilflos wandte sie sich danach an Kronenberg: »Eine Inspektorin Cobero ist hier nicht bekannt. Senior Chief Super Intendent Angelo ist in Davao. Wünschen Sie, daß ich Sie dorthin verbinde?«

Kronenberg wünschte.

Nach mehr als einer halben Stunde zuckte die Uniformierte am Information Desk ihre schmalen Schultern: »Wissen Sie, die Telefonverbindungen hier sind nicht so gut wie in den USA oder in Europa«, bedauerte sie.

»Dann versuchen Sie es bitte mit Generalleutnant Eugenio Cedo in Zamboanga«, bot Kronenberg den ihm verbliebenen Rest an Höflichkeit auf. Die Uniformierte nickte mit der Bemerkung, daß Cedo nur über ein Netz des Militärs erreichbar sei.

Die auf dem Flugticket vermerkte Abflugzeit rückte näher. Kronenberg wurde unruhig und begann zu ahnen, daß er in eine Gummizelle gesteckt worden sein könnte. »Ich will außerdem Polizeileutnant Vichaj Bangramsan sprechen, der mit mir hier auf den Philippinen ermittelt«, herrschte er die Uniformierte am Information Desk an. Am liebsten wäre er durch die Sperren hinter dem Empfang gestürmt, die jedoch ohne elektronischen Paß unüberwindbar waren.

Die Uniformierte am Information Desk antwortete ihm nach unendlich erscheinenden Eingaben in ihren Computer, daß ein solcher Polizeileutnant nicht existiere.

»Nicht existiert?«, nervte Kronenberg.

»Nein, Sir, in meiner Datenbank gibt es diesen Namen nicht. Sind Sie sich seines Namens sicher?«

»Exakt das bin ich, Madam«, gab Kronenberg zurück. Allerdings war er sich dieses Orts nicht mehr sicher. »Bestellen Sie mir bitte ein Taxi zum Airport«, seufzte er resigniert. Die Uniformierte strahlte ihn an: »*Yes Sir, certainly, Sir*«.

»*Eugenio Cedo ist wirklich eine Nummer zu groß für uns*«, dachte Kronenberg beim Check-In.

Von Vichaj las er erst wieder in seinem Dienstzimmer an der Mörkenstraße in Altona, als er die inzwischen eingegangenen e-mails durchklickte. Vichaj erwähnte, daß auf den Philippinen die Vampire »*Danag*« heißen. Solchen Vampiren seien sie wohl beide in die Fänge geraten. Jedenfalls sei er in einem menschenleeren Luxusapartment am Ocean Drive in Manila aufgewacht und habe dort ein Flugticket nach Bangkok sowie etwas Bargeld vorgefunden. Er wisse nicht, was er seiner Behörde berichten solle. Die Behauptung, daß »*Danags*« seinen Weg gekreuzt hätten, würde selbst im abergläubischen Thailand als Vorhof zur Irrenanstalt gewertet werden.

»Ist bei uns nicht anders«, mailte Kronenberg zurück. Katharina Esbjerg lachte: »Ist nicht mehr unser Fall. Der Fall liegt jetzt beim Wirtschaftsdezernat am Überseering. Interessant bleibt er doch.«

»Wirtschaftsdezernat? Die Kollegen, die nicht mal mit den albanischen Brüdern zurande kommen?«

»Genau die«, lachte Katharina Esbjerg den heimgekommenen Udo Kronenberg an.

»Und Schröder?«

»Ist an seinem eigenen Größenwahn erstickt. Nach wie vor Polizeioberrat.«

Das Dezernat für Interne Ermittlungen nervte, wo denn der Trainee aus Thailand geblieben sei. Man habe schon zwei Anfragen des Bundeskriminalamts auf dem Tisch. Udo Kronenberg hatte gute Lust, zurückzumelden, daß Vichaj Bangramsan auf Mindanao in Ausübung seiner Pflicht als verschollen gelten müsse und das Landeskriminalamt dafür die Verantwortung trage. Er grinste verschmitzt in sich hinein und entschied sich dann aber doch für eine Annäherung an die Wahrheit.

# EPILOG

Polizeileutnant Vichaj Bangramsan wurde nach seiner Rückkehr in Bangkok zum Hauptmann für Ermittlungen gegen »ungewöhnlichen Reichtum« bei der NACC befördert. Nach außergewöhnlichem Diensteifer dort bot man ihm die Position eines Polizeiobersten bei der Tourist Police an, weil er doch exzellent Englisch und Deutsch spreche. Vichaj Bangramsan akzeptierte resigniert, begann jedoch sofort danach mit der systematischen Verfolgung von Cyber-Crime, dem Touristen zum Opfer fielen. Er kam auf die Todesliste einschlägiger Syndikate.

Polizeihauptkommissar Kronenberg und Katharina Esbjerg erhielten nur einen warmen Händedruck des Staatsrats der Innenbehörde. Das »Makler-Massaker« in Altona wurde offiziell niemals aufgeklärt, obwohl viele Hinweise auf betrügerische Finanzgeschäfte und Mörder vorlagen, die sich auf verschlungenen Archipeln in der Südchinesischen See herumtrieben. Daß sich die Täter aus den Reihen der Armee der philippinischen Republik oder der **Abu Sayyaf** rekrutieren könnten, wurde mit Rücksicht auf internationale Beziehungen und auf strategische US-amerikanische Interessen offiziell nicht erwähnt, zumal keine Beweise vorlagen. Immerhin wurde halböffentlich laut, daß Spielcasinos in den Philippinen beim Verstecken eines Lösegelds ihre Hände im Spiel gehabt haben dürften.

Auf Mindanao wurden 10 Millionen US-Dollar Rückflüsse aus einem hoffnungslosen Investment für die *Valdivia Altona-Sulu1-Sulu2* verteilt, nachdem sie von der Nationalbank an den *Metro Roulette Club* im CVA-Building an der Elpidio Quirino Avenue in Davao überwiesen worden waren. Einer der wahren Gesellschafter, Generalleutnant Eugenio Cedo, konnte als Unterhändler der Republik die neue Autonome Bangsamoro-Provinz mit Sitz in Cotabato formen. Kurzzeitig wurde er ein gefragter Gesprächspartner für friedliche Lösungen bürgerkriegsähnlicher Konfliktlagen. Bis junge Gruppen innerhalb von *Abu Sayyaf* sich entschlossen, den fernöstlichen Stützpunkt des Islamischen Staats in Syrien, Irak und Ostasien mit Sitz in Lungsod ng Isabela zu gründen.

Raul Cobero wurde zum Lieutenant und Standortältesten auf Basilan befördert. Sein Neffe, der Bootsjunge, erhielt einen der hochseefähigen Trawler, die in Pusan/Südkorea an der Insolvenzleine lagen. Er stieg in die Klasse der Wohlhabenden auf und hegte lebenslang seinen Groll gegen die Marine der Republik der Philippinen. Einen Teil seiner Gewinne führte er an die junge Garde der *Abu Sayyaf* ab. Der Geheimdienst der Volksrepublik China registrierte diese Gewinnabführung genau. Schließlich erhob China den Anspruch auf die Südchinesische See bis knapp vor die Küsten der philippinischen Inseln. Für die chinesischen Behörden wurde die Angelegenheit zur Akte »*Philippines - Counterinsurgency*« genommen.

Die Gründung einer ostasiatischen Kolonie des Islamischen Staats entledigte Oberst Pedro Tan einer wesentlichen Sorge. Den in Pusan festgezurrten Frachter benötigte er nicht mehr. Wie ein Kaspar aus der Kiste sprang das Angebot der US-Marine, den Philippinen zwei gebrauchte Fregatten zu übergeben. Solche, die nach Plan eigentlich zur Verschrottung anstanden. Allerdings wurde die Schiffselektronik komplett erneuert. Die USA duldeten keine Ansprüche der Volksrepublik China in der Südchinesischen See und sahen dabei nicht nur die Republik der Philippinen – ihre frühere Kolonie – sondern auch die Volksrepublik Vietnam – ihren früheren Kriegsgegner - an ihrer Seite. Oberst Pedro Tan wurde Vertrauensmann der weltweiten US-amerikanischen Terroristenbekämpfung und als solcher zum General befördert. Er hatte er damit so viele Sterne auf den Achseln wie Eugenio Cedo. Außerdem konnte er sich beim Besuch eines Casinos nahe Manila seinen Anteil der Einlage für einen Schiffsfonds zurückholen.

Der Pate von Altona wurde nach seiner bandagierten Rückkehr als Opfer und Täter zugleich behandelt. Opfer islamistischer Banden in der fernen Sulu-See, Helfeshelfer beim Verticken geschlossener Fonds an ostasiatische Anleger. Nachweisen konnte es ihm niemand. Der Senat verhielt sich distanziert, erhielt keine Informationen aus den Philippinen. Die Ökologisch-Konservative Partei beförderte den Paten auf die hinteren Bänke der Bürgerschaft, da sie nach der Niederkunft einer Bürgerschaftswahl zugunsten der Sozis nicht mehr für ihn oder gegen ihn tun konnte. Er versuchte vergeblich, diese vordergründige Beförderung zu verhindern.

Nach mehreren Wochen sandte Udo Kronenberg Vichaj Bangramsan eine Mail: »Wir haben die Wahrscheinlichkeit erwogen, ein Teilchen lokalisieren zu können, dabei zugleich nichts über seinen Zustand zu wissen. Nun habe ich die »Kopenhagener Erklärung« gelesen, die auf den Quantenphysiker Niels Bohr zurückgeht. Die Physik begreift nicht die physikalischen Eigenschaften von Dingen, sondern nur das, was der informierte Beobachter darüber erfährt, sagt Bohr.«

»Verdammt gute Beschreibung unserer Arbeit – außer den Eigenschaften der Opfer, die in der Gerichtsmedizin liegen«, mailte Vichaj zurück.